外国剧作新选

主编◎宫宝荣

人生档案

Plik Życia

波兰当代戏剧家剧作选

本册主编◎[波兰]阿图尔·杜达

斯塔尼斯瓦夫·伊格纳奇·维特凯维奇
斯拉沃米尔·姆罗热克
塔代乌什·鲁热维奇
维托尔德·贡布罗维奇
著

黄珊 赵祯
译

中国戏剧出版社
CHINA THEATRE PRESS

上海戏剧学院外国研究中心/策划

图书在版编目（CIP）数据

人生档案：波兰当代戏剧家剧作选 / 宫宝荣主编；
黄珊，赵祯译. — 北京：中国戏剧出版社，2020.3
（外国剧作新选）
ISBN 978-7-104-04918-0

Ⅰ. ①人… Ⅱ. ①宫… ②黄… ③赵… Ⅲ. ①剧本－
作品集－波兰－现代 Ⅳ. ①I513.35

中国版本图书馆CIP数据核字(2020)第011478号

外国剧作新选. 人生档案：波兰当代戏剧家剧作选

分册主编：〔波兰〕阿图尔·杜达（Artur Duda）
责任编辑：肖　楠　齐　钰
责任印制：冯志强
校　　对：张爱华

出版发行：中国戏剧出版社
出 版 人：樊国宾
社　　址：北京市西城区天宁寺前街2号国家音乐产业基地L座
邮　　编：100055
网　　址：www.theatrebook.cn
电　　话：010－63381560（发行部）　010－63385980（总编室）
传　　真：010－63383910（发行部）

读者服务：010－63387810
邮购地址：北京市西城区天宁寺前街2号国家音乐产业基地L座

印　　刷：鑫海达（天津）印务有限公司
开　　本：787mm×1092mm1 / 16
印　　张：21
字　　数：321 千字
版　　次：2020年3月　北京第1版第1次印刷
书　　号：ISBN 978-7-104-04918-0
定　　价：95.00 元

为世界戏剧之林培育坚实的根本

宫宝荣

日月如梭，此说不假。一晃，我们的外国戏剧研究中心已经成立将近10年，我们的“外国剧作新选”丛书亦已诞生5年有余。外国戏剧研究中心成立的宗旨之一，是系统翻译和出版当代外国优秀戏剧代表作，以“孕育一片世界戏剧之林”。迄今为止，丛书已经先后出版了《渴求》《迷失》《一种地狱》《戏剧的毒药》和《幽灵的困境》等英国、美国、瑞典、西班牙及拉丁美洲、非洲等国家和地区的当代戏剧代表作。虽然其中有的国内已经有过出版，但更多的是首次问世，例如后三本，分别填补了我国在这方面的空白，为国内戏剧界和学术界打开了一扇了解和研究当代世界各国戏剧的窗口。这个窗口虽然不是太大，但却是国内外同行交流不可或缺的所在。可以说，外国戏剧研究中心在“孕育世界戏剧之林”的道路上已经迈出了十分坚实的步伐。

也许有人会说，现在国际演出舞台已经进入了“后戏剧”时代，“剧场”已经取代了“戏剧”，剧本不仅不再是“一剧之本”，在一些人的创作中成为可有可无的鸡肋，在个别人那里甚至消失得无影踪。如此情形之下，我们岂不是在逆潮流而动、背时代而行？此说看似不错，其实不然。殊不知，“后戏剧”(post-drama) 也好，“剧场”（theatre）也好，本来既不与文本相互抵触，更不相互抵消。但如今在一些人的眼里，两者似乎成了水火不容的对立面，实在是一大误会。事实上，theatre 本来就是一个大概念，翻译成“戏剧”才是，而 drama 是个小概念，它只是指西方戏剧历史进程中某个阶段的戏剧样式而已。把它译成“剧场”的人士振振有词：因为 theatre 指的是“看的地方”，而drama则是指文学戏剧或剧本的概念。此话不假，但这是西文的问题。而在中文里，“戏剧”并不具有这种将“剧场”与“剧本”对立起来的涵义，相反地，是将所有相关元素都包含在其中。如果一定要强调“剧场”更突出演剧空间的话，那么试想一下，在这个词出现之前，当我们在说“戏剧”的时候，难道它不包括剧场吗？早在20世纪80年代，一些前辈已经提出了“大戏剧观”的概念，此时的“戏剧”不仅突破了文学，更突破了不同演出艺术的界限。再说，任何一部戏剧演出，任何一部剧本被搬上舞台的时候，不都是在剧场里进行，都要涉及时间、空间与舞美等“剧场”问题吗？不同的只是程度问题，而不是本质问题。

回到西方戏剧，广义而言，drama只是指文艺复兴以来一种遵照传统定义创作的、以文学剧本为旨归的戏剧样式。狭义而言，它是指18世纪法国启蒙思想家和戏剧家狄德罗、博马舍等人鼓吹的资产阶级“正剧”。因此，一般而言，以drama作为“戏剧”代名词的国家往往是罗曼语系的国家，而像法国这样的拉丁语国家则历来都是以theatre来指称的。其实，从文艺复兴直到19世纪，各国在称呼剧本和演出时也不是笼而统之地叫theatre，更多是以“悲剧”或“喜剧”命名，去看戏是具体地去“看一部悲剧”或“看一部喜剧”，甚至演员也是有“悲剧演员”或“喜剧演员”的行当之分的。在莫里哀死后，他的剧团便被命名为“法兰西喜剧院”而不是“法兰西剧院”，其中的道理是一样的。如今的法兰西喜剧院早不专演喜剧，但谁也不会去将这块金字招牌改成“法兰西剧院”。只不过，法国人去看戏时也不再说去看悲剧还是看喜剧，而只是说去看戏（Je vais au théâtre）。而就这一句，德国人的意思完全不同，这样也从一个侧面表明：即使是在西方，不同国家、不同语种和文化中的theatre的涵义也并完全一致。

确实，西方戏剧在进入20世纪以来，尤其是下半世纪之后，无论是观念上还是形式上都发生了根本性的转折。对当代西方的大致形式而言，国人通过观摩最近10年大量引进的国外原版演出，已经有了比较明确的认识。但就观念而言，情形远非如此，毕竟需要一定的积累。毋庸讳言的是，在目前阶段，不少人的认知还是比较混乱的，在theatre和drama的区别上尤其如此。

就笔者在担任《戏剧艺术》主编工作中的观察，在一些港台学者或实践家以及大陆个别译作的影响下，将“剧场”与“戏剧”对立起来、“文学剧本”与“剧场演出”对立起来的大有人在。为此，学术界还经常会产生一些争论。之所以会产生这些矛盾，除了上述客观原因之外，在一定程度上还有学术界自身的因素。我们或受限于自身的经验，或满足于人云亦云，因而难免会得出不太科学的结论。事实上，早在20世纪40年代，我们的前辈已将theatre和drama两个概念理解得十分透彻。也许有人会说在当代“剧场”还没有出现的时候，前人自然无法预料这门艺术的未来。然而，如果我们认真思考的话，就会发现无论如何，“剧场”都是不应该也不能够取代“戏剧”而成为当代这门演出艺术的新名词。

主张西方当代戏剧应该由“剧场”所取代的最为主要的理由，无非是认为“剧场”艺术已经不再以文本为中心，而是以表演、空间、舞美甚至导演艺术为中心，其中的主人不再是剧作家，而是导演。其实，这也是一种似是而非的论点，传统戏剧虽然是以文本为中心，但是如果文本没有被搬上舞台，这些剧本也只能算作是“案头剧”，而不能称之为真正意义上的“戏剧作品”。所谓“戏剧作品”，必定是被搬上舞台、由演员当着观众之面在剧场空间里演绎呈现。当代“剧场”演出作品无论如何变化，无论剧本在其中所起作用的多寡，导演无论多么霸道，都没有改变也不可能改变它是一门由演员在有限的时间与空间里与观众一起完成的本质。而这些本质特点，难道不正是“戏剧”艺术与生俱来的特点吗？“剧场”艺术所具有的特点、它所运用的元素，可以说是任何时代、任何国家或地区的“戏剧”艺术都具有的特点和元素。也正因为如此，将“剧场”看作是“后戏剧”或取而代之的一门艺术显然难以站得住脚。更为客观的是，“戏剧”作为一门演出艺术永远都处在变化状态之中，它在各个国家或地区、各个时期的内涵与外延从来不是整齐划一的。当代欧美戏剧的变化，其实只是其历史长河中的一个阶段而已，正如音乐、美术、电影等也始终处于不断变化与发展之中，但却少有人提出什么“后音乐”“后美术”或“后电影”等过于吸人眼球的概念一样。

写了上述这么一大段，似乎有点离题。其实不然，因为厘清这些概念与我们的丛书编纂工作息息相关。如果真的以为在“后戏剧”时代剧作家及其剧本可以退出的话，那么我们又何必如此劳心费力呢？然而，我们认为的“后戏剧”也好，“剧场”也好，其实它们只是“戏剧”的变异而已的时候，情形便完全不同。当“剧场”艺术仍然是“戏剧”艺术的时候，包括文学在内的某些元素的比重、地位会有变化，甚至一度消失，但是它们都依然存在，隐性的或显性的。而在当代欧美导演中，即使在同一国度，不同人对待剧本的态度也是大相径庭的。安·维泰兹表示自己并不囿于现成的剧本，小说、随笔、历史文献等任何形式的文本都可以成为其导演工作的起点，而帕·谢侯在贝—玛·科尔代斯眼里则是一个真心实意为剧作家服务的罕见优秀导演。笔者注意到，凡是戏剧文学传统深厚的国家或地区，其导演艺术就显得相对保守，而文学剧本传统不那么源远流长的国家或地区，其导演就显得随意洒脱，在创作中对别人的文本就敢于大刀阔斧，这种解构重构使得剧本面目全非。这些导演在重创了传统文本的同时，也大大打击了当代剧作家们的创作热情，进而伤害到了戏剧本身。也因此，在戏剧历史悠久的法国，即使“导演戏剧”之风甚嚣尘上的时候，剧作家们也勇于纷纷反抗。米·维纳威尔坚持认为“剧本不可溶化”，而科尔代斯则相信导演这门职业在半个世纪之后必然消失。

面对如此纷争的世界，作为戏剧学的学者，我们并不认同导演将要消失的极端观点，但却十分赞成“剧本不可溶化”的中肯主张。半个多世纪的西欧戏剧实践表明，戏剧的形式已经今非昔比，戏剧的概念已经脱胎换骨，但戏剧的基本元素依然稳定如初。虽然“后现代戏剧”的鼻祖阿尔托认为言词阻碍沟通、经典可以休矣，但其实他在自己的实践中并没有抛弃剧本与言词，只是一些后人片面理解之后才将剧本弃如敝屣，或成为任意解构的对象。然而，几千年的西方戏剧历史告诉我们，真正能够经受住时间考验的其实依然只是剧本。没有剧本，我们就不可能了解古希腊戏剧是如何的辉煌；没有剧本，我们就不可能发现莎士比亚戏剧是何等的恢宏；没有剧本，我们就欣赏不到拉辛“戴着脚镣跳舞”的姿态是何等的优美；没有剧本，我们就品味不到易卜生的社会问题剧是何等的深刻；没有剧本，我们甚至无法把握现当代戏剧的蜕变；没有剧本，甚至所谓的“剧场”艺术也会成为无源之水、无根之木，有一半以上的作品完全不可能出现；没有剧本，戏剧将只是转瞬即逝的一次性“行为表演”而已……

正是基于以上信念，我们才如此孜孜不倦地翻译、编辑和出版这套丛书，以期以让国人能够有机会了解、认识和欣赏当代外国优秀戏剧，让大家能够发现当代世界戏剧并非像这些年见到的或以肢体表演为主、或以舞台画面为主、或以言词音响为主的种种景象。相反，作为戏剧艺术中不可溶化的元素，优秀剧本依然存在。不仅各国文学家、戏剧家依然坚持在剧本创作，而且无数导演也依然坚定地为剧作服务。我们也正是同样的信念，始终不渝地坚持孕育着这一片世界戏剧之林。终有一天，一株株幼苗将长成一棵棵参天大树，一片片森林将形成一道道美丽无比的风景线……

（作者为法国巴黎第三大学戏剧学博士、上海戏剧学院教授、外国戏剧研究中心主任）

目　录

他的表演姿态（被称为：造物的、因果律的，并改造现实的）在某种程度上，被斯沃瓦茨基在现实世界中加以重新演绎。19 世纪 40 年代早期，当 斯沃瓦茨基翻译佩德罗·卡尔德隆·德·拉·巴尔卡（Pedro Calderon de la Barca）的《坚贞不渝的王子》(The Constant Prince）之时，经历了一个神秘的转变过程。他在肉体和精神表现上，或者如达瑞兹·科辛斯基（Dariusz Kosiński）所说，在个人戏剧转型方面，扮演了弗尔南多王子。这正是一个神秘的转变过程。密茨凯维奇和斯沃瓦茨基一直是波兰文化中的典范诗人，他们不仅拥有话语权，而且如他们所虚构的主人公一样，梦想着拥有控制整个宇宙和所有人的权力。在某些历史时刻，虚构世界之外的波兰人似乎被赋予了这种独特的力量。语言作为为国家自由而战的表演范式，化身为行动、戏剧样式——社会和政治场景。波兰戏剧人类学家莱谢克·科兰基维茨（Leszek Kolankiewicz）将这一真切的现象称之为"文化项目：先人祭"。此外，浪漫主义传统成为波兰下一代作家的重要参照——首先影响到的是现代主义作家（一些研究者称之为"新浪漫主义"），其后是当代作者。

在此，有必要概述一些历史背景，因为，阅读这部当代波兰戏剧集的读者须对地处于欧洲中部的波兰之独特性有所了解。坦言之：波兰在东西方之间，从某种角度来说，位于尴尬的要害之地，从政治的角度来看，在俄罗斯和德国之间。波兰几千年的历史呈现出相当漫长的东西方思想、经验、文化模式相互交织的过程。本卷收录的四部当代戏剧由 20 世纪波兰著名的剧作家创作，更多代表了波兰文化的西方倾向，许多波兰人对于尽可能成为（西方）欧洲人的内心渴望。"（西方的）欧洲的"在这里应被理解为始终对本土传统、历史和问题持批判性态度，并对本土文化的根基提出质疑。然而，如果有人认为他们代表了荒诞戏剧美学，那必须补充一点，这是上述美学的一个独特的波兰变体。它是如此不同，有些批评家甚至称其为："反荒诞戏剧"。

四大剧作家——斯塔尼斯瓦夫·伊格纳奇·维特凯维奇（Stanisław Ignacy Witkiewicz）、维托尔德·贡布罗维奇（Witold Gombrowicz）、塔代乌什·鲁热维奇（Tadeusz Różewicz）和斯拉沃米尔·姆罗热克（Sławomir Mrożek）的传记及作品反映了 20 世纪波兰的动荡历史和波兰文化在欧洲的影

目　录

导 读

当代波兰剧作家的表演——造物的姿态

阿图尔·杜达

李佳颖[①]译

波兰最令人难忘的英雄人物之一——由浪漫主义诗人亚当·密茨凯维奇（Adam Mickiewicz，1798——1855）所创造的主人公拥有两个名字：古斯塔夫、康拉德。起初，古斯塔夫的角色是一位忧郁的恋人、自杀者，是遁世且怪异的仪式表演者，捍卫着古老的斯拉夫仪式“先人祭”（出现在密茨凯维奇这一巅峰剧作的第四部分）。而后，被囚禁者变身为波兰的民族英雄康拉德，他是被奴役民族的反叛领袖，将引导所有人违抗上帝，随后追随耶稣基督的足迹，经历受难和复活以迈向渴望的自由（出现在戏剧的第三部分）。密茨凯维奇戏剧的第三部分被置于第四部分之后，并非是序言作者的笔误。这确确实实是浪漫主义戏剧先锋结构的标志。相较于密茨凯维奇在戏剧文本领域的多产，第二位波兰浪漫主义诗人尤利乌什·斯沃瓦茨基（Juliusz Słowacki，1809——1849）更擅长于浪漫和讽刺。这一美学现象与文学的自我意识和自我反省有关，还涉及元小说（指涉自己作品的虚构性）和元戏剧（运用手段：揭示布景设计的戏剧本质、模仿历史惯例、对其他剧作家加以引用等）。斯沃瓦茨基患有肺结核，在其病入膏肓的最后几年，成了一名神秘诗人，一位先知。密茨凯维奇试图通过戏剧和剧场促使波兰人由奴隶变为上帝的自由之子，

① 李佳颖：杭州师范大学外国语学院教师，上海戏剧学院博士生。

他的表演姿态（被称为：造物的、因果律的，并改造现实的）在某种程度上，被斯沃瓦茨基在现实世界中加以重新演绎。19 世纪 40 年代早期，当 斯沃瓦茨基翻译佩德罗·卡尔德隆·德·拉·巴尔卡（Pedro Calderon de la Barca）的《坚贞不渝的王子》（The Constant Prince）之时，经历了一个神秘的转变过程。他在肉体和精神表现上，或者如达瑞兹·科辛斯基（Dariusz Kosiński）所说，在个人戏剧转型方面，扮演了弗尔南多王子。这正是一个神秘的转变过程。密茨凯维奇和斯沃瓦茨基一直是波兰文化中的典范诗人，他们不仅拥有话语权，而且如他们所虚构的主人公一样，梦想着拥有控制整个宇宙和所有人的权力。在某些历史时刻，虚构世界之外的波兰人似乎被赋予了这种独特的力量。语言作为为国家自由而战的表演范式，化身为行动、戏剧样式——社会和政治场景。波兰戏剧人类学家莱谢克·科兰基维茨（Leszek Kolankiewicz）将这一真切的现象称之为“文化项目：先人祭”。此外，浪漫主义传统成为波兰下一代作家的重要参照——首先影响到的是现代主义作家（一些研究者称之为“新浪漫主义”），其后是当代作者。

在此，有必要概述一些历史背景，因为，阅读这部当代波兰戏剧集的读者须对地处于欧洲中部的波兰之独特性有所了解。坦言之：波兰在东西方之间，从某种角度来说，位于尴尬的要害之地，从政治的角度来看，在俄罗斯和德国之间。波兰几千年的历史呈现出相当漫长的东西方思想、经验、文化模式相互交织的过程。本卷收录的四部当代戏剧由 20 世纪波兰著名的剧作家创作，更多代表了波兰文化的西方倾向，许多波兰人对于尽可能成为（西方）欧洲人的内心渴望。“（西方的）欧洲的”在这里应被理解为始终对本土传统、历史和问题持批判性态度，并对本土文化的根基提出质疑。然而，如果有人认为他们代表了荒诞戏剧美学，那必须补充一点，这是上述美学的一个独特的波兰变体。它是如此不同，有些批评家甚至称其为：“反荒诞戏剧”。

四大剧作家——斯塔尼斯瓦夫·伊格纳奇·维特凯维奇（Stanisław Ignacy Witkiewicz）、维托尔德·贡布罗维奇（Witold Gombrowicz）、塔代乌什·鲁热维奇（Tadeusz Różewicz）和斯拉沃米尔·姆罗热克（Sławomir Mrożek）的传记及作品反映了 20 世纪波兰的动荡历史和波兰文化在欧洲的影响。此处无法用图表加以详述，但有必要提及一些关键时刻。首先，波兰历史总体划分为三个阶段：

（1）第一波兰共和国（966-1795）——事实上，当梅什科公爵（Duke Mieszko）于966年决定接受西方基督教并受洗时，波兰王国便由此建立。自966年始，生活在欧洲中部的斯拉夫部落经历了漫长而复杂的西化过程。在这一过程中，也建立了一种独特的由国王和议会共同执政的贵族民主制。

（2）第一共和国解体后，由于俄罗斯、普鲁士王国和奥匈帝国对波兰领土进行了数次瓜分，在长达123年的时间里，独立国家不复存在。1918年，第二波兰共和国成立。至“二战”前，该共和国只存续了20年的时间。1939年9月1日，波兰的部分领土被纳粹德国占领，9月17日，另一部分被苏联占领。

（3）1944年，一个新的波兰政体成立，命名为波兰人民共和国。历史学家并未将其称为第三共和国，最重要的原因是其在存续期或多或少地依附于苏联。在圆桌协议达成共识之后，第三波兰共和国于1989年成立。那正是柏林墙倒塌之时，这实际上是对苏维埃帝国的一次清算：将欧洲分裂成两大敌对的政治军事阵营长达40年之久的铁幕真正坍塌了。

这一历史背景可以解释波兰当代剧作和戏剧诞生的复杂性。该剧作选中的两位剧作家在“二战”期间——第二共和国时期——首次亮相。斯塔尼斯瓦夫·伊格纳奇·维特凯维奇（又名维特凯西 Witkacy，相当有趣的艺术别名）1885年生于华沙，1939年9月18日逝世——他在苏联红军进入波兰东部后自杀。维特凯维奇自1918年开始创作剧本，在其后6年间完成了大部分的作品（超过20部）。

维托尔德·贡布罗维奇1904年出生于一个贵族家庭。1938年凭借剧作《伊冯娜，勃艮第公主》（*Ivona, Princess of Burgundia*）崭露头角。本戏剧集中收录的《婚礼》创作于“二战”之后，确切而言，是1948年。战争、战后艰辛的国家重建、建设崭新的共产主义国家的复杂过程、解决社会问题（饥饿、贫穷、文盲）、斯大林主义时期——所有这些都影响了波兰的文化生活，也引发了许多困扰。例如，波兰首都华沙的许多机构（包括剧院）都暂时位于罗兹（Łódź），因为华沙在起义（1944 年）期间被纳粹德国摧毁。对于戏剧和剧场演出而言，这意味着战后极不寻常的不同艺术时代之间的平等化。贡布罗维奇在两次大战期间的波兰没有开展任何戏剧事业，维特凯西的作品被误解、不被看好——它们对于观众和评论家而言太过现代、太过陌生了。年轻的剧作家在战争中幸存下来，他们是年轻的士兵（如 1921 年出生的塔代乌什·鲁热维奇），甚至还是孩子（如 1930 年出生的斯拉沃米尔·姆罗热克）。1956 年 10 月，即苏联和东欧联盟领导人约瑟夫·维萨罗诺维奇·斯大林去世三年之后，斯大林主义的终结在波兰当代戏剧文化史上具有里程碑意义。这是一个政治自由化的时期，波兰敞开大门接受西方文化的影响。波兰作为东西欧之间中介的地位得以加强。扬·科罗索维奇（Jan Kłossowicz）在《当代波兰戏剧选集》的序言中描述了这一独特的地位：

社会主义现实主义的要求被非正式废止、审查制度被官方解除，同时，允许在铁幕之后接受当代文学，由此，波兰立即成了“营地中最欢乐的兵营”。在此，值得一提的是，在 1957 至 1960 的几年间，首演了多部最新的西欧剧作（塞缪尔·贝克特、欧仁·尤奈斯库、弗里德里希·迪伦马特、马克斯·弗里希、让·保罗·萨特、阿尔伯特·加缪、让·吉内特、哈罗德·品特），同时亮相世界舞台的有：贡布罗维奇在“二战”前便发表的《伊冯娜，勃艮第公主》（1957 年），姆罗热克的首部作品《警察》（*The Police,* 1958 年）和鲁热维奇的处女作《人生档案》（*The Card Index*，又译：《私人档案》、《索引卡片》，1960 年），以及，在 25 年之后，维特凯西的剧作再次回到了波兰剧院（《乡村别墅》（*Country House*）和《狂人与修女》（*The Madman and the Nun*，1959 年）。此外，1955 年，塔都兹·康托尔 (Tadeusz Kantor) 的“克里科特 2”剧院（Cricot 2）成立，1959 年，耶日·格洛托夫斯基（Jerzy Grotowski）的“实验所剧团”成立。

事实上，这是一个艺术大爆炸的奇妙时刻。如此断言是因为上述波兰艺术家对欧洲，在某些情形下，甚至对世界艺术和文化也产生了影响（我所指的当然是格洛托夫斯基和康托尔）。过去 60 年间，他们在波兰的影响是毋庸置疑的：《母亲》在克拉科夫的老剧院首演（1964 年，由杰尔兹·加洛基 Jerzy Jarocki 执导）后上演了 53 版。《婚礼》也上演了 53 版（非官方的学生首演：1960 年，格利维采 STG 剧院，由杰尔兹·加洛基执导；官方首演：1974 年，华沙戏剧剧院，由杰尔兹·加洛基执导）。《人生档案》有 64 版（首演：华沙戏剧剧院，1960 年，由万达·拉斯科夫斯卡 Wanda Laskowska 执导，加上《散落的人生档案》The Card Index Dispersed，弗罗茨瓦夫波兰剧院，由剧作者塔代乌什·鲁热维奇执导，1992 年）。还有以 98 个演出版本在这场较量中拔得头筹的《探戈》（*Tango*）。在 1956 年之后，这些剧作家的作品影响了整整一代波兰艺术家和戏剧观众，塑造了他们的戏剧情感、心理期待和某种程度上的世界观，这并非夸大其词。

正如前文所提到的，1956 年后的波兰戏剧实际上不是西方荒诞戏剧的变体。当然，也有一些相似之处：在元戏剧化的层面，破坏情节完整性和因果性的倾向，打破角色的复杂性，违背心理概率规则，在舞台上创造怪诞或寓言的世界，同时追寻哲学和诗意的维度。本书中收录的波兰戏剧并不仅仅关注真实的国家问题，他们的作者与国内最重要的浪漫戏剧传统，尤其是那些聚焦于波兰历史或身份问题的剧作，保持着距离。这几位剧作家相较于波兰公民仿佛更像是欧洲人。也正是基于这一原因，这四大剧作家取得了国际性的成功。

其中最年长的，斯塔尼斯瓦夫·伊格纳奇·维特凯维奇（简称维特凯西）是两次大战期间波兰最伟大的人物之一。他广为人知的主要身份是画家、摄影师、怪咖，最后才是小说家和剧作家。他的全部生活就是一系列引发争端的即兴艺术表演。他在 20 世纪 20 年代创作完成了其 21 部剧作中的大部分作品。当时的剧院很少上演这些奇怪的前卫作品，这些作品的创作目的就是为了在戏剧中运用所谓的纯粹形式原则。维特凯西受到现代绘画流派的启发，如：立体主义、印象主义、表现主义、建构主义或抽象主义。维特凯西本人代表了形式主义。他的纯粹形式在绘画领域中传达了对现实主义的不满，而在戏剧中，则表达了他对于自然主义（参照康斯坦丁·斯坦尼斯拉夫斯基的“方法”）、象征主义和政治化倾向的反对。这些倾向，按维特凯西的说法，以一种天真和简单化的方式传达了某些思想。他在《戏剧中的纯粹形式理论》（*Theory of Pure Form in Theatre*）一书的序言中指出，由于欧洲文明，特别是在宗教和哲学领域的危机，唯有艺术仍能使人类体验到“在多样性中作为一体存在的奥秘”。然而，剧院需要一场彻底的变革。在舞台上，通过将一个再现的世界加以变形、排斥日常生活逻辑以及事件之间的因果关系，以实现纯粹形式的效果。维特凯西很快意识到：“纯粹形式的概念是一个边界项，你不能剥夺任何艺术作品的现实元素。在舞台上，总要有一物进行表演和说话；绘画的构图总是或多或少地包含一些与视觉世界相似的细节，这都归因于动态和定向张力的不可操作性。”

维特凯西的作品对20世纪50年代晚期的波兰戏剧产生了相当大的影响。戏剧评论家康斯坦蒂·普兹纳（Konstanty Puzyna）在斯大林时期之后出版了维特凯西的戏剧，这增进了人们对其作品的兴趣。维特凯西同时还启发了戏剧导演（即：耶日·加洛基 Jerzy Jarocki、克里斯蒂安·陆帕 Krystian Lupa、耶日·格泽戈日夫斯基 Jerzy Grzegorzewski、安德烈·扎伊克 Andrzej Dziuk 和他原先在扎科帕内的维特凯西剧院 Witkacy's Theatre in Zakopane）和其他的创作者，如：塔德乌什·康托尔。康托尔认为维特凯西是一位将艺术与戏剧结合在一起的理想前卫艺术家。他把维特凯西的戏剧片段包含在自己每一个阶段的作品表演中，也包括在使其闻名于世的死亡剧场（Theatre of Death）之中。毫无疑问，康托尔无止境地在艺术中接管现实的过程也受到了纯粹形式理论的启发。在波兰，有数以百计的基于维特凯西剧作的演出：仅是《母亲》在克拉科夫的老剧院首演（1964，耶日·加洛基执导）之后，便有了53个演出版本。

收入本卷的剧作《母亲》（1924）展现了维特凯西作品的所有独特之处：

维特凯西怪异的戏剧世界——耶日·克维亚特科夫斯基（Jerzy Kwiatkowski）宣称——存在于梦（那些角色们总是感觉自己“在梦中”）和“虚构”的世界之间。通过错觉的打岔，以及所有人物使用语言的滑稽且不可思议的相似性，故意强调了这个现实的传统和俗气的特征：语言直率的令人震惊，但也充满了哲学术语。这种康巴莱歌舞剧的基调软化了以怪诞和夸张的方式充斥着戏剧的恐怖、残暴和残忍的元素，将它们放入了引号之中。这些人物互相射击，允许身体和精神上的折磨或大规模谋杀。他们精神上有缺陷，道德感不稳定，以天真无邪的方式愤世嫉俗，在某种程度上，他们似乎是一种实验性生物，而并非人类。

《母亲》中的主人公雅尼娜是一个54岁的“主妇”，酗酒、吸毒成瘾，有据可查的情人无数，还有一个丈夫在巴西被绞死。简言之，她是个堕落者。她的儿子莱昂并未向自己的母亲让步——一心想要成为艺术家、奇怪的哲学家、局外人，谈论尼采和斯宾格勒的思想。他娶了妓女佐菲亚·普莱伊图斯，成了她的皮条客，并充当了一名外国势力的间谍。他描述自己：

“我就像一枚会爆炸导弹，静静地躺在草地上。然而，到目前为止，还没有一门大炮，也没有人向我开火。我自己无法做到——我需要别人。”（《母亲》）

在这部以灾难告终的戏剧中，维特凯西一并嘲弄了两次大战间的世界、西方文化和具有造作传统的戏剧。在某种程度上，这部讽刺作品是针对作者本人的，因为莱昂是年轻剧作家的另一个自我，多年来，他一直试图向人们传播他的古怪想法，但没有取得惊人的成功。他试图改变世界和戏剧。其中一个角色，切冷切维奇，对莱昂演讲的接受情况发表评论，这场演讲类似于剧作家的作品公演：

“可在场居然也没有任何人能够理解您：那都是全城最有名望的知识分子——他们有免费的入场券，只为了吸引他们前来。没人能弄懂任何东西：他们认为您是个彻头彻尾的骗子。我自己是不懂的，您知道……但对您报以的怒意非常可怕。他们说，您想要推翻所有现存的理想，这是腐朽的悲观主义和完全的无政府思想——甚至还要更糟糕：堕落资产阶级的虚无主义，甚至比共产主义还要恶劣。”（黄珊译文）

在这里，莱昂以一种怪诞的方式扮演着另一位伟大的波兰英雄的角色。他想用一种革命性的表演姿态来更新正变得越来越糟的世界和戏剧。整场革命以主人公的失败告终，没有丝毫晦涩难懂的悲剧。一根巨大的怪诞的管子吸住了莱昂（“代表一个平淡的民主国家使用一点私刑”）。就在他之后，那群前来惩罚莱昂的工人也是同样的结果。一出索然无味的剧，一个索然无味的结局。

第二次世界大战爆发时，维托尔德·贡布罗维奇身处阿根廷，直至1963年，他供职于布宜诺斯艾利斯的波兰银行，度日维艰。之后他返回欧洲，但并未回到波兰。他在两次大战期间凭借实验小说《费尔迪杜凯》（*Ferdydurke*，1937）和戏剧《伊冯娜，勃艮第公主》（1938）成为知名作家。然而，真正给他带来名声的是在“二战”后出版的小说《跨大西洋》（*Trans-Atlantic* 1953）以及两部戏剧《婚礼》（1948）和《轻歌剧》（*Operetta* 1966）。1956年10月之后，他的书终于在波兰得以出版。同时，他的戏剧也在西欧的剧院成功上演。20世纪60年代，维托尔德·贡布罗维奇名声日隆，甚至被提名为诺贝尔文学奖候选人，但最终，他并未获奖。在波兰，一些评论家将贡布罗维奇与塞缪尔·贝克特相提并论，期望人们能将其视为杰出剧作家。他的《婚礼》最初有前两个学生版首演，先在格利维兹STG剧院（1960年4月6日），而后又在华沙戏剧学院作为Acts表演（华沙戏剧学院一个类似艺术节的项目）的一部分进行演出。1974年，也就是贡布罗维奇去世5年之后，《婚礼》终于在华沙戏剧剧院首演，这成为一个重大的公共事件。这三个演出版本都与耶日·加洛基的名字有关，他屡次回顾这个剧作，并以一种专门的方式将其呈现到舞台上。华沙剧院的一位评论家嘲讽了1974年的首演：

“首演的气氛非同凡响。仪式、社会、润滑油、秃顶的和白发的观众们神采飞扬，年轻的人们拍红了双手。在华沙戏剧剧院由耶日·加洛基执导的维托尔德·贡布罗维奇的《婚礼》是由神父给信徒的赠礼。剧院节目单提及其在斯德哥尔摩、巴黎、西柏林、罗马和苏黎世，以及在格利维兹学生剧院的演出。在这种情况下，谈论起来怎能不无激动？情绪高涨？讽刺性的是，剧院节目单中以大写的形式强调了《轻歌剧》的作者不到五年前死于异国他乡这一事实，这种突出强调表达了他的保留和嘲弄。贡布罗维奇喜欢嘲笑一切，但他自己除外。他像他的作品的崇拜者一样，崇拜着自己。这部作品曾遭拒绝，但剧作者最终获得了胜利。《费尔迪杜凯》成了波兰散文的里程碑作品。他的《跨大西洋》也是如此。《色情文学》（Pornogtaphy）的作者在他去世10

年前就在波兰和国际上取得了名声。作家日复一日地在他的《日记》(Diaries)里反观着自己。有人提到了诺贝尔奖。”

维托尔德·贡布罗维奇的《婚礼》与其主人公亨利克——一位哲学家，也是一位在空无的舞台上创造世界的造物主——可以在不同的语境中加以阐释。莎士比亚的人生如戏的观点似乎是最显而易见的参照。类似的，卡尔德隆·德·拉·巴尔卡(Calderon de la Barca)宣称生活就是一场梦。亨利克的母题——一个努力推翻父王的儿子——在其含义上似乎是莎士比亚式的。一些研究者指出了来自波兰的启示，如亚当·密茨凯维奇的《先人祭》，或者用西格蒙德·弗洛伊德的心理分析对《婚姻》加以分析。莱谢克·科兰基维茨(Leszek Kolankiewicz)指出了另一个参照系。在他看来，贡布罗维奇创造了一套独特的哲学逻辑。这一逻辑先于 欧文·高夫曼(Erving Goffman)和他的日常生活表演分析；先于理查德·谢克纳(Richard Schechner)与马文·卡尔森(Marvin Carlson)及其将文化表演作为人类修复行为所做的研究；也先于艾利卡·费舍尔·李希特(Erika Fischer-Lichte)和她的构成每个面对面关系的自动生成反应回路。贡布罗维奇如同这些杰出的研究者一样，撰写了哲学条例，该条例研究了如何在再现的世界中创造人与人之间的现实、人与人之间的互动、戴上社会面具、通过表演姿势控制他人的过程。这种新颖的姿态似乎令人印象深刻。正如贡布罗维奇在其大量的舞台指导中所说的，他主要感兴趣的是在被剥去了形而上维度的世界中的形式戏剧：

“人受制于个体‘之间’所创造的事物，神性唯有在人身上涌现。

这正是亨利克梦中出现的‘世俗教会’的含义。在这里，人类以某种形式的痛苦、恐惧、荒谬或神秘，以不可预见的旋律和节奏，在荒谬的关系和情境下被捆绑在一起，服从于这些由他们自己创造出来的形式。在这个世俗的教会里，人类的灵魂崇拜人与人之间的灵魂。”

重点是，这不是一部惯常的奥古斯特·斯特林堡风格的主观感受式戏剧。舞台上的现实状态远比主人公的梦要复杂得多。亨利克本人并不是他梦中的主角：

这种双重变形可以应用于艺术创作的每一步，因此，亨利克就像一个处于灵感状态的艺术家，而不是一个做梦的人。戏剧中的一切都是“创造自己”：亨利克创造了一个梦，一个梦创造了亨利克，戏剧的行动创造了自己，人们创造了彼此，全体朝着未知的答案前进。”（P.16）

舞台上发生的一系列表演既非现实主义的，也非梦幻的，抑或是戏剧化的。就好像观众目睹了一个伟大的认知实验，目的是发现一个人与人之间的相互作用机制——人们共同创造他们的特殊身份，情形相当顺畅。主人公将他的语言作为一种工具——其非常成熟、灵活，经常充满了侮辱他人的表述（侮辱性的词语，如：“猪”“猪倌”“猪猡”“贱人”）。顺便提一句，一些人物使用的语言是来自于贡布罗维奇成长地区的乡村方言。

从当代的角度来看，用精神分析法来阐释这出戏，似乎比亨利克使用婚礼的仪式力量来更新世界这一概念更有趣。根据扬·布翁斯基（Jan Błoński）的说法，“回家探访演变成一次秘密的欲望之旅。”亨利克从一开始就渴望玛妮雅作为仆人来到他父母家。人物之间的紧张关系表明亨利克的欲望是矛盾的：

“亨利克不想娶身为纯真处女的玛妮雅。事实并非如此！吸引他的是一个仆人，一只卑贱的猪，一个被人推倒，被所有人触摸和占有的人……然而，他既不可以，也不能够承认真相。他必须揭发并摧毁那些束缚他的禁令，才可以找到合适的性对象。”

这出激情戏使亨利克犯了罪。他甚至违背了基本的社会秩序，即：第六条戒律“不能杀人”，并劝说他的同伴自杀，这在戏剧的最后得以实现。最终，亨利克本人似乎不是万能的——他主动向警卫投降，承认自己有罪。

20世纪末，塔代乌什·鲁热维奇应邀准备出版诗集。这本集子收录了其在1944至1994年间创作的诗歌。在诗集的后记中，诗人把他的工作方法和他与文字的亲密关系描述为诗歌本身：

或许只要创作者还在世，就都可以质疑诗歌的完整性和豁免权。我不知道……我经常在创作之夜练习缩短我的诗，而在阅读时我略过一些令我困扰的词，我略过了整节诗……在我看来，“长诗”往往太长了……我突然有一种奇怪的感觉，在“此处”的诗已经结束了，但这首诗仍在继续。呃……所以我不说话了。

你可以将这句话理解为鲁热维奇在戏剧领域，尤其是创作《人生档案》时，有关其文学策略的自述。他的第一批诗歌出版于“二战”前。两次大战之间，身为一名波兰救国军战士的鲁热维奇创作了《森林的回响》（*Echa leśne,* 1944），一部爱国诗、幽默曲和平淡作品的合集。1947年，他的第一本名为《焦虑》（*Niepokój*）的诗集出版，受到欢迎，这是鲁热维奇真正作为一名诗人的首次亮相。这使其在波兰突然被视为幸存者一代的代表（所谓的“1920代”，出生于第二共和国独立时期，而后又饱受战争之苦）。鲁热维奇的作品是散文诗创作的杰出呈现——剥去了古典诗歌的所有特征，如：韵律、节奏模式、常规诗节的划分、任何隐喻、明喻或象征。对评论家和普通读者来说，这也是在奥斯维辛之后“不可能写作的诗歌”的一次展示（根据著名的特奥多尔·W·阿多诺，Theodor W. Adorno的说法，在奥斯维辛之后写诗是一种野蛮的行为）。这些诗歌给许多读者留下的印象是极端的虚无主义以及在战争创伤过后，对于世界的排他性抗拒。就像在著名的《幸存者》（奥卡隆尼）中可以读到：

“我二十四岁
被送去屠杀
我活了下来。

以下是空洞的近义词：
人和牲畜
爱和仇恨
朋友和敌人
黑暗和光明

杀人和屠宰牲畜的方式相同
我已经看到了：

一卡车一卡车被肢解的人们
再也不能获救。

思想只是词语：
美德和罪恶
真实和谎言
美好与丑陋
勇气与怯懦
美德与罪恶同等重要
我已经看到了：
在一个既恶又善
的人身上。

我寻找一位老师，一位大师
愿他能使我恢复视觉、听力和语言
愿他能再次命名事物和观念
愿他能将黑暗与光明分离。

我二十四岁
被送去屠杀
我活了下来。
（亚当·契尔尼亚斯基英译）

鲁热维奇此后的文学作品——诗歌和戏剧都是如此—甚至那些用于反映当代世界的作品也一直为战争经历的阴影所笼罩。其主要的戏剧成就《人生档案》被有影响力的批评家和研究者认为是波兰和欧洲戏剧历史上的里程碑作品。他是战后波兰诗人中最多产的剧作家。除了《人生档案》及其新的后戏剧版本《散落的人生档案》（1992），他还创作了一些因形式新颖、主题直白而备受争议的戏剧：《无性婚姻》(Białe małżeństwo，1975)、《安葬》(Do Piachu，1979)、《陷阱》(Pułapka，1982)，还有几部小喜剧和悲喜剧，如：《证人或我们的小稳定》(*Świadkowie, albo Nasza mała stabilizacja*，1964)。然而，被翻译成多种语言（不仅有英、法、德语，还被译为捷克语、塞尔维亚语和意大利语）的最重要作品《人生档案》成为一个仍处于开放中的剧作案例，作者一生都在进行该剧的创作—没有任何作者认可的最初或最终版(Prussak 2013，多处)。在《人生档案》几十年的剧场接受中，鲁热维奇一直在改写该剧本。1992 年，鲁热维奇在弗罗茨瓦夫亲自执导了《散落的人生档案》的首演，试图用诗人创作者的表演姿态来重振他的戏剧。在学校和剧场的解读中，他的戏剧被过度的有序化和简单化了。

一个开始的想法是摧毁所有戏剧和剧作的惯例。在 20 世纪 60 年代写给康拉德·斯威纳尔斯基（Konrad Swinarski）的信中，这位波兰诗人写道：

“你知道吗……一开始安排主人公只说三个字……他拒绝参与任何表演……”

这一方案最终被改变了，但正如多勃罗契纳·拉塔吉扎科娃（Dobrochna Ratajczakowa）所宣称的，鲁热维奇的主人公，可以根据马丁·海德格尔（Martin Heidegger）“此在”（Dasein）的哲学，被解读为一个被抛入世界的巨大战后文化危机的实体，仍然没有治愈的象征性的创伤。这就是剧作家愿意看到所有剧作或戏剧形式处于衰败和混乱状态的原因，更有甚者，愿意看到每个人都面临着自己无法与他人沟通的问题。《人生档案》中的反英雄被剥夺了对生命的任何欲望。他躺在床上，身上裹着毯子，一辆车从他的房间里驶过。没有一致的行动，只有一系列独立的场景会记住他生活的片段。这一角色有着不同的名字，他是那些在战争（占领、集中营、起义）中幸存，并且没有未来的年轻一代的普通代表。他的个人故事并不及语言或记忆问题来得重要。它使《人生档案》成为一种元戏剧—致力于思考（缺乏）语言的力量、记忆障碍或貌似无所不能的作者自我反讽的表征。正如安娜·克拉耶夫斯卡（Anna Krajewska）所说：

“似乎鲁热维奇主人公的现代悲剧确确实实发生在记忆的世界中，使其无法摆脱。20世纪人类身份的标记便是试图在非现实中重演自己的世界经验；他想把真实的事件转移到梦和虚构的世界中去—去驯服它们。他把自己复制到自我和他者身上。他在测试不同的角色。因此，可能有鲁热维奇主人公的复制品（他们来自过去和现在，他们也在舞台上和电视上）。鲁热维奇也很出色地运用了自己的形象。在《散落的人生档案》结尾，他说："最终有必要浮出水面"，并且走上舞台，以作者的身份？或是导演？抑或是演员？

自我意识的悲喜剧—这是两个版本《人生档案》的主要议题。"

顺便说一下，塔代乌什·鲁热维奇在《散落的人生档案》结尾似是而非地现身，在波兰戏剧史中并非首创。他确实是重复了塔都兹·康托尔的表演行为—一个作为他《死亡课堂》现场一部分的行为。既非导演又非演员。某个类似于神话人物卡戎（Charon）的神秘角色，将逝去人们的灵魂摆渡到死者之地，此外，这还挑战了艺术家在其作品中并未采用的古典艺术黄金法则。鲁热维奇追随着康托尔成为一名诗人、回忆大师以及一位"滑稽的老古董"，一个他自己创造出来的人物的翻版。附属于戏剧领域的一部分鲜活的生命。

收入此卷的剧作中，斯拉沃米尔·姆罗热克（Sławomir Mrożek）的《探戈》（Tango）保持着最多演出版本的记录—仅在波兰就有近百个演出版本，其首演版由比得哥什波兰剧院的"非官方"首演（1965年6月5日，由特蕾莎·茹科夫斯卡 Teresa Żukowska 执导。在托伦参加北部波兰戏剧节的观众们在休息日驱车前往比得哥什，观看了演出），还有由作者认可的在华沙当代剧院和在南斯拉夫首都贝尔格莱德的首演（1965年7月7日，由埃尔温·埃克瑟 Erwin Axer 执导））。1958年，姆罗热克凭借《警察》（The Police）初登剧坛。他于1930年出生于波兰南部村庄博任钦，在克拉科夫努力学习建筑，而后又学习艺术，但并未完成大学学业。起先，姆罗热克在"二战"后斯大林时期的波兰从事记者工作，而后成为著名的漫画家和短篇小说家。他的讽刺小说和绘画作品广受欢迎。人们在日常口语中引用他文学作品和漫画中的语言，出现了一些新的表达，如："就像姆罗热克写的"以及"姆罗热克可想不出来"。《警察》连同多部独幕剧（即：《在茫茫的大海上》，《查尔斯》Charles，《土耳其人》The Turkey，《剧作》The Play）使他成为继19世纪喜剧家亚历山大·弗雷德罗（Aleksander Fredro）之后上演剧目最多的波兰剧作家。自1963年起，姆罗热克前往海外—意大利和一些欧洲小国，后又到墨西哥生活至20世纪90年代，再返回波兰。他于2013年在法国尼斯离世。

姆罗热克的剧作在海外也开始受到欢迎。被视为其最好作品的《探戈》在德国、英国和美国剧院上演了数百场。这是一个普遍的有关代际冲突的故事，但与日常生活不同，以亚瑟为代表的年轻人捍卫着保守的价值观，而以亚瑟父母为代表的上一代人热衷于艺术和生活中的革命与前卫运动。此外，姆罗热克的《探戈》中还有一条主线是艺术家、知识分子与粗人、下层民众之间存在着的斗争。姆罗热克戏剧作品的主要特色是他的多重幽默感（包含社会讽刺、怪诞、戏仿和黑色幽默）。姆罗热克是一位喜剧或者说悲喜剧大师，他将剧中的所有人物当作木偶或是活生生的寓言加以对待。正如扬·科罗索维奇所说的：

“姆罗热克的这出戏始于维特凯西。来自纯粹形式戏剧的人们坐在杂乱的舞台上（根据作者的要求）玩着扑克牌。奶奶穿着印有火车的裙子，脚上穿着运动鞋，叔叔穿着长礼服和短裤，母亲戴着帽子，父亲（名叫司铎米尔）穿着敞开的睡衣。还有一个“可疑人物”—艾德克，穿着一件明亮宽松的衬衫。突然，儿子亚瑟出现了，“衣着干净，熨烫平整”。他驱散了打牌的人们，命令奶奶躺到角落里的灵柩台上，然后把一个用铁丝做成的笼子套在了叔叔的头上。机智的游戏到此结束。类似于维特凯西的戏剧在此刻结束了。尤奈斯库似的荒诞戏剧也消失了，同时姆罗热克之前的戏剧突然发生了转变。探戈舞将不止于荒谬怪诞。”

这里无须记述整个故事。不过，有必要强调一些阐释性参考。首先，主人公亚瑟试图在他的家里重建秩序（家庭/艺术/文化/国家），挑战他的父母司铎米尔和埃莉诺，后两者是天生的革命艺术家—行为艺术和偶发艺术家。在叔叔的支持下，亚瑟试图通过安排与美丽的阿拉的婚姻来改变世界，这看来与贡布罗维奇的《婚礼》是如此相似。亚瑟就像是亨利克，与艾德克上了床的阿拉就像贡布罗维奇笔下的莫莉，艾迪则是《婚姻》中的醉鬼。然而，尽管两部戏里都有仪式，这部戏的故事则完全不同，亨利克的问题似乎可用精神分析加以解释：无法以合法的并能为社会所接受的方式满足自己的欲望。亚瑟的问题是作为失智者的缺陷。亨利克的表演性行为通过他朋友瓦玖的自杀得以完成。与他不同，亚瑟吃了灰。艾德克乡人的蛮力使他取得了最后的胜利，呈现在舞台上便是他和全家最年长的一员—舅舅跳起了著名的探戈舞《假面舞会》（*La Cumparsita*）。

亚瑟因试图攻击艾德克而死亡。一位穿着浪漫的靴子的波兰超级英雄，一位渴望成为全家 / 民族 / 人类领袖的艺术家、哲学家在喜剧的结尾失败了。这场死亡是否是一个好的结局？是的，作为姆罗热克对于这个戏剧类型的漫长历史所做的贡献，这是一个好的结局。

阿图尔·杜达博士是波兰尼古拉·哥白尼大学戏剧和表演专业教授。出版著作涉及当代东欧戏剧以及表演理论。他也是戏剧评论家，为多本波兰戏剧类杂志撰写剧评。目前担任波兰戏剧研究协会（PTBT）修订委员会主席，也是戏剧研究协会（Gesellschaft für Thecerewissenschaft，简称 GTW）和世界戏剧研究者联盟（FIRT / IFTR）的成员。

母　亲

斯塔尼斯瓦夫·伊格纳奇·维特凯维奇

黄珊　译

——献给米耶切斯瓦夫·史帕基耶维奇[1]

出场人物

雅尼娜·温格热夫斯卡　54岁，母亲。身形瘦长，头发花白。说话有两种腔调：普通嗓音和一种特殊的、虚浮的嗓音，分别标记为（1）和（2）。

莱昂·温格热夫斯基　雅尼娜之子，30岁，英俊的黑发男人，胡子刮得干干净净。

佐菲亚·普莱伊图斯　24岁，俊美的黑发女郎。

约瑟法·奥布罗茨克男爵小姐　雅尼娜的姐姐，一位瘦瘦小小的老姑娘，65岁。

尤阿海姆·切冷切维奇　剧院院长，60岁。头发灰白，身形臃肿，满面红光，留有胡髭。

阿波利纳里·普莱伊图斯　佐菲亚之父。头发灰白，留着两撇八字胡。75岁。

---

① 米耶切斯瓦夫·史帕基耶维奇（Mieczysław Szpakiewicz）（1890—1945）——罗兹市剧院院长，在将维特凯维奇的作品搬上舞台的工作中付出了巨大努力。在他的主管下，托伦市剧院分别于1923年和1924年将剧作家的《小庄园中》和《疯人与修女》搬上舞台，后者由史帕基耶维奇亲自导演。1927年，他与罗兹再次执导了《佩西·兹维若特科夫斯卡亚》。（译者注）

安托尼·穆尔德尔—本斯基 可疑人士。唇上有八字胡，但下巴上没有蓄须。35 岁的黑发男子。

露西娜·贝尔 丰腴秾丽，年龄在 40 岁左右，典型的闪米特人外表。

陌生的年轻女人 23 岁，非常美丽，与雅尼娜十分相像。

陌生的年轻男人 黑发男子，相貌英俊，留八字胡。音色是醇厚的男中音。

幕后传出的声音 与陌生年轻男人声音相仿。

阿尔弗雷德·德·拉特弗勒伯爵[①] 出身高贵，眼高手低，30 岁。

沃依切赫·德·博科雷亚—本赫热维奇 典型的富裕乡绅、浪荡子弟，32 岁。

六名工人 面相凶恶，有的光面，有的蓄须。

多萝塔 女佣，40 岁。

在第一幕中，所有人脸上都毫无血色，嘴唇乌青，两颊发灰。服装和布景均为黑白配色。唯一的亮色来自母亲手中的毛线：天蓝、粉红、金黄和浅橙色。当有其他颜色出现时，将会另行说明。

第一幕

舞台被布置成一个连接着餐厅的小客厅，屋内陈设寒酸。皮油布沙发正对着摆在墙边，沙发旁是铺有印花油布的桌子。母亲坐在桌后，一个人打着毛线；毛线是天蓝、粉红、金黄和浅橙色的。窗户在左，门在右。

母亲 [暂时放下手里的活计，盯着前方发愣。缓缓地，带着怨愤（1）] 不得好死的吸血鬼——跟他父亲一个德行。莫非我错怪了他们——是因为我的缘故，才让他长成了这副模样？凭什么我要辛辛苦苦为别人奔忙？难道我犯下过什么大错？没有，没有的事……我就是个普普通通的老太婆。可为什么我却要忍受这样多的苦楚？哦，上帝啊！我的生活一天天像个噩梦，萦绕着另一个真实的、已经死去的自我。我得自

① 由法国古老姓氏德·拉特雷莫勒（De La Tremoille）与法语单词 bafouiller“结巴”构成。（译者注，下无特殊说明则同）

已想想明白，这样才能给予我支撑下去的勇气，去面对前头等着我的更多苦难与磋磨。

（突然间响起号叫声，唱起歌谣）

我也曾年轻，也曾美丽，
也曾拥有灵魂，乃至是肉体，
一切于我都不值一提。
而今一无所有！
多么可惜！
多么可惜！

母亲 （念念有词地算账）欠书店老板50块，图书馆的书50块，房租200块。都是为了受那劳什子的教育。靠着这点毛线活儿我得什么时候才能挣得出来？傻瓜！蠢蛋！生活白痴！好歹也去做份工来糊口啊！他就写不出什么正儿八经的东西来。我？我画过画，在音乐上很有天赋，写的小说也不赖……我说的这些可不是因为有什么心理暴露癖—这里谁都没有，绝对没有。啊，这永恒的孤独。言语不能带来丝毫安慰！

一个声音 哈，哈，哈，哈！

（母亲没有在意这个声音）

母亲 不知怎么，我想起了他的笑声。莱昂笑起来跟他很像，只是还要邪恶得多。那一个是明摆着的罪恶，而这个不过是使点儿小坏，比如说故意去踩脏漂亮的新鞋——只露出一点端倪，但对我而言已经足够了……哦——他真是浪费了我的一腔心血，我的儿子！为什么我不用伏特加来把他喂大？我宁愿他像一条小日本狗，从狗崽子时期就大口喝酒；也好过长成现在这样百无一用的废人一个。他要是个侏儒、傻瓜，我也就不做多想了。我——冯·奥布罗茨克男爵小姐，完全是自甘堕落。而约莎[①]同样堕落了。或许这都是我们姓氏的“茨克”后缀所引发的臆想——或许我们本来就是普普通通的奥布罗科，首字母不用大写，也不是“茨克”[②]？人们都说，真正的蓝血即使落魄也不会失格。

（号叫声再次响起）

头顶悬着出奇美丽的面具，
无形的魔鬼拖拽我陷入罪的旋涡，
潜伏的贪欲肆然掠过。
我有过情人，我有过三个之多。

母亲 我要承认吗？还是不承认呢？［多萝塔走了进来（2）］我的多萝塔，请把意大利面下到冷水里去，按照您喜欢的那样。当个母亲真好，把儿子宠坏真好。对不对？

多萝塔 好的，夫人。我也曾经是个母亲。不过我幸运就幸运在——我的儿子早就在战争中死去了。

母亲（2） 快去！快去！快去煮面条！我从战争中把我的儿子救出来，因为他必须要去拯救全人类！他是一个伟大的思想者，同时又那样孱弱。这样的人不能死——他们要肩负起特殊的使命……

多萝塔 （打断她）夫人您又喝得太多了，恐怕也没吃东西吧？您就不能忍到晚餐时候再喝吗？

母亲（1） 啊……（不情愿地挥手）

多萝塔 我就不说少爷的坏话了。不过有的时候您也多想想您儿子好的地方，想想他还活着，还健康得很，而不是老希望他怎样怎样。难道我就知道我的菲尔德克要是活到了今天——在这种烂泥一样的环境里，会长成什么样子吗？浪荡一点是不好，但至少也算是成了人，不错了。

母亲（2） 我的多萝塔，为什么你看不到也感知不到，我正受着煎熬，我的

① 约莎：约瑟法的昵称。（译者注）
② “茨克”（-ck）结尾的波兰姓氏在过去曾象征着贵族血统。（译者注）

心在火上烤。我已经干不了活了，而他——他老是那么忙，离我那么远。最重要的是，我再记不起他的样子，我再不能……可这么多的活要干——哦，上帝啊！整个家……嗬，我的眼睛……我已经瞎了，医生禁止我再去碰毛线……啊，多萝塔，多萝塔！……

多萝塔 年轻是奋斗的时候。在现如今我们这种艰难时期，这就是句谎话，扭曲事实，制造假象，蒙蔽自己也蒙蔽母亲，自欺欺人也欺骗了别人，让人永远也无力看清真相。一旦开始欺骗就得一直骗下去，直到死。然后别的人又反过头来继续重复这句骗人的谎话——一次又一次。

一个声音 就如同我。我曾经很坚定——我一点不害怕绞索。（唱）记忆中的温格热夫斯基就是罪犯当中的圣徒。每一个年轻的罪犯都梦想着成为温格热夫斯基一样的人物。

母亲（2） 我又想起了我的丈夫。那完全是一场门不当户不对的婚姻，上帝因此而惩罚了我。上帝不喜欢人们进行门楣不当的姻合。多萝塔，你知不知道，我的丈夫是个江洋大盗，在巴西的卡斯特尔·德·阿苏卡尔[①]被绞死。他进行过一些骇人听闻的冒险……但还不止如此。谁都得承认，他的男中音音色非常漂亮，他英俊又勇敢，他喜欢幻想。更重要的是，他从未对不起自己的良心。他是真正的命运的骑士——un vrai chevalier de fortune[②].

多萝塔 喏——我这就去厨房了，待会您就该因为说了这么多掏心窝子的话而脸红了。只有一件事：您不歇一会儿，还要继续喝下去？

母亲（2） 不——我还要喝——这是我唯一剩下的一件事了。他才不知道这个。偶尔我也会用点吗啡，但并不频繁。这是我从挣来的钱里抽出来留给自己的部分。多萝塔，这是我还能清醒着跟你说的最后一句话。当然了，在心底某处，叫我欣喜若狂的是没有任何意

---

① 卡斯特尔·德·阿苏卡尔：巴西地名，但并未在任何百科全书、地理词典或地图册中有过记载。
② un vrai chevalier de fortune（法语）：一位真正的命运的骑士。

义的人生——毫无底线地为这种无限的平庸而奉献，这叫我爱到不行。我爱每一个角落，每一颗灰尘，每一根细纱。我由衷地热爱这些事物，我的多萝塔。我追逐着自己仿佛追逐着我的小女儿，在木犀草和洋茉莉的苗圃间奔跑——这不是寻常的对世界的爱——这是糟糕的反向的自我主义。他倒是也有这个，却没能反过来。他在灵魂深处憎恨万物，包括我。我哺育他长大，这可怜的孩子才没被饿死。一直到他七岁——从黄花菜长成了细竹竿。哦——脖子都有这样粗。（抬手用拇指、食指比画出一个圆）我那么爱他，甚至还可以更爱他；可他就像一头猪——我真后悔这么爱他，他伤透了我的心。这感情太过矛盾，叫人难以承受。他也这么觉得——我知道他。比情感的矛盾更糟糕的只有感情的重荷——就像有人给自己的感情施以重压，围猎，最终碾成粉末。这是他的苦难，是我的孩子的痛苦。我完全理解，却无能为力——甚至相反，我还做尽了让他愈发沉重的事情，无论我本意如何。我知道，他承受不了我的死亡。可难道我就能承受吗？难道那个黑了心的胚子一无所觉，而我白白地受着折磨？谁会关心？多萝塔说的对，他受过的全部教育都是狗屁，是地地道道的“骗钱货”。谁都理解不了，就他一个人来劲。他根本没一点像个知识分子……也许是我不理解他？也许他才是个伟大的智者？上帝哟！卑鄙肮脏的人生被安排得如此美妙，正如到处都能看到您对自己的荣耀有多么维护！（哭泣）

多萝塔 呃……夫人您今天醉得像个小丑。

门铃响。多萝塔前去开门。莱昂进。

莱昂 怎么了，妈咪在哭？又是神经痛吗？（坐到她身旁，抱住她）亲爱的，今天我还想着，希望你能平静安宁，不必神经紧张。

母亲 （默默地抽噎，但抑制住了）好，好，莱奥奈奇克[①]，我这就平静下来。

---

① 莱奥奈奇克、莱奥奈克都是对莱昂的昵称。（译注）

你知道的，我把一切都给了你，一切……要没有你，我是一刻钟都活不了……我的力气早已用尽了……

莱昂 是是是。可你干吗要用这么大的牺牲来绑架我？你最好想一想，要是你不是我的母亲，要是你不用总是做这些毛线活儿，要是你可以想干什么就干什么的话，你会做些什么？还不是整天做一样的事情，一样地投入与付出？不是织毛衣你也一样可能会去做点什么别的针线活，像是神父穿的长褡、穷人们穿的长袜之类——我说的对不对？难道错了吗？

母亲 对，对，我的宝贝。现在告诉我，为什么你今天希望我平静下来？难道我需要准备好迎接什么催人泪下的消息吗？

莱昂 那我以为倒不会。你知道的，跟所谓“我的女人们”相关的一切都是那么地让我意乱神迷。我决定结束掉五段纠缠不清的罗曼史，然后与一位精神境界完全不同的女人结婚。温格热夫斯基，蹩脚木匠和歌唱家的儿子，决定允许自己进行一场不对等的联姻——尽管是精神上的。另一种形式下嫁对我而言也难以实现。甚至——如果我们不仅仅考虑父系，也考虑到母系的话——从家境的贫寒和《哥达历书》[①]的角度这是……

母亲 莱奥奈奇克！

莱昂 我开玩笑的。我不知道奥布罗茨克的“茨克”有什么可圈可点之处，也跟我没什么关系……

母亲 这是毋庸置疑的。我年轻的时候卖掉了那本美丽的书，真是太可惜了。祖先的荣光啊……

莱昂 （讥讽地）是——特别是我的好父亲给这个家所带来的。但无所谓了：我想你也不会自找麻烦的。就当是掺了杂质的金子吧。她在等我，就在左手边的糖果店。妈妈，你怎么说？

母亲 （短暂怔住后）你是认真的。她……她很有钱？

---

① 《哥达历书》：（*Almanach de Gotha*）自1763年起开始出版的德语和法语年鉴（其中1945—1955年间出版中断），其内容包括欧洲贵族家族谱系信息。

莱昂 （迟疑着）首先，我们所有人都是认真的，包括你，妈妈。不，她没有很多钱——实际上一点也没有。她没受过什么很好的教养，待人处事也很糟糕，什么都不愿意做。甚至也不是我喜欢的类型。还记得死去的叔叔说过："不要跟自己喜欢类型的女人结婚——大街上每种这个类型的漂亮女孩都会让你和你的妻子隔阂更深。"但佐莎[①]挺漂亮的。另外，尽管不该如此，但我喜欢疯狂。也许这样的组合才是最重要的。

母亲 也是最危险的……

莱昂 呃……让我们别再讨论关于危险性的问题了吧——从长远来看还要糟糕。除了这些，她对生活全然憎恶，并因此而饱受折磨——在这种原始人身上这一点也非常奇怪。这简直是个完美的组合——对吧？从另一个方面来看也是很值得的。这就是针对我身上知识分子通病的一剂灵药。你以为我在无所事事？我加班加点——即将登上我的事业生涯最终的巅峰。我的未婚妻有一个优点：无论我给她说什么、讲什么，她总能理解。我们才认识几天——还没来得及向她展示我最本质的思想。

母亲 没错：这是最重要的——我是不懂你了，我知道。所以又多了一个担子压到我头上。难道你没看到，我真的已经不行了——最后的气力都耗尽了……

莱昂 只要一年，最多两年。你知道的，妈妈，我对金钱有着非同一般的野心。通过结婚来获得财富是我所不能接受的事情。不然一旦与妻子离婚，我就会重新一文不名。

母亲 是的——只有面对我你才没有这种野心。反正你永远不会与我分离。

莱昂 你怎么可能会不是我妈妈？

母亲 有时候我真的不知道，我到底是谁：我是个母亲，也要做饭，做工，打扫，缝缝补补，可……

莱昂 啊！我真希望能够从这些烦人的对话中解脱出来——哪怕就一个晚上……你需要有天使一般的耐心才不会被折磨疯掉！

---

① 佐莎、佐莎契卡：都是对"佐菲亚"的昵称。（译者注）

母亲 对你来说这是烦人的对话，对我而言这就是我的全部生活……

莱昂 啊！够了，看在上帝的分上！就是给我一个晚上的清净也好啊！（喋喋不休，念念有词）我以为，再过一年，或许再过9个月吧，我就会当上教授——我自己学校的教授，我已经计划好要开办一所自己的学校了……

母亲 就凭你没有博士学位、没有读者人群、更重要的是没有一点关系门路？亲爱的，你有时候是不是太自负了？

莱昂 妈妈您又来打消我的勇气，就像我发现超出数学范畴的普适性逻辑原理那回一样。现在多少人都在探讨这一问题，并且都在使用我的方法。同样的事情小时候发生的还不够多吗！

母亲 我知道——我毁了一切。在挫败一切积极性的同时，我只能给你提供一点最微薄的供养。但到底有什么对你来说可以是有价值的呢？

莱昂 妈妈您愿不愿意我立刻去当个皮条客或者特务？这是两种既不需要做准备，也不需要费脑子的工作。

母亲 你就不是在说烦人的事情了？ 你到底知不知道，我都想帮你把眼皮撑开了好好看一看，看看那都是些什么下三烂的勾当？你到底有没有想过，要是我突然不在了，你会怎么样？

莱昂 我想过。并且只有佐菲亚能够在这种情况下挽留我不去自杀。你怎么就不明白，我真的爱你，并且直到现在我都看不到，一旦没有你，我的前路将会如何，乃至于我的雄心壮志都……

母亲 雄心壮志暂且放一边。你看起来倒像是真情实感——其实只不过是在伤春悲秋。你在想到我死去的可能性时看到的唯一一后果就是你的自杀，这正是因为你就是个懦夫。

莱昂 就算这样，那也是你的罪过，因为是你把我养成这副模样！

母亲 你可真是脆弱……啊，我都说了什么！我们都在说些什么啊——真令人作呕！

莱昂 喏，又绕回来了。难道把这些对话丢到一边去，让生活回归它本来的样子不好吗？

母亲 好吧，也就是说榨干这位可怜的母亲，直到她喘得像条疲累的老牛——我知道，我知道，这样就被称作是悲剧主义。逻辑主义——悲剧主义。你逻辑化人类未来，我悲剧化我和你。

莱昂 所以这场谈话还剩下什么呢？唯一的结果，就是让我放弃我的重要使命，开始从事一种完全不用思考的工作，以此来换取维生的口粮。

母亲 啊，莱奥奈奇克，你不知道我在跟你说话的时候有多么严肃吗？

莱昂 我知道，我什么都知道——我不是那种猪猡，那种你以为的样子。一切都会好的。

母亲 我只期盼一件事：希望你不要再对发生在自己身上的事情自欺欺人。也许我不理解你的工作，但我确实不相信它。你完全不懂得生活。我像盔甲为你遮风挡雨。我害怕你活不到那一刻——当你认识到你的全部生活除我之外再无其他人、再无其他事的那一刻。

莱昂 你以为我不知道吗？正因如此我才说到自杀。

母亲 你要是知道，就不会从没跟我提起了——你从没想过这个。

莱昂 是——因为直到刚才我都从没在你口中听到过那么残忍的事实：我是个懦夫——如果这是认真的 。

母亲 不——你艰难地攀登某座山峰，甚至亲身上场与人决斗，只为了让我更加心慌——但这并不是，这不是……

莱昂 我知道：我没有勇气去当个工人或者邮局里头的小公务员——这就是问题。这就是我们的对话——甚至坦白来讲并不算是悲剧性的。难道叫佐菲亚过来不会好些吗？

母亲 我怕的就是这个，我害怕极了，我怕我不得不憎恨她。

莱昂 我怕的是别的——一旦你认识了她，你就不会再想着我，甚至不会再爱我了。除了懒惰和无情之外她可真是个尤物。我这就领她过来。（下）

母亲 （自言自语）上帝啊！还是老一套。我发过誓再也不会跟他讲这些——什么都不说了：但我必须得说，不能不说……在这些内心驱动的可怕举动面前，我们愚蠢的人皮和蹩脚的面具都因为恐惧而扭曲，而这野兽狂舞的假面舞会就是自法国大革命以来的所谓社交生活。可他是对的，这个畜生！（多萝塔进，摆桌子）我的教养、我的贵族儿媳妇都哪儿去了？现在必须得专注于最后一战，然后就能改头换面了。（换了种语调）亲爱的多萝塔，请把我的黑帽子递给我。

多萝塔递了给她。母亲站在舞台右侧的镜子面前，对着镜子搔首弄姿。门铃声响。母亲缓缓坐下。多萝塔去开了门，佐菲亚和莱昂进。

莱昂　妈妈，这就是我的未婚妻，佐菲亚·普莱伊图斯小姐——唯一一位毫无疑义可以走进我们家门的女士。

多萝塔继续摆桌子。

母亲　走进我的家门。（起身）晚上好，小姐。（佐菲亚想要亲吻她的手）哦，这就不必了，我们还没有熟到那种地步——不必勉强。

莱昂　我的母亲有时会表现得凶一些，但她本质上并非如此。请您不要介意，佐菲亚小姐。从今天开始，您和您的父亲就将与我们一同进餐。（朝母亲）佐菲亚小姐的父亲也是个木匠，跟我的父亲一样。

母亲　莱奥奈奇克，你的父亲同时也是位歌唱家。（对佐菲亚）既然您打算携全家与我们一道进餐，那么还是尽快了解全部的真相比较好。

莱昂　让我们别再上演易卜生那套戏码了，那些争来夺去的把戏，甚至还不如斯特林堡[①]笔下的残羹冷饭呢。

母亲　你总是贬低一切。你对待易卜生和斯特林堡就如同对待我一样。还有什么比奥古斯特·斯特林堡的《鬼魂奏鸣曲》更加天才的杰作？言归正传。喏，亲爱的佐莎——我可以这么叫你吗？

佐菲亚　（羞怯地）我跟莱昂先生之间也还互称先生、小姐呢。我们半个钟头之前才刚刚订婚。

莱昂　（胡乱地）愚昧——我们面前还有漫长岁月。让我们从现在开始互称姓名吧……

母亲　（对莱昂）不要这么严肃。形式上的东西不用太在乎。（对佐菲亚）你

---

① 此处暗示的作品是挪威剧作家亨利克·易卜生（1828—1906）的《建筑大师》和瑞典剧作家奥古斯特·斯特林堡（1849—1912）的《鬼魂奏鸣曲》。

们是否相爱？（片刻的沉默。多萝塔安静离开）不？——这就跟对我的态度相同。他不爱我——他不爱任何人。他只会说，他与他的思想紧密相连，但这一点也不可靠。

佐菲亚 那么您爱他吗？

令人窒息的沉默。

母亲 （沉闷地）我不知道。我只知道，他要是死了，我就不能够……

莱昂 干什么要这样小题大做？非得在茶杯里头兴风作浪。

母亲 你简直厚颜无耻。在佐菲亚小姐面前也不脸红吗？

莱昂 啊——我早对这些事厌烦透顶。还有比我们是否相爱更重要一百倍的事情不是吗？就算不解决这些看起来重要得不得了的小市民的大事情，生活也照样可以继续……

所有人坐下。

母亲 但物质上……

莱昂 我们就不能停留在纯粹的精神范畴吗？

母亲 不，不——所有东西都搅和在一起。冷掉的汤和房间整理——现在我有一个女仆，可我的眼睛……

莱昂 （打断她）上帝，上帝！我大概是疯了！

母亲 大概——这是非常典型的。

佐菲亚 （站起来，把手放到莱昂头上）冷静点，莱奥奈克。

莱昂松弛下来，坐下。佐菲亚也坐下来。

莱昂 是——我们都同意的一点是，我们还不确定彼此是否相爱，但无论如何没有对方就不能苟活。还有比这更糟糕的吗？我就坦白说吧：她自称是个吸血鬼——现在第二个吸血鬼也来了，就是她，佐菲亚；第三个就是她的父亲。来吧，给我更多的吸血鬼吧，我需要他们才能够存在，因为我证明了你们的存在。

佐菲亚 这我就不懂了。别生气，莱奥奈克。

母亲 他简直胡说八道！

莱昂 一点也不。我有一个天才的主意。你们不知道——我可以成为三个领域中的大师：演奏、绘画与写作。我可以成为这些领域里一个普通的现实主义工匠：试图用画笔复刻不可被复刻的自然的画家；为歇斯底里的女士们寻找新的战栗声觉刺激的弄潮儿；可以用文字描摹世像百态的作家。于是我就会有大把钞票。我可以成为那些艺术领域中真正的艺术家，我是说，在那些创造形式概念，甚至以去形式化为代价的领域里。我可以一举成名，也可以没有——这是另一个问题；我也可以是一个对艺术的堕落进行怀疑的傻瓜，一个舔别人盘子的蠢货，可有了这些的帮助，赚钱就一点不成问题——我所期望的不仅如此！我的雄心壮志延伸得比这更远。

母亲 可你就是个业余人士，一个业余人士不可能有真正的雄心壮志。

莱昂 你错了妈妈，今天，作为一个业余人士有时候意味着更多——我是说，有时候——甚至高于那些眼高手低的专家。今天，不仅仅在学术中，在艺术上也有许多专家；但类似莱昂纳多·达·芬奇那样的天才却屈指可数，也难得一见。到处都有罪恶滋长，人们只能窥见一斑。除此之外，个体力量的火花已经熄灭，而这似乎并非仅显现于当今的社会发展背景下。你们知道，还能在哪里成为一个更好的业余人士吗？——在历史和可以延伸出未来的结果之中。让我告诉你们，我透过自己的双眼看到这些，我自己故意站了出来。我同意的是：我的人生独一无二，每个人都是如此；是我塑造了自己的人生，而不是其他任何人、任何群体……

佐菲亚 你可真爱夸夸其谈，莱奥奈克——可尽是些陈词滥调。

莱昂 等一等，也许只是在你眼里如此。逻辑学基础对于某些非专业人士来说或许只是一些无需思考的废话，毫无意义的重复A等于A。我并未沿着最低阻力线自由滚落——我试图实现我人生的最高价值，这是命运所赋予我的，我必须将之实现——舍我其谁呢？正如同犹大不得不自我牺牲以出卖基督——否则，就不会拥有救赎。

佐菲亚 那么你的思想到底是什么，莱奥奈克？一次性给我们解释清楚吧。

母亲 他已经跟我说过一千次了，我什么都没能搞懂。让他给你解释解释吧，

我的佐莎。我去看看晚餐好了没有。（下）

莱昂 今天我第一次私下在你们面前宣讲。但我在讨论之前就逃走了。这是我的开端，若是不能成功，我就会大受挫败，又将会用许多年来继续我母亲口中所谓的“吸血”行为。

佐菲亚 别管你母亲了。来自良心的谴责令你对自己“吸榨”得厉害。

莱昂 （带着逐渐高涨的热诚开始演讲）你是对的：我的主张一贯简单明了。事实上，人类群体的道德沦丧愈演愈烈。艺术跌下神坛，那就任凭她轻巧落地吧——没有她也没什么大不了。宗教自我终结，而哲学自我吞噬，最终死于自杀。个体沉沦于社会——这种事在今天也属平常。但凡与无穷、与冥冥中的隐秘存在相关的一切都无情湮灭，这样看起来完全不可逆的社会化过程要如何挽回？

佐菲亚 没办法挽回了。

莱昂 实际上完全可以。但并不是通过复活的超人血脉——那是思想的弱者尼采畸形的呓语；也不是通过普遍幸福的梦想，幻想良善之辈都能够从心所欲——他们也许可以，但都会变成别的人，或者说机械化的牛羊，而我们天真的梦想家并不懂得这一点；更不是依仗着新编构的神话，通过人为的宗教革新——这是我们的时代最后的史学婴儿的傻话。这一切都在蒙蔽我们的双眼，不让我们看到我们都将灭亡这一事实。太可恶了！如果我们能够拥有哪怕一次这种见鬼的理智——据斯宾格勒讲这是没落的征兆[①]，那么我们就可以用它来做点什么——不止一点——来证明我们的堕落，仅此而已。同样的理智也可以成为某种创造性的开端，并扭转最后的灾难。

佐菲亚 但这些不过是你的空口白话。要如何实现，你也毫无头绪。

莱昂 我知道要如何开始。首先就不能把头藏在翅膀底下，而要去面对现实，用这种今天被鄙视的理智，击溃那些朝我们开炮的历史真相：那乏味、

① 奥斯瓦尔德·斯宾格勒（1880—1936）：德国历史与文化哲学家，曾发表观点称：西方文化在成熟期后将会走向文明的滑坡，即没落。

机械、肮脏的完美社会。因此理智就成为腐化的症状，出现了柏格森[1]式的人造的反智败类？不！相反：意识到这一切就已完全足够，不过不仅仅是自己意识到，也要让别人同样意识到。要使普罗大众意识到，自由、自然的社会发展受到沉没的威胁。这一任务是艰巨的。需要成立具备这一知识的专门机构，分级划定其影响范围。行动必须集体化、大规模展开。如果十亿人有意识地反对没落，那么没落就不会发生了。建立这样一个囊括全阶级、全社会的普遍意识存在，就能够使得这种集体没落缺乏发生的落脚点，除非是在蚂蚁洞里头。

佐菲亚 可我完全没看出来这样的论调如何能在现实当中站稳脚跟。

莱昂 少安毋躁，社会性的本能杀死了我们自己——反过来伤害它自己——因此我们有集体组织，来对抗和消除其中对个体有害的部分；而不是利用国家社会主义的乌托邦，或者工联主义与合作精神[2]下的糟糕现实，以此来愚化民众——为了达成这个目的早已成立了许多社会机构，来警告每一个人社会继续发展的危险性。如果每个人都能像我一样思考，那么这个社会就不会存在个体过度发展的问题。因此我们要有教育机构，要有社会准则，好实现这一点；处于这样一种集体状态的人类群体，必将呈现出新的不为人知的视角。在任何情况下，在我们可怜的理想主义懦夫[3]所幻想出来的普遍幸福中，都不存在新的可能性——而只有机械化诡计的阴影。是的，个体，总的来讲，已经灭亡了。也许我是其中唯一一个特殊的个体——重新开始前进，真的前进，而不是滑落到高高在上的全人类理想面具下不幸的群体性之深渊。这必须是极大规模下的集体有意识行为。经此所创造出来的个体之间相互作用的反社会离心力必须要高于社会黏合力。到那时，我们再看吧。

---

① 亨利·柏格森（1859—1941）：法国哲学家，他主张人类理智认知依赖直觉（直觉主义），并因此受到批评。

② 莱昂同样批评建议将生产工具公有化、归于国家权力机关控制的理论，以及试图废除国家、转而组建自由的生产者和生产合作社联盟组织的理论。

③ 此处指那些以对人类的“理想主义”信念为名义，懦弱地自欺欺人般认为社会化将加速文化繁荣的人（因此包括了所有的社会主义者和进步分子等）。

佐菲亚 哦——要是我们能够看到就好了！要是这个主张能被推行，那真会是桩大事业呢。

莱昂 要知道，这不是一个人或者一个组织所能够完成的。直到觉醒过来的全人类能够以这种方式创造出这样的社会氛围，从中才能得以萌现出这样一种新型的个体，因为这种氛围自创世以来就从未出现过。这不是任何一种到目前为止出现过的所谓“智慧”的恶心民主组织——恶心的民主[①]是错误的化身——她不允许面对真相，看到真相。而直到此时，才能够大规模地开创我所说的集体状态。

佐菲亚 要是没能成功呢？到时候会怎样？

莱昂 那我们也没什么可以失去的。这可能荒诞不经，但仍是唯一值得尝试的方法。在任何情况下，那个我们正在被盲目的社会力所推动着前往的地方，都是在通往最终的机械化与迷茫，而我们前方一无所有。将要被完成的是疯狂的重任——需要从虚无中熔铸出新的不可数的可能。这是人类所能想象出来的最煎熬的转变。但正因如此首先必须先要出现社会主义的去物质化[②]，作为第一阶段——看起来难以实现，却又不可或缺。不用摧毁世界再依照尼采的狂言将其重构，只需要用现有的社会力量，创造出社会的——而非个人的，诞生新人类的可能性。除此之外其他所有物质上的复生剂可以等到日后再发挥效用。但我们致力于生产健康的机器，在自动性上要比蝼蚁悲剧一百倍——因为我们本拥有一切，却终究是一场空。（精疲力竭地倒在椅子上）

佐菲亚 是这样的——我懂了。你让我累坏了。这无疑是个伟大的学说。但你告诉我一件事：你是出于对人类的热爱而做这些的吗？

莱昂 不——我憎恨人类。我为我生而为人感到羞耻。但在我们的时代出现了个人观点与其道德观念的分离。先知在今天也可以是猪猡——很遗憾，但这就是事实。毕竟，就目前而言，我并非猪猡，尽管我对人类报以全部恨意——我憎恨当今的人类。但请理解，我也并不清楚自己

---

① 恶心的民主：此处指自由主义议会制民主。

② 中断物质现实与社会主义社会运动之间的联系。

是否想要成为诸如古埃及法老这样的存在，因为从社会畸形发展的悲剧性角度来看，法老对我而言是等同于巴布亚岛原住民的酋长那样的小丑——在过去其落后性仅限于一个小范围之内；或是像今天的什么威廉二世和埃里希·鲁登道夫那样的尼采追随者[①]。在我看来同样是肮脏下流的，是我们那不健全的骗人的民主，如同一个拥有了自主意识的小怪胎，蹲坐在共产主义和工联主义的底部。但这里的结果却是显而易见的，只有傻瓜才会看不到；我所说的这个包含着一种新视角的可能性——这是不可预见的，因此值得试试看。我的信念所基于的，是隐秘存在不可侵犯这条公理，否则在任何哲学系统中都无法相洽。

佐菲亚 所以在这所有的一切之中，你又是什么？

莱昂 我可以成为这席卷世界的浪潮的一个起始点。对我而言这就足够了。完成其他部分的也许不是我自己，而是其他许许多多志同道合的朋友。但在开始大规模行动时，首先要明确的是，自我规范会令人不适——毕竟人们总是更喜欢自我欺骗。

佐菲亚 因此在对待至今出现的所有理想时都需要非常残忍，以便人们足够聪明，或者换句话说，都成为像你一样的疯子——一个由这些疯子组成的集体组织。

莱昂 你说得有理——我看出来了，你懂我。你会在行动中帮助到我——女人在这样的斗争中总是很有用。

佐菲亚 你知道吗，在我的面前，一个新的内在世界已经打开。我也许爱上了你。现在我很喜欢你说话时候的样子。但也有可能是同一种迷幻剂，让你在它的帮助下变成了不幸的艺术家，而我则成为不幸的三流荡妇——因为我不知道我是否有能力成为一个高级的赫泰拉[②]。

莱昂 什么？这是什么新鲜玩意？

佐菲亚 也许，如果昨天你没遇见我的话，今天我就会被卖给随便一个什么

---

① 莱昂认为，尼采的观点讽刺性地由德意志皇帝威廉二世（1859—1941,1888—1918 年间执政）与德国将军埃里希·鲁登道夫（1865—1937）所实践。

② 赫泰拉：古希腊时期的高等妓女，能歌善舞，通常言辞机敏，谈吐不凡，教养良好。

人。我不会也不想正常地工作。但这不是工作，只是一种艺术的即兴创作。

莱昂　吸血鬼们：让我们暂时把焦点放到我的母亲身上。她靠打毛线挣钱——这很折磨人。但我没有时间做别的。我的思想成果需要大量准备工作，需要孤独，需要表面上疯狂的无所事事，以及思索——无穷无尽的思考。现在终于万事俱备，亟待爆发。我就像是装填了高纯度爆炸物的弹药筒，安静地躺在牧场上。直到现在还没有大炮或者枪管朝我射击。而这是我自己所无法完成的——必须要有别人来向我开火，把我点着。

佐菲亚　我想要和你一起被击中。

莱昂　话虽如此，我还是认为你应该开始帮助妈妈工作。

佐菲亚　不——你不能让我这样做。我可以离开你，然后作为站街的流莺继续为你的主张而工作。

莱昂　好吧，好吧——这个问题留待解决。

母亲与多萝塔上，端上晚餐。

母亲　怎么样，佐莎？那就是毫无根据的无稽之谈。对不对？最好还是去找份什么工来做。两个人可以一起去。

莱昂　（对佐菲亚）看到了吧？

佐菲亚　不，妈妈——我可以这样叫您吗？

母亲　当然了，我的孩子。我是他物质上的母亲。精神上莱昂完全肖似他的父亲，只是到现在为止还没走上犯罪的老路。

佐菲亚、莱昂　怎么会？

母亲　啊——所以这件事出乎你们的意料了。

莱昂　妈妈，请您说得清楚些。

母亲　你父亲在巴西帕尔马被送上了绞刑架。我从那里逃了回来，可怜一个人将你抚养长大。之后我又有了三个情夫。

莱昂　真是妙极了！直到我订婚当天你都把这件事跟我捂得严严实实！为什么？这简直不可理喻！你怎么说，佐莎？你想要和我分手，想要结束这一切吗？

佐菲亚 你知道吗？——坦白说，要是我在你的剖白之前了解到这一点的话，也许我就选择分手了。而现在——我不会。（对母亲）妈妈您知道吗，我看起来像是爱上了莱昂，但我不会为他工作——我会与他一起工作。我要成为吸血鬼。人生中第一次，我要做我自己。

母亲 好吧——可怜的孩子，他已经控制了你。我对你毫无怨愤，也许随着时间这会改变。但现在，让我们坐下来吃晚饭吧。

佐菲亚 噶——不是这样的。我以为……

莱昂 哎——什么都别说了！我们坐下来吃晚餐吧，把话都吞回肚子里去。还有一件事，难道你们都没意识到——我的思想第一次取得了成功。我没有看错：你可真是个奇女子啊，佐莎……

母亲 莱昂！这太不幸了……

莱昂 请听我说。你们难道不明白，是我赋予了你们的存在以更加高等的意义？——是我！只有妈妈您从来不理解这一点。如果没有我，你们俩都会是平庸的造物，过着小市民的、没有灵魂的生活，在一眼望不尽的渺小和平庸中悲剧性地结束生命。我用来自更高等级智慧存在的光芒点亮了这一切，为可悲的残羹冷炙和妈妈的病眼，为她因为打毛线而操劳的双手提供了浓墨重彩的底色。我是赋予她们以存在意义的人，啊！她从来也不曾明白过这一点！就算我的论调都是胡言乱语，我仍像个吸血鬼一般伟大——那她们呢？！佐莎或许正可以像个小吸血鬼那样伟大——可以从旁边吮吸，分得一杯羹。没有我，我们会是成千上万个被毁掉的家庭中的一员，门不当户不对的婚姻，罪犯的儿子和男爵家的小姐。（对佐菲亚）——你需要知道，妈妈出身冯·奥布罗茨克家族，姓氏中带有“茨克”，而不是普通的奥布洛克——这个家族从 11 世纪起就在莱茵河畔颇有名气。哈，哈！我本人也因此而有些势利，但我同样因为我的父亲被吊死而感到高兴——我是更高等级的势利。我完完本本地告诉你最肮脏的劣迹。

佐菲亚 （既羞愧又满意地）我不知道这个……这真是太不同寻常了……（不

知该说些什么）

莱昂 哦，妈妈你看：佐莎因为她的婆婆出身名门而感到高兴，也因为我拥有一半高贵的血统而开心。

门铃声响。停顿。多萝塔下，很快回来。

多萝塔 有一位先生想要跟少爷说话。

莱昂 请他一道来用晚餐吧！多萝塔请去拿一瓶酒来。

多萝塔下。

母亲 莱昂！

莱昂 没什么——饭菜总归是够的。我觉得，我就是有责任吸榨我的妈妈——就好像，我所吸榨的一切最终都会写进历史。（剧院院长切冷切维奇上）啊——是您啊，院长阁下！切冷切维奇先生，"幻觉"剧院的院长，分给了我一个报告厅来进行今天的宣读。妈妈得付这笔钱——票只卖出去了一半。关于今天我进行的人生当中第一次宣读，我还什么都没来得及说。这是我的妈妈，这是我的未婚妻，普莱伊图斯小姐。

切冷切维奇 （朝女士们致意）啊呀，先生，坏了。人们讨论了起来，您却跑了。争论非常激烈。

莱昂 这样宣传效果更好。

切冷切维奇 不，先生，跟您的合作算是"完了"。警察想要逮捕您。一半的椅子都被砸烂，灯也粉碎了，一片狼藉。这都是钱啊，先生——这都是钱。

母亲 （讽刺地）这没什么，院长先生。我会用我的毛线活儿来还清。哦——我刚刚织完一件非常漂亮的毛衣。您请坐。莱昂想要跟您分享他那份食物。我一点都吃不下了，晚上吃多了不消化。

切冷切维奇 呵，谢谢——我一会儿就走。（对莱昂）您知道的，我是觉得您有点道理，但我并不能完全理解您。可在场居然也没有任何人能够理解您：那都是全城最有名望的知识分子——他们有免费的入场券，只为了吸引他们前来。没人能弄懂任何东西：他们认为您是个彻头彻尾的骗子。我自己是不懂的，您知道……但对您报以的怒意非常可怕。他们说，您想要推翻所有现存的理想，这是腐朽的悲观主义和完全的无政府思想——甚至还要更糟糕：堕落资产阶级的虚无主义，甚至比共产主义还要恶劣。我自己是不懂的。

莱昂　所以并没有发生什么实质性的讨论？

切冷切维奇　倒是有过实质性的斗殴。您还是有那么一两个支持者的——还不如没有呢，我告诉您吧，从地底下爬出来的黑蛆，比最凶狠的敌人还要恶臭。他们被酸苹果砸了一通。好在您说完就跑了，不然估计也躲不了。

母亲　是啊——莱奥奈克的神经很虚弱，最好还是不要单独暴露在外了……

莱昂　妈妈请您允许……难道所有人都是白痴？这就是城里最有名的知识分子？只有充分理解了别人的观点才可以去反对它，可以实质性地去驳击它。可这些先生们连这都害怕。

切冷切维奇　请原谅，但我也没有很能理解您……

莱昂　所以在宣读之前您是在假装理解了？是吗？

切冷切维奇　既然您这么激动的话，我也不想再与您多说了。这是账单。请付给我两千塔勒吧。再见了，再见。（鞠着躬退场）

静默。

母亲　喏——开心点儿。每一个伟大的先知都曾经不被人理解。让我们为第一次成功干一杯。越是不被理解，就越是伟大。佐莎契卡，要跟我一起喝杯伏特加吗？

莱昂　什么？妈妈您也喝酒？

母亲　两年前就开始喝了，亲爱的。你以为没有这个我还撑得住吗？我早已是个彻头彻尾的酒鬼。

莱昂　哈——一个新的打击。但我们只有接受。两年来我都很颓丧，但我不会退缩。

母亲　我也是——我会撑到最后的。可要是我死得不是时候，在你完成你的大作之前就死了，你要怎么办？

莱昂 妈妈，就让我们安静地吃一回晚餐吧。（倒了一玻璃杯伏特加，一饮而尽）

母亲 莱昂！

莱昂 我也开始喝酒了。哪怕本意良好也能上演一出蹩脚的大戏。佐莎，喝吧——订婚晚宴必须要高兴起来。

女士们用高脚杯喝酒。莱昂灌下第二杯伏特加。

佐菲亚 我只有一件事不明白，既然他如此憎恨一般意义上的所有智慧生物，特别是人类，并且对亲人们态度如此恶劣——这是真的，我很了解——那么为什么还要做这些事情？这背后的心理机制到底是怎样的？

莱昂 （露出醉态，嘲讽地）你完全没有理解伟大的人类，我的孩子。但慢慢地你会学到的。我不会退缩。

母亲 这很简单，我来告诉你。佐莎，来，吃点意面吧，别客气。我对这一切都早已习以为常了。

佐菲亚 啊，顺便一提：我完全忘了——我和莱昂我们俩都忘记了，我的父亲还在街角的糖果店里等着呢。或许我该去把他接过来。

莱昂 当然是你去。我不能，我完全醉了。毕竟切冷切维奇本应该一起吃晚饭的，所以还有一个位置是空着的。去吧，佐莎，快点去把父亲请过来，他等了很久了。（佐菲亚下）妈妈，您知道的，我心里都有数——要是没有你，我什么都干不成。

母亲 对——你干了许多好事哩：两千塔勒的账单。

莱昂 妈妈，你难道没看到，为了支撑下去我需要地狱般的毅力。

母亲 我们别说这个了。你最好吃点东西，你喝得太多了。

莱昂 （想要拥抱她）妈妈，你是知道的，我对你真的非常……你知道的，没有妈妈我就……

妈妈 （躲开）是是是——要是没有妈妈。抓住我的衣服，不然你会摔跤的。真讨厌。

莱昂 妈妈，也许我从没有说出口过……但我真的希望，希望我们……希望我们——彼此相爱……（拥抱她）

母亲 吸血鬼！吸血鬼！离我远点！永远不要靠近我。我们可以远远地打个招呼再告别。你有新的牺牲品了：那个可怜的佐莎。

佐菲亚与她老态龙钟的父亲一起上。母亲冷静下来。莱昂纠结地站着。

莱昂 （无意识地僵立）这是最悲哀的情形，关于什么是真，什么是假，我一点主意都没有。这世上只有一件事是肯定的，那就是苦痛折磨……（一动不动地站着）

母亲 请进。很高兴认识您，未来的亲家公。请你们都来入座。晚餐很简单，也许先来一杯伏特加？您别管他，他为了庆祝订婚喝得太多……

佐菲亚 哈！哈！哈！哈！

幕落

第一幕完

第二幕

豪华住宅中的客厅，正面与右侧设有门。此时正是晚上，亮着灯。台上色彩单调：只有黑白两色，与第一幕中相同。角色服装和妆容色彩也与第一幕相同，但可能在演出过程中改变。母亲，着装与先前一样，坐在客厅中央简朴的木质餐桌旁，全神贯注地打着毛线，手里的毛线是浅棕色的。在她一旁的小茶几上是巨大的水烟壶和伏特加酒瓶。每隔一会儿，母亲会给自己调一杯“威士忌苏打”并喝下。从右侧相邻的房间里 —— 也许是在餐厅，传出在橱柜里摆放餐具的声音。片刻的沉默。

母亲 多萝塔！多萝塔！！

多萝塔上，身着黑白色的衣服，但相较第一幕中要讲究许多。

多萝塔 夫人，有何吩咐？

母亲 过去我们在厨房里头待着的时候多好，我的多萝塔 —— 在那里我感觉像在家一样。在这儿，哪怕我坐到这个桌子前，一切也都是那么陌生可怕，仿佛不属于这个世界一样。

多萝塔 夫人你看，一切都崭新漂亮，一点也不可怕。少爷现在这么出息……

母亲　他不让我跟你们一起坐到厨房里去。可在这里我不舒服，很难过，就像有什么恶心的东西让我窒息了。黏糊糊的，没有胳膊和腿，附着在我身上。我不知道那是艘没有船员的船，还是什么生物体。我发觉自己就像一座高塔一样巨大。我拖着庞大的身躯在这些房间里头晃动，看着我自己那么陌生，好像是个别的什么人，像个小老鼠那样在这些房间里头乱窜？然后“啪”！——老鼠被陷阱夹抓住，我醒了过来。① 这样的情形一天要在我身上发生好多次。

多萝塔　这难道不是在做梦？

母亲　不——我打着毛线，一切正常，都是原样；但不一会儿又会像是在另一个世界，尽管我坐在这儿没动。这也许就是赫威斯特克②——那个少爷最近一直在读的哲学家所说的多重现实。他梦想用逻辑思想解释社会转变，以避免周期性现象的出现③——我是说少爷，不是那个赫威斯特克。

多萝塔　我不懂这些。

母亲　多萝塔，你以为我就懂吗？一点也不。他现在总是出差。少爷成了个销售经理——这不是那种到处推销的推销员，要高级一些。你为什么笑？不相信吗？

多萝塔　我可没笑。夫人您又出现幻觉了，就跟那个老鼠一样。您不能再喝这么多了。（母亲给自己调了一杯威士忌苏打，喝了一口，想要递给多萝塔）呃——我还是喝纯的吧。（倒了一高脚杯，喝下）哦——真的是，非常好的酒。

母亲　当其他什么我都看不到时——这种边界游离不定的斑点就依次覆盖了一切。今天下午的时候还没有这回事呢。

多萝塔　为什么夫人您还要打毛线？少爷现在挣了那么多钱，小夫人也带来

---

① 可卡因作用下产生的幻觉。

② 莱昂·赫威斯特克（1884—1944）：逻辑学家，数学家和哲学家，画家与艺术理论家，波兰形式主义理论家。

③ 莱昂迫切地想要创造一种基于不容置疑的逻辑基础之上的社会理论，以规避在维特凯维奇看来会出现在一切社会生物之中的机械化风险。

了不少夜间护理品。

母亲 一星期三千塔勒。可少爷那么没常性，他怎么能做好生意呢。啊——只要喝酒，我就还能看见东西。要是没有伏特加，我就完全瞎掉了。不过多萝塔，你好好的为什么说起孩子们的事？你有什么不满吗——是什么？

多萝塔 啊呀——我什么都没有想过。我能有什么不满的？跟别人一样——赚得多就行。但夫人没回答我，您干吗还要受累打毛线呢？您现在可以休息了，他们小两口真的去工作了。这样下去您的眼睛更要恶化了。

母亲 哦——多萝塔，别说了。我眼前开始冒金花了。什么都看不到。我得再喝点。（喝）我就是为了自己做做——好歹是从那边带过来的东西，尽管这点收入杯水车薪。少爷已经不耐烦我做这些了，想要我把它们都扔掉。我在他眼皮底下简直像做贼一样，只是为了好玩。至于其他的，还能为了什么呢？一切都那么陌生，那么可怕——我要是什么都不能做的话，大概会疯掉吧。对我来说，休息是最残酷的折磨。最可怕的就是晚上。我一个人睡在豪华的大床上——我恍惚觉得，自己还是个小女孩，还是当年的贵族小姐——多萝塔你知道的，我出生在一个非常高贵的……

多萝塔 （不耐烦地）啊——夫人很久以前就跟我说过了。少爷也吩咐我称呼您“夫人”——小夫人也是。

母亲 不容易啊——少爷的父亲是个木匠，也是个歌唱家，最后犯下事被送上了绞刑架。但在那三年里他带给了我如此多的快乐，让我终此一生都不会后悔。尽管他是那么的可怕，那么可怕——比生生折磨致死还要残忍。我大概已经是疯了，亲爱的多萝塔。我偷偷告诉你——虽然我也害怕说起这个，我的头快要炸了——我一直在拼命坚持，才不会疯掉。没有吗啡我就根本睡不着。我必须喝得越来越多，我的身体已经千疮百孔。

多萝塔 啊——夫人您冷静点！是我不好。您需要多走走，停止喝酒或者少喝点，别再干傻事了。

母亲　还是同一个人，是少爷他给我买了这一切东西。我不知道他这么干是为了让我早点去死，还是全然出于好心。因为你看，我已经不能用别的方式活下去。（哭泣）

多萝塔　我得走了——我不能这么说话。我知道夫人您很难受，但我也无能为力。（下）

母亲　（独自一人）上帝！上帝！这些斑点越来越严重。（喝酒）我已经不能分辨出，我到底是仍然活着，还是从坟墓里爬出来的一个噩梦。或许我自己不知道我已经死了，这一切就是地狱或者炼狱里的刑罚，惩罚我这样将他抚养长大，促使他犯下罪过。上帝啊——我不想这样的——我只想能够稍稍微好过一些。我的错——要是我不曾那样折磨他，他也许会成为一个著名的歌唱家，而不是被吊死在杆子上头。他抢劫，他杀人，这个畜生——但他却带给我如此多的欢乐！（哭泣）呃——我需要喝很多，才能撑过去。（喝酒。试图冷静下来。从中间的门里进来了咳嗽着的老普莱伊图斯，穿着非常考究的黑色骑马外套）

普莱伊图斯　（恭敬地）您好吗？您又在做毛线活了？呵，呵！

母亲　啊哈，阿波利纳里先生——您请坐。我很累。

普莱伊图斯　怎么了，夫人，是什么原因造成的？（坐下）

母亲　啊——我们不说这个，什么都别说。您没发觉您对我来说就是个噩梦吗？

普莱伊图斯　原则上，小姐……

母亲　我已经跟你说了一百次，我不是什么小姐。

普莱伊图斯　是是是，不是小姐。所以小姐……

母亲　太悲惨了，这种生活就连最外围的一点体现也逼人发狂！……

普莱伊图斯　喏——大概我们并不能抱怨这些痛苦。孩子们像公牛一样辛勤劳作。女婿一直在出差，佐莎不断地上夜班，夜间护理疗程，还有夜间装订课程和夜间健身塑型舞——让我不怎么喜欢。

母亲　（开始以非常优雅的姿态说话）难道这其中真的有什么不适宜吗？我以

为，他们的爱情已经延伸得有些离奇了。他完全不再说起自己的观点，尽管据说有些什么会议召开，有什么项目开始启动。你看不到有什么是确定的，亲爱的先生。如今这个时代，在奇怪的意识形态层面的重新定向之中，这样的差异对比还很多——我是没办法定位自己了……

普莱伊图斯 （开始觉得不自在，真诚地找补）我没有——我只想说，我的女儿早就不喜欢我了。她换上奇装异服，非常狂热——忙于推行您儿子的伟大学说，整天出差。好几次我看到她跟一群男人在马车里……据说都是上等人——也就是，我想说，是贵族们——那是我偶然去城市的东南端的时候看到的，之前我从来没去过……

母亲 （仿佛从梦中惊醒）您说什么，普莱伊图斯先生？（并不是在询问，而更像是“你怎么敢”的语气）

普莱伊图斯 我只是说了我的想法，小姐——我的女儿打扮得和表现得像个寻常的烟花女子——像那种举止轻浮的女孩。

母亲 您怎么敢向我说这种话？

普莱伊图斯 您自己难道看不到吗？

母亲 也许我看到了：突然的活跃，服装的变更……但她在工作，并且婚姻到底会给她带来一些附加影响。

普莱伊图斯 您这么认为？可真是个伟大的乐观主义者啊，小姐。

母亲 我不想再听到这个称呼！您懂吗？请不要再开我的玩笑了！上帝啊！我什么都没看到！（喝酒）哦——我脑子里面一团乱麻。您触及了我心底最深处的疑虑。

普莱伊图斯 我还能告诉您更多：城里人告诉我，您的儿子——当然是为了理想——被迫进入了完全不合适年轻人以及您这样夫人家的孩子进入的领域。

母亲 您到底是什么意思？普莱伊图斯先生，看在上帝的份儿上，请不要再折磨我了！

普莱伊图斯 我可以一五一十地告诉您，如果这能够给您带来宽慰的话：他们说，他与某些人有联系，那些人据说跟外国使馆接触密切，绝不是我们这种人可以打交道的。没有什么证据可以证明，但有些人在暗中看到了。他们还跟我说起一个非常不正经的俱乐部，是一些……社会形象很不好的人开的。关于这个，亲爱的夫人，年轻人怎么能炫耀和那个可怕的百万富翁遗孀露西娜·贝尔有一腿呢？要知道她毒死了自己的丈夫还逍遥法外，现在带着一群狐朋狗友，在堕落的年轻人簇拥下花天酒地。昨天看到他和她一起在那个“幻觉”还是什么“刨花”。这就是我们孩子们的收入来源……

母亲　（打断）住口，你这个粗人！滚出我的家！！去厨房吃泔水去吧！你不能！……住口！！我要去叫警察来，你这个臭虫！……滚！！！（普莱伊图斯逃到右边，咳嗽着。母亲跌坐到扶手椅上）所以他们是用这种方式……啊，太可怕了！但奇怪的是，我却又觉得很正常。我完全被疯狂攫取了心智。（再次回想着）啊，太可怕了！！（突然换了种口吻）不——这不可能，这不可能。

一个声音　你自己不久之前也这么想。你还跟多萝塔这么说。哈，哈，哈！

母亲　（没有听到那个声音所说）所以是我逼他们到这一步的？啊——这不可能……但我确实这么想过，跟多萝塔这么说过——我确实这么想过。不，不，不——这绝对不可能。他们待会就要过来，他们必须要否认。我可以不用这些奢侈品，我还可以继续靠着打毛线维生。劳碌命——这是莱昂说我的。啊，该死！我做这个做了27年！

一个声音　是你强迫我的——是的，甚至差点儿强迫我去犯罪，因为你想要过上奢靡的生活。哈，哈——多么可笑！

母亲　（回答，但仿佛是在自言自语）不，不——我谁都没有逼迫——不管是他，还是他们。我想要莱昂规规矩矩地赚钱。并且他确实是在规规矩矩地挣钱——那是我的儿子！毕竟我爱他，我为他骄傲。他的观念开始被接受，已经有研讨会在讨论他。我是不公正的。我对他感到抱歉，莱昂，为一切！我不想要这样——我不想，我不想！

莱昂上。母亲用毛线遮住眼睛。

莱昂 这是什么？妈妈又打起毛线来了？您是不是真的疯了？请您现在就停下！这会彻底毁了您的眼睛的。

母亲 （平静地）等等，莱奥奈奇克——我什么都不想看见。我必须要休息。

莱昂 那您干吗要做这些？酒精，吗啡，还有这些该死的毛线活。不——我到现在为止态度都很好，但这个实在太过分了。请把它们扔掉，并跟我保证再不会有了。

母亲 （在另行说明前始终拿毛线活挡在眼前）但我没有工作就不能活。我做了27年。我习惯做这个就跟习惯伏特加一样。

莱昂 够了！我再也受不了这个了。我不会靠近，因为我还记得妈妈您在那个可怕的订婚晚宴上对我说的话：永远不要靠近，永远不要触碰，永远不要亲吻。已经过去两年了。请把它立刻扔掉。

母亲 求求你了，这是我唯一的孩子。

莱昂 啊，老恶魔！我给了妈妈您一切；（换了种语气——虚弱的，不确定的）我日夜操劳，为了换来这些——我跟佐莎一起工作……

一个声音 对——工作，但怎样工作？

莱昂 见鬼了——难道我出现幻觉了？（一个激灵）我太累了——我感觉像是我的父亲在跟我说了些什么。可我并不认识他呀……

母亲 啊——他也工作——他也这么跟我说……

莱昂 谁，到底是谁？！！！

母亲 你的父亲。你们俩在所有方面都一模一样——就好像易卜生的《群鬼》[①]中那样……

莱昂 也许这只是因为妈妈您总是那样，因此在完全不同的人身上引起了完全相同的反应。好了，够了——这团毛线[②]，您丢还是不丢？

母亲 我发誓……

莱昂 我也要发誓，我的意志必须在这栋房子里得到完全的推行！这不是妈

---

① 《群鬼》中同样提及了主角与其过世父亲的相似性。

② 旧版中为“这团脏兮兮的毛线”。

妈用毛线活支撑起来的被吸血鬼们榨干的小屋了！（夺过母亲的毛线活，扔到地上，又踢又踩。母亲用手捂住脸，仍坐着。在被夺走的毛线从她的手掌和脸庞上滑走的时候她就变成这个姿势，那瞬间什么也没有看到）啊——终于！希望这是最后一次！

母亲　（没有露出眼睛）哦，你太残忍了！……

莱昂　（带着突如其来的真诚）妈咪！我也是为你好。（靠近她）我还可以像从前一样亲吻你吗？（变换语调）啊——我不知道，我是否还有这样做的权力？但我真的只爱你啊！

母亲　（始终捂着眼睛）你在说什么呢？那叫什么话？我也只爱你啊。吻我。这真是个可怕的误会。儿子、母亲、父亲、兄弟，他们都是人，就算有什么差异，也必须要相爱——必须要。这些差异应当被缩小，以便能互相容忍。如果那些必须相爱的人——不是因为强迫，而是因为命运——互相憎恶，生活就会变成地狱。来，像从前一样拥抱我。我感觉，我们好像又回到了从前的屋子里。在那里我们曾是快乐的。

莱昂　啊，别这么说，别这么说。我们过去没有试图在坦途上寻找幸福。是的——我们竭尽全力去毁掉一切生活。

母亲　（遮着眼睛）让我们不要再相互指责了。一切都会好的。我的内心有一种奇异的宁静。要么我是清醒了过来，要么我已经醉到不省人事。一切都过去了——全部的疯狂都过去了。（带着恐惧地）会不会我真的已经疯了？（莱昂疯狂地拥抱她。沉默片刻）不——是你！你不再是陌生人，其他人。我们已不再处于悲惨的境地。但现在告诉我一件事：这件事深深地折磨着我。佐莎的那个父亲，那个恶心的坏蛋，告诉了我一些可怕的事情——你告诉我：是还是不是。你用一个字回答就好——我相信你。你知道的——最近有一些谣言，关于你，关于佐莎，关于一些可疑的人，关于金钱……（不安地）这些贵重物品都是哪儿来的？莱昂，你说！

莱昂站了起来。母亲没有睁开眼睛。莱昂自我斗争了一番。

莱昂　（生硬地）不——那都是些无聊的诽谤。没有任何根据，不管是关于我的，还是关于佐莎的……

母亲 （突然睁开眼，站起来，扑向他，然后身体猛地摇晃，坐到地上）这是怎么了？！我什么都看不到了！眼前一片红光。莱昂，我完全失明了。给我伏特加——一杯就好——纯净的，不掺水。快点！这样我就开心了——我不想瞎掉。谁来挣钱养家啊？！我还想把手头儿这桩活计给做完……莱昂！莱昂！（莱昂机械地给她倒伏特加。母亲像个幽灵一般喝下）没什么，会过去的——虽然这么严重的情况先前不曾有过。（停顿）哦——这没有用！所以这到底还是发生了——我会瞎掉。都无所谓了。但我知道，那不是真的——这就够了。不管发生什么，我都很开心。我再也看不到你了，但你开始工作了，你成人了！（莱昂抱住她）我醉得厉害。当我清醒过来，我可能会疯掉，但不能再喝更多了。家里有溴盐或者氯醛[①]吗？我现在还不想疯掉！

莱昂 妈妈，妈妈！是那些该死的工作和药物，是吗啡和伏特加！为什么我没有足够的决心让你远离它们？！我还助纣为虐，因为不忍心拒绝你。上帝啊，上帝啊——这惩罚来得太早！

门铃声响。有人打开了门，响起一连串脚步声：露西娜·贝尔来到了客厅。

露西娜 莱昂，莱昂！我等不了了！你都一个星期没去我那儿了。我总算找着了你的住址。啊——这一定就是你的母亲了。我对不起她，我要嫁给你做妻子。我只爱着你。夫人，这是我最后的也是唯一的爱情。没有他我就活不下去！您为什么坐在地上？

莱昂 请离开这里。我的母亲失明了。一切都完了。

母亲 （始终坐在地上）这是怎么了？这位小姐是谁？

莱昂 （冷冷地）这是贝尔小姐，单方面地对我陷入爱恋。

露西娜 单方面的？哦不——你也爱着我呀。莱昂，别这么残忍。

莱昂 （暗示着）难道小姐您没看到，世界上还有比爱情更重要的事情。请您

① 溴盐、氯醛：镇定剂。

现在就离开吧。您也看到了，我家里正有不幸的事情发生。

母亲站了起来，靠着椅子站立，直起身子。

露西娜　和我在一起就没有不幸！我会拯救你们两个的！你们一定濒临崩溃。他必须要完成自己的使命。他的思想必须要取得胜利。我知道我来得不是时候，但原谅我。一个星期没见到你，现在我意识到，我生命的终点就在你身上。让我们分担痛苦吧。你从来都不想告诉我你的地址，我哪儿都找不着。你还以我为耻吗？（*对母亲*）我们只在公共场合一起出现过一次。（*对莱昂*）就连警察都不知道你住在哪儿。他们是这么跟我说的——你知道吗？（*对母亲*）法伊克什夫人，您说点什么吧——我把一切都给你们……

母亲　（*奇异的平静*）请您记住！我不姓法伊克什，而是温格热夫斯卡，来自冯·奥布罗茨克家族，姓氏以“茨克”结尾。我的儿子是一位已婚的男士。

露西娜　这不是真的！我是说，姓氏也许是我搞错了，但他并没有结婚啊。

莱昂　不好意思，妈妈是对的。我姓温格热夫斯基——我已经结婚了。（*冲露西娜使眼色。之后又想起了什么，对她的耳朵低语*）

露西娜　你离婚了？现在我什么都不相信了。你有妻子？太卑鄙了。（*讥诮地*）他不想失去我，所以在我面前隐瞒了这一点。（*对母亲*）夫人您不知道，一年来他花了我多少钱。他花言巧语从我手中哄走了几千块。我的账单早就不在了。但这不是数目的问题。他只跟我说理想的实现和家中的困窘。但你们过得好得很呢——我居然到现在才看到。（*四下打量*）我被他蒙蔽了双眼，我因为他而完全变了一个人。而他呢？您的儿子是一个皮条客，夫人，一个最普通不过的皮条客。你懂吗，老瞎子？你把儿子抚养成了一个皮条客。这个怪物现在就以此为生。是——你可以不用离婚！我爱过他！上帝，真是令人作呕！多少真心实意付诸东流！

母亲一动不动地站着，只是紧紧握住椅子扶手。

莱昂　请您出去，因为我今天没工夫应付您！您懂吗？我也付出了许多真实感情。（嘲讽地开口）除此之外还有许多健康。以爱为名的兴奋剂是有害身体的，露西娜小姐，所幸并没有伤害到我的智慧。也许这段话总算能够让您离开这栋房子。

露西娜 真是臭不要脸！这是我的房子！尽管我没法将你们赶出去，但你们就是小偷！

莱昂 一旦我的思想得以推行成功，我就把钱还给您。

露西娜 他的思想！全都是胡话，任何有理智的人都不会相信一个皮条客的空想！

莱昂冲向她想要把她赶走。但在门边（门铃没有响）遇见了身着黑色礼服裙的佐菲亚。佐菲亚的脸上浓妆艳抹，但显得并不正常——甚至从观众席都能看出她化妆化得过浓了。她后面有两位涂成黑白色的先生（包括脸[①]），穿着燕尾服，披着海豹皮毛，头戴礼帽。

佐菲亚 （不正常地极度激动）啊这个缠着你的贱人找上门来了？藏得真好。今天我第一次吸了可卡因。所有妓女们都在这么做，为什么我不？我百无禁忌，随心游荡，灵魂已飞出天际，我什么都不在乎了。我就是个荡妇！你们懂吗？——小温格热夫斯卡夫人。妈妈终于因为打毛线瞎了眼——太好了——一点没关系——我有钱呢。请允许我介绍两位先生：德·拉特弗勒伯爵和德·博科雷亚—本赫热维奇先生。后者不使用王子头衔，尽管他出身帖木儿汗[②]。我丈夫的母亲：冯·乌德·祖·奥布罗茨克男爵家族的小姐[③]，姓氏以“茨克”结尾，起源于11世纪的贵族世家。我感觉飘飘欲仙，多么神奇的和谐统治着这个宇宙，尽管所有的一切都是猪狗！万物如此美丽！人类是他们自己的最好的证明，活着，这就是真的。（因喜悦与癫狂而动弹不得。露西娜坐到门边的椅子上）

莱昂 先生们，请原谅。（对佐菲亚）把可卡因给我。或许通过这种方式我就

---

① 原文为法语。

② 帖木儿（1336—1405），蒙古统治者，帖木儿王朝的建立者。

③ 冯·乌德·祖：德式的贵族命名法，“冯”置于出身地前；“祖”则表明继承的祖产。

能承受这一切了，我的脑子已经开始打结。

佐菲亚　让先生们给你拿。他们招待的我。莱昂，你不知道这是多么美妙的东西。我开启了一段全新的生活。

德·博科雷亚　（递给莱昂装在玻璃管里的可卡因）您一定是佐菲亚小姐的兄弟吧？

莱昂　（深吸一口；吸入白色粉末）不，先生——是丈夫。我靠这位小姐混饭吃。露西娜·贝尔小姐。

德·拉特弗勒　啊，小姐，我们喜欢不同寻常。

莱昂　（吸吸鼻子）你说得对，佐莎——可卡因，这真是个好东西。我的脑子现在非常清醒，没有什么能困扰到我。先生们留下来吃晚饭吧——对不对？妈妈，试试这个——这简直太棒了！一切都变了样。不是你那些该死的吗啡和酒精能比的。

母亲　给我。我已经感觉自己活在另一个世界里。我大概已经疯了。（莱昂把博科雷亚给他的可卡因倒进母亲鼻子）

佐菲亚　喏，先生们，请随意，就像在自己家一样。待会儿我就来安排，让每个人都有晚饭吃。（对露西娜）你，这个贱人，也留下来吧。（从右下）

德·博科雷亚　（对莱昂）我不知道您是否了解，我和德·拉特弗勒，我们俩都是您妻子的情人。

莱昂　（吸吸鼻子）这真是太好了！啊，我觉得妙极了！现在我完全与自己达成了和解。

母亲　（坐着，吸着鼻子）你知道吗，莱昂，我清醒了，我眼中一切都是那么的绝对，不容更改——甚至是美丽的。哦喃——愈发美丽，愈发动人……（狂喜地怔住）

露西娜　（站起来）你们也给我点。今天我遭遇了生活的死亡，我受到了生活的欺骗。到目前为止我还不曾胆敢尝试过这个。

德·博科雷亚　（递给她可卡因）哦，小姐，两分钟过后一切都会过去的。新的世界将会在你的眼前展开。温格热夫斯卡小姐的感受要更好，因为在那之前她已经喝了不少。

露西娜一边吸着可卡因，一边喝下伏特加。

莱昂 你们懂的，先生们，我有权利用自由的方式死去。正常生活于我已成为一种折磨。现在我看到了可卡因作用下的生活。没有悲剧——太美妙了！而我的主张，在你们不知道的时候，已经推行得如火如荼。这就是思想的力量，正如福耶[①]和古瑶所说。我现在的思维清晰得可怕！整个世界都被安置在我冰冷的逻辑体系之中。

德·博科雷亚 是的，但之后就会有疯狂的沮丧。现在一切有多么清楚和美丽，之后就会有多么——上帝啊！多么的令人恶心——我缺乏词汇来描述。我和德·拉特弗勒是温和的可卡因服用者——我们并不沉迷于此。

德·拉特弗勒 喏—坦白说，这其实有点胡说八道，因为就没有不上瘾的可卡因吸食者。您看起来像是清楚地看见了自己的逻辑。但可卡因除了狂喜之外不会带来任何新东西，是完全没有产出的药剂。但对我们来说也足够了。

露西娜 （抽鼻子）啊，我现在飘飘欲仙，感觉好极了……

莱昂 哦——我可不会是什么温和的人。我的生活结束了。（抽鼻子。所有人都在翕动鼻子，处于一种狂热的状态）

佐菲亚 （走进来）晚餐倒是有，但只有冷盘了，请大家见谅。伏特加和前菜已经准备好，请大家都到餐厅来吧。我们将像野兽一样狂欢，度过无拘无束的夜晚。

母亲 一点不错——正如你所说，莱奥奈切克。我完全清醒了，不过是在另一种意义上：既不是向上，也不是向下——这远胜过酒精，太不一般了。哪一位先生能扶我一把，我看不见了。

德·拉特弗勒 （伸出一只手给他；此前两人已经脱掉皮毛外套，摘下了礼

---

① 莱昂捏造了法国哲学家的姓名，实际上是：阿尔弗莱德·福伊雷（Alfred Fouillée, 1838—1912）和他的学生让·玛利·古瑶（Jan Marie Guyau, 1854—1888）。

帽）是的，是的，在喝过酒之后可卡因的效果特别好，也更加健康。哈，哈，哈——这真好笑。

德·博科雷亚把肩膀给佐菲亚倚靠，所有人都走向右侧的房间。莱昂是最后一个。门铃声响，有人开了门。穆尔德尔－本斯基上。

本斯基 莱昂先生，请给我几分钟时间，我找你有事要谈。

莱昂 啊——晚上好，安托尼先生，请您稍等，先生们先请。（所有人离开去了餐厅。莱昂和本斯基站在通往餐厅的门后。母亲悄悄地摸索着回来，不被察觉地偷听他们的交谈）您可真有勇气啊，居然找到这儿来。还是在没有可卡因帮助的情况下。

本斯基 （黑白色调，与所有人一样）别管什么可卡因了。我急着找你。请您告诉我那个动员计划的代码。他们不愿相信这是真的文件，得一一对上号。待会儿我还会来找你。

莱昂从钱包中抽出一小本便签，从便签里抽出一张小卡片。

莱昂 给。

本斯基接过卡片收好。莱昂在便签本上写下了什么。

本斯基 谢谢您。您知道吗？我自己都不相信，靠这个我们赚得太快了。体面的一年。嗬，嗬。

母亲 （先生们转向她）那是什么代码，莱奥奈奇克？这是你生意上的什么人吗？是你的生意吧？

莱昂 不，妈妈——老实告诉你吧。露西娜小姐不过给了我点零花钱。我们主要收入来源于从事战争间谍工作。你已经知道的那两桩事，还不足以展现我的才智。首先，我是一个非常复杂的腐化分子；其次，——我喜欢秘密的、危险的事情，尽管有时候我可能是个懦夫。这是电影的影响——至少我自己这么以为。哪怕是我有时候也需要放松。号码来自被窃取的军事文件。这是我功绩的证明，这些是钱款的收据——现在你什么都知道了。

本斯基 莱昂先生，你都说了些什么？这可都是一等一的绝密啊。您是疯了吗？眼睛坏了吧。

莱昂 可是，先生——这是我的妈妈。她今天瞎了眼，还发了疯——非常安全。此外，我过去像个吸血鬼那样吸榨她。更为滑稽的是：在那团毛线活的帮助下吸榨她。

母亲在谈话过程中始终僵立。

本斯基 您怎么了？我怕了你了。

莱昂 没什么，亲爱的安托尼先生。我第一次用了点可卡因。喏，你走吧。

本斯基被莱昂推着下，朝母亲鞠躬。

母亲 哪怕是有可卡因我也承受不了了。我要死了，这是对我心脏的最后一击。我离死亡一线之隔。我不知道我是谁。莱昂是个特务！！！（失去气力，朝后仰倒。莱昂跑向她）

莱昂 妈妈，妈妈！（查看她的状态并站起身）并不是任何道德上的痛苦使她死去，没有什么良心负担能够将她杀死。过大剂量的可卡因带走了我可怜的老母亲。（所有人都挤到餐厅的门边，甚至包括多萝塔）亲爱的多萝塔，老夫人死了。这一刻总会到来。我也不知道我是谁了，先生们。不——因为妈妈在临死前这样说自己。你们知道你们是谁吗？谁都不知道。我们甚至不知道存在的意义是什么。隐秘存在是不可触碰的——这是我整个与机械化作斗争的组织体系的基础。必须要有人牺牲才能将其发现。这一使命降临在我头上。我无论如何都能够完成，因为这段历史已经开始。没有什么能止住它的势头。据说可卡因摧毁记忆和智力，通常用人的死皮制成。但这又与我有什么关系呢？

多萝塔 少爷您在慌什么？赶紧救救夫人。

莱昂 啊，是的。多萝塔是我们当中唯一没有吸可卡因的人。让我们把老夫人抬到沙发上去——哦，对。（他们把母亲和多萝塔一起放到左边的沙发上）现在我们继续去喝酒，去吸这种美妙的药剂吧，它可以避免生活的戏剧化，或者把戏剧无限推迟。（把朋友们驱赶到餐厅，自己也进去了。多萝塔跪在母亲的尸体旁边。突然，原本搭在胸前的尸体的右手滑落到地上。多萝塔发出一声尖叫。所有人又重新从餐厅涌进来，

手里拿着杯子和三明治，有的还在咀嚼）

莱昂 又发生了什么？

多萝塔 什么都没有；夫人的手臂突然掉了下来。我吓了一跳！

莱昂 既然这样，我第二次请你不要再因为愚蠢而吓到我们了。夫人肯定已经死了，虽然她自己不知道什么叫死亡；正如我们不知道什么叫生活，却仍还活着一样。在可卡因的状态下，我以为我说了一些非常有深度的话。大概都是废话。我们走吧。（驱赶着朋友去餐厅）

一个声音 干得好，莱昂！我第一次承认你这个儿子。

幕落

第二幕完

第三幕 尾 声

房间黑漆漆的，没有门，也没有窗。正对着观众的墙上有黑色的幕布，向两边延展。在舞台中间（地板上铺着黑色的地毯）是黑色的六边形基座，母亲就躺在上面，脚朝着观众，头被高高抬起，双手交叉叠放胸前。身着燕尾服的莱昂站在基座前。在短暂的静默后开始说话。手中拿着一团浅棕色的毛线活儿，是第二幕中曾出现过的同一件。这是整个舞台上唯一的亮色，直到另作说明。

莱昂 （对观众）当下的情况，是显而易见的。如同红色，如同“啊”的一声，非常直观，尽管整体上当然要复杂得多。一些人会认为这是空想，是做梦，是符号，是魔鬼才会知道的东西。我留给他们解释的完全自由，因为我要是连这点自由都不留给他们的话，所有人肯定都会趋于相同了。正如古老的俄罗斯谚语所说，“别用手指去划玻璃”。我甚至——尽管如此不幸——我仍顺服于命运。先生们不要以为，我又像那个记忆中的夜晚那样服用了可卡因，那个晚上我的母亲去世了。

（用手指着尸体，目光并不去看）

可卡因在当时确实效果很好，但之后就反噬得厉害。我服用的剂量过多，到最后，整个被压缩到极致、隆起到破裂的现实，全都愤怒地反抗着我的意志；一切都变得不可思议，莫名可怕，与它们的美丽程度成正比。我置身于另一个星球的地狱里，一个人；我是我们这个族群里唯一的个体，孤孤零零，与其他一切都格格不入；其他人——包括我死去的妈妈——对我而言都是虫豸，透着难以言说的怪异。是的——我可以说，我是置身于道德的地狱，并不知道它的业火中焚烧着些什么。不，不，不是所有的情况都能以这种方式解决。我并不想成为一个道德家，但我也不建议任何人服用这种垃圾，除非已经没有什么可以失去。我，当然，本已经可以这么做，但我不想因为那些从未成立的原因而这样做。我不知道这块大幕是什么。这个房间，据他们说——哦，我从没跟任何人说过——既没有门，也没有窗。我是怎样带着我死去的妈妈的遗体找到了这里，这对我自己来说也是个谜。我只记得，昨晚我不断地交替着喝酒和服用可卡因，直到最后："呔"！——我就在这里了。同时还伴随着强烈的宿醉感和头痛，以及难以承受的厌世感，据说是可卡因的特殊反应。我还要指出的是，上述情况完全真实，也就是说，我就是我，不是什么双胞胎，也没有自杀，自我感觉精神健全，诸如此类，等等。只剩下一些事情还没有分析，特别是时空关系。比如说我不知道自从那个晚上到现在已经过去了多长时间，我也不想知道。

一个声音　你终于说完了？

莱昂　我说完了。

击掌声。大幕移开，露出前两幕中的所有成员，坐在红色的椅子上，背景是黑色的墙壁，除此之外还有其他人物：阿姨，冯·奥布罗茨克家族（形式中带有"茨克"）的女儿；不认识的女人，面色正常（所有人，除了妆容夸张的佐菲亚，脸上都是灰白的），穿着红、绿、紫色的衣服——她的面貌、体型和动作都与母亲十分相似。除了这些人外，还有一位穿着黑色西装的陌生男子。

莱昂　哦——好一个惊喜！我的所有朋友们都来到了这个没有门窗的房间里。我发誓，我从没见过这样的事。我没想到这竟有这么大的自由空间，直接通往星际深处。（指着观众席）我看到这里有许多熟人——他们打哪儿来？——这不关我的事。但令我奇怪的是这些我不认识的人也在，我不知道为什么我会感到奇怪。

打扮得五彩斑斓的女人和陌生男人站起来，走近他。

女人　你一定不认识我，莱奥奈奇克。我是你23岁的母亲——那时候你还没有出生。

阿姨站起来，走近他们。

莱昂　我的母亲，完全被我榨干了，之后因为自己造下的罪孽被我惩罚——毫无生机地躺在这里。过后我们再来谈论这个话题……

阿姨　没错——她被剥夺了创造奇迹的权利。物理的人格分裂与实践的错位——不！——不止如此。无论是哪个读着爱因斯坦长大的人，都不能不把他当成是个骗子，哪怕是在思维实验的领域。有一些思维实验是不被允许的：也就是那些否定了本体论[①]基本法的实验。就更不用说讨论真实，甚至是莱昂·赫威斯特克的多重真实了。因为这种真实[②]不能逻辑自洽。我是亡人的姐姐：冯·奥布罗茨克家族的女儿，姓氏中带有“茨克”。

莱昂　我，研究社会学，对此也有所涉猎。阿姨说得很对。

阿姨　我不需要得到一个门不当、户不对婚姻产物的认同，比如说你，温格热夫斯基先生。

女人　我一点都不奇怪你会这么想。但你，莱昂，这样聪明的小伙子——我与你同在，也就是说：通过你——也不是——我始终从内而外地陪着你，以不同的形式。

---

① 本体论：哲学基本分支之一，主要探讨存在本身。

② 旧版中为“这种梦境与想象的真实”。

阿姨 请不要当着我的面开一些不合时宜的玩笑。

女人 （愠怒地）我想要建议您冷静下来了，因为您远不如这位女士看起来真实。您知道，您是怎么到这儿来的吗？

阿姨 （混乱而疯狂）我没有……我只是想……我什么都不知道……我害怕……

女人 所以就请您回到自己的座位，安静地坐好吧。（对莱昂）莱奥奈奇克，你思想的愚钝吓到了我，特别是你开头那段演讲——我们在幕布后面听到了。

莱昂 我也正在想这个。我惊讶于我自己思维的狭隘。这是可卡因的影响。哦，我再也不会服用哪怕一丁点儿这种垃圾了。是的，您是我母亲的年轻时候。这是最首要的事实，不需要继续分析了。存在是多么奇怪啊……

女人 停！你就快要又开始长篇大论了，但这会让观众们无聊的，特别是那些资质不足以跟上你思维的人。我必须告诉你，你的想法是天才的——我是说那些社会学的概念。要是你能早点成功，一切都会不一样了。

莱昂 你宽慰了我，妈妈。但这已经于事无补，事实就是，被我杀了的妈妈的尸体现在就躺在这儿。

女人 够了——我想给你介绍一下你还不认识的父亲。他在你三岁的时候就被绞死了。你早已完全不记得他。阿尔伯特（用法语发音念出这个名字）——你的儿子，莱昂。

陌生男子［沃依切赫·（阿尔伯特）·温格热夫斯基］ 你是个好小伙了，莱昂。我爱你，一如既往，哪怕在你仍一文不名之时。那时候我就知道，你肯定会出人头地的。

莱昂 那时候确实，父亲，我过得非常失败。我把妈妈推向了死亡，而我的主张太过——怎样才能不夸张地说呢……

阿尔伯特 （带着法语口音）喏，喏——不要谦虚，你是比其他许多艺术家、发明家、技师、先知和宗教领袖更难得的天才。

莱昂 过去我一事无成，一事无成……

阿尔伯特 并非如此。你被误导了。从很久以前开始，我就把你所有积累的信都拿走了。我们已经有了由三四家公司合并成的新的情报机构，不是恶心的民主和奴役制度下的产物，而是完全按照你的小册子内容建设的——更不用说国外的了。

莱昂 对——这是我唯一的作品。36页。

阿尔伯特 但其中已经包含了全部的构架。通过这36页，你对世界发出了法国大革命以来最响亮的一击。这儿有报纸：乌拉圭、巴拉圭、洪都拉斯、菲律宾、日本——你想要的都有。你已经世界闻名了。温格热夫斯基的姓氏赢得了无上的名望，这可不是通过愚蠢的艺术、科学或者犯罪，而是因为解决了关乎全人类的大问题。这真是太棒了，莱昂，我以你为荣。（拍拍他。莱昂翻看着报纸和信件。突然把纸张全都扔到地上，拿脚踩。从袖中取出毛线活）

莱昂 可现在，母亲已经死了！就连她的安慰也再不能拥有。该死的——太不幸了！毕竟我早就可以去死了，但我甚至没有这个殊荣。都是废物。你们至少随着时间而变迁——但我不能。

女人 你忘了，我就是你的母亲。我真的为此很高兴。我什么都原谅你。

莱昂 是的，但这里还躺着一具再也不能原谅我的尸体。哦上帝，上帝！这就是那些个毛线，老太太因此失去了她的眼睛！而她一辈子说的话——我知道的，不管意愿如何——都是为了叫我无法承受她的死亡。所以我不能。她的每一个字都在提醒着我，每一句话都叫我害怕，就像一百万个肿瘤扎根在脑子里头，我不知道此时此刻还能够干什么：用我的主张成功推行后带来的全部声望和荣耀——我所能付出的，不管是什么，都太过渺小——只希望能撤回我对她所说的每一个字，能挽回我用来伤害她的一丁点儿恶念和想法。（哭泣）你们不知道，什么是可怕的良心谴责。我承受不了这个。

女人 要是你不愿意相信我，就没什么能帮得了你。偏执无药可救。

莱昂走近尸体，将毛线放到她的手里，跪下，呜咽着。

莱昂 呜呜—呜呜—呜呜……

女人 请允许我向你证明，莱奥奈奇克，这具尸体是假的。这只是个假人。这整件事情——包括我们在内[①]——都是被安排好了的，只是不知道被谁操纵着。但这不过是某些意外的一种简单表现形式，凝固在没有尽头的存在之中。（想要挪动尸体。莱昂阻止了她并继续哭着说）

莱昂 妈妈别想要动她。这是可怕的亵渎。请出去。让我和她单独待在一起。

阿尔伯特 别动她了，妮娜。让他也静静，好好哭一顿。哭一哭是很好的，我的孩子——对你也是一种治愈。

女人 你说得对，阿尔伯特。这可以治愈他，就像这儿所有人都经历过的那样。

莱昂 （带着绝望和泪水）我什么都不懂，什么都不。但从另一个方面来讲：要是我没有经历过这一切，我还是我吗？所以我必须承受。我必须得从事这样一些报酬优渥的工作，好让我的精神得到休息，可以积聚力量进行更进一步的思考。但如果我投入全部的意志力，我也可以诚实地工作以实现这一点。27年来她靠打毛线养活了我，之后我养了她两年，却靠着一桩桩不齿的勾当来偷懒！哦，上帝，上帝啊，我受到了多么可怕的惩罚！哦，要是她能像妈妈一样，（指着女人）一切就都会不同。

女人 要求别太高。她老了——而我还年轻。什么都没经历过。

莱昂 我可怜的老母亲啊！现在说什么都于事无补。啊，我是多么没用，多么没用啊！（哭泣）

阿尔伯特 我对他有点失望。他看起来是在悼念母亲，可实际上是在自怨自艾。状况很艰难。我以为——考虑到他的思想和那天晚上的行为——我从某条裂缝中目击了一切——他确实是个坚强的人。但当铲子打到他的头上时，一些愚蠢的道德谴责将橘子酱抹在良心上，并证明，他并不应该拥有这些。莱昂，我最后一次告诉你：

---

① 原文为法语。

抬起头来，忍耐，但在忍耐的同时行动，自发地创造出新的力量。莱昂，喏，抬起头！过去的事情已经覆水难收。要是你现在能够吹个口哨，迎接全新人生，你就为她，死去的她，带来了最大的快乐。

莱昂 我知道了——父亲是对的。但我应该从哪里开始呢？

阿尔伯特 战斗在等待着你。一切都方兴未艾。你应当干一番大事，环游世界，宣讲，会议和组织——这些都大体完成。但伟大的事业才刚刚开始。全人类都在等待我们。

莱昂 父亲以为，全人类[①]跟我有任何关系吗？我愿意用他们全部换来我可怜的妈妈的片刻生命，换来我说出的蠢话得以被收回。

阿尔伯特 哦——状况很糟糕。我们等等吧。

老普莱伊图斯走近他们。

普莱伊图斯 啊哈——亲爱的莱昂先生。啊哈！他们说，您故意给母亲伏特加和吗啡，好加速她的死亡。也许这是下意识的做法吧——我不知道。现在有这样的观点……

莱昂 （*迅速掏出左轮手枪，朝普莱伊图斯射击*）这不是真的，愚蠢的谎言！我都是为了她好。我以为，那是她全部的慰藉。

普莱伊图斯倒下。

阿尔伯特 很好，莱昂，你开始逐渐冷静下来了。

莱昂 是父亲开始指引我找到激情！我是继承了您才有了这一腔美丽的热忱。吊死徒，暴徒，巴西土匪和杀人犯。我是追随着您成了间谍和皮条客。

阿尔伯特 唔——莱奥奈克，你开始不像我了。这是很笨的做法，有点像你那可怜母亲的作风，把所有的罪过都怪罪到我头上。但这是你从你妈妈那儿学来的。

莱昂 我的粗鲁无礼倒都是跟您学的。如果您再大放厥词，我就要开枪，像弄死一条野狗那样杀了你。

---

① 旧版中为“这全人类”。

女人 让我静静吧，阿尔伯特。他现在正极度的暴躁，而我则正相反，不能忍受任何吵闹出现在我面前。

露西娜和本斯基走向他们。

本斯基 关于间谍行为，请您不要有任何不安。事情没有暴露，最后悄无声息地得到解决，没激起半点水花。我们赚了一点小钱，对国家没造成任何损失，并且他们同样从中赚了点。愚蠢的是那些特工。是他们的错。

莱昂 穆尔德尔，你是个好人。您知道吗，您给予了我最大的安慰。（拍拍他）

露西娜 莱昂先生，我对您也没有任何指责。我因你而饱受折磨，但你教会了我什么是爱——最极致的、真正的爱。最重要的是，你教会我不应当去玷污真爱。至于钱，你会还给我的，因为你即将变得富有。

莱昂 （亲吻她的手）我真不知道该如何感谢您，露西娜小姐。是的，当然——我会把所有钱还给您。但那是一笔巨大的数目，需要好几年的时间来分期偿还……（再次亲吻她的手，而她也亲吻他的头。佐菲亚走了过来——后头跟着她的情夫们）

佐菲亚 喏——如果你要与一切和解，那么也许和我也可以，莱奥奈克。我们可以结束情色的关系，如果你愿意的话，继续像一对有共同理想的朋友那样相处。我会继续帮助你。你到底应该相信我对理想事业的真诚，毕竟是你把我推入了其中。而我从无一刻停止过对你的爱意。

莱昂 喏，是的——我把你推入其中，但也是由于你的热切。没有这个谁都无法逼你去做。好吧——我同意了，但我必须与这些先生们算算账。这将会是一个象征——象征着我杀死了你其他所有的情人。你一定不记得，自己有过多少了吧。（朝德·拉特弗勒和德·博科雷亚—本赫热维奇开枪。两人倒地）

阿尔伯特 （对女人）你觉得呢，妮娜？我们离开这儿吧。他一旦崩溃，会杀光我们这里所有人，像杀鸭子一样轻轻松松。

多萝塔 （走过来）说得好："我们走吧"——但怎么走？这儿没有门也没有窗，也没有任何人——我问了所有人，没人知道我们是怎么来到这里的。

从天花板偏右侧降下一根巨大的黑色闪光管子，直径有一米，带着箍架，就像是工厂的烟囱。管子的底部打开一扇小门，从中走出了切冷切维奇，他后面是六名穿着黑色衣服的工人。管子直直降落在舞台地面的活门上方。这些人就是从活门中走出的。

切冷切维奇 女士们、先生们，晚上好。

阿尔伯特 终于我们与外界有了联系。先生们，你们做什么把我们弄到这儿来？要怎样才能放我们出去？

切冷切维奇 这叫什么话？我们也在管子里从头坐到尾，我们也不知道，是谁把我们装了进来。我是剧院院长切冷切维奇。那上方有些机械装置，是非常精密复杂的机器——我告诉你们，那机器是用来吞噬掉母亲们没有被榨干的残躯。待会儿，我们就把可怜的老温格热夫斯卡夫人放到机器中去。那上头还坐着一位工程师和二十多个人，同样也不知道是怎么来到了这里。我们隔着墙听到了他们的对话，但他们一点也听不到我们对他们说的话。

莱昂 不——这个玩笑不好笑，先生们。一切都好好的，不需要夸大其词。

管子升了上去，工人们在右方站成排。

切冷切维奇 简直一团糟！现在我们永远也没法从这里出去。但这里已经有了不少尸体。贵族血脉，阿尔伯特先生，（换上法语腔调）温格热夫斯基先生。轮到儿子照顾爸爸了。

莱昂 你尽管用这些蠢话去照顾他吧。（大力推了切冷切维奇一把，让他面朝下跌倒在地，一动不动仿佛已经死去）——啊！我为什么会这么做？！这难道能够对我可怜的老太太有一点点帮助吗？！到底是谁胆敢在这里开这些该死的玩笑！啊，卑鄙！上帝，上帝！我面前除了痛苦再无其他欢愉。

女人 我受够了这一切：你们那些谋杀，枪击，对话，幻想，斗殴，灵魂的怜悯，在恶臭内脏中腐烂的精神。我想要活着。莱昂，看！这一切都是一个巨大的谎话。（走向尸体，抓住它的头发，拔出木质的头颅，从中露出填充的稻草）这不是任何人的尸体，只是一个傀儡。头是用木头做的。（把尸体的头扔到地上，发出木头落地的沉闷声音）其他部分大概出自哪个雕刻名家的手笔。在我印象中，要么是扎莫伊斯基[1]，要么是阿赫朋克[2]——尽管都是自然主义，相似得很。而这双手是石膏的——来自木材工坊的旧货；其余的——这就是堆垃圾。（把整个尸体推到地上，都是干草和破布等。撕开遮盖住一切的黑色大幕，同样扔到地上）

莱昂 （害怕地）啊！啊！这太可怕了！我现在要怎样继续活着？！这更糟糕了，更糟糕了——我现在要怎样去死？！你们毁了一切！啊！啊！啊！

女人 我们离开这里，阿尔伯特——我们所有人都离开这里。如果他能经受住这一切，他会变得更加强大。如果不能——就让魔鬼带走他。那都是他自己的事。他的思想已经得到了传播，现在没有什么能够阻止。说这个房间没有出口的，都是谎话。我敢保证这些椅子后头一定有一扇门。（直直走过去，撞开椅子。阿姨站了起来。所有人——除了一动不动的工人和尸体——跟在女人后面。她在墙上摸索）哦——这有一扇暗门，这儿有个按钮。

女人按下按钮。一扇门打开了。透过门看到春天的风景，群山，阳光普照。房间里灯光暗下，变成暗红色。所有人从门中出去。在最后一个人出去的瞬间，黑色的遮盖物移开了。莱昂始终站着，手插在头发里，眼睛半睁着。直到遮盖物被移开的瞬间，莱昂跪到了地上，把散落在地上的母亲傀儡的肢体搂在怀中，在地板上跪行。

莱昂 啊！现在我一无所有！就连良心的谴责也被剥夺了！甚至剥夺了我的

---

① 奥古斯特·扎莫厄斯基（1893—1970）：雕塑家，维特凯维奇的朋友［为其设计了《绘画的新形式》一书（1919）的封面］；属于波兰形式主义流派。

② 亚历山大·阿尔基边克（1887—1964）：乌克兰裔雕塑家，活动于美国。

痛苦！！我一无所有，一无所有！只有这不幸的纪念品！啊！

工人队伍右翼 喏，现在，先生们，小型自治政府以恶心的民主的名义作出审判。

所有人朝莱昂的方向移动，把他从傀儡肢体上拉开，开始押着他朝先前管子落下处的活动门那儿移动。押着他来到那里，观众的视线被完全阻挡，然后把他推下活动门。

工人们 就这样，就这样，就这样，就这样，就这～样！（站起来，咳嗽。莱昂无踪无影。管子迅速放下。工人们站在尾端的门前，开始挨个走进去。切冷切维奇回来了一会儿，下意识嘟囔几句。与此同时大幕缓缓落下）

幕落

全剧终

婚　礼

维托尔德·贡布罗维奇
赵祯 译

出场人物

伊格纳齐（父亲和国王）
卡塔日娜（母亲和王后）
亨利克（儿子和王子）
瓦玖（好友和御前官）
玛妮雅（服务员和王妃）
酒鬼
总务大臣
内侍
警局局长
主教潘道夫
叛徒大臣
各位达官贵人，酒鬼，御前官，
夫人，恶棍，佣人

剧本主旨

人总是屈服形成于人与人“之间”的东西，对他来说神性只因人群而生，再无其他方式。

亨利克在梦里梦见的那座“人间教堂”就是这样。教堂里人们组合成了“疼痛”“恐惧”“可笑”或“秘密”的形状，形成了出人意料的旋律和节拍，组成了各种荒诞的关系和情形，在屈从于这一切的同时，他们被自己创造出来的东西塑造。在这座人间教堂中，人的灵魂最喜欢的是人与人之间的灵魂。

亨利克将自己的父亲抬到国王的高度，就是为了能让父亲同意他举办婚礼；随后他自己称王，自己给自己主持婚礼。以此为目的，他逼迫自己的臣民赋予他神格：他渴望成为自己的唯一神。

但这所有的一切都要通过“形式”来实现：意思是，人待在一起的时候，总会互相强迫去接受这样或那样的生存、说话、行为方式……而且每个人在扭曲他人的同时，也在被他人扭曲。

从这点来看，这部戏剧首先就是形式之剧。这里所指，并不像在其他艺术形式里那样，寻找还原思想冲突和人物形象最合适的形式，而是重现我们与形式本身永恒的矛盾。假设在莎士比亚的戏剧作品中有人喊自己的父亲为“猪”，那么这部戏剧可能意在表达儿子羞辱父亲；但当这一幕发生在这部作品中时，戏剧冲突往往存在于吼叫的人和他的吼声之间……因为吼声可好可坏，它可以抬高吼叫的人，或者正相反，将他推入羞耻和耻辱的深渊。

这样的变形，主人公亨利克首先屈服的变形，从以下几个方面实现。

一方面来说——亨利克的内部世界将外部世界变形：所有这一切都是他梦见的，他是“他本身”，而别人则是他的想象，而且他们不止一次直接表达了他的真实感受。因此如果其中有一幕无缘无故变得放荡、严肃或神秘，如果其中某个人物忽然变得邪恶或悲伤，那就应该归咎于他个人灵魂的超负荷运作。

但是从另一方面来看，却是外部世界在影响亨利克的内部世界。有时，就像我们说过的那样，会发生剧中人突然变调、语出惊人的情况——因为这就是亨利克期待他们所做的事。有时亨利克的行为举止对他自己而言无法预料且难以理解，因为他必须配合自己的同伴；他们将风格强加给了他。

因此这样的变形是相互的——永远需要双方的力量，内部和外部，它们相互制衡。所有艺术创作都会经过这样双向的变形，因此亨利克的形象更类似于灵感迸发时刻的艺术家，而不是做梦的人。剧中所有的一切都在不停地“生成”：亨利克塑造了梦，而梦则塑造了亨利克，剧情也在一刻不停地自我成形，人们互相塑造，而整部剧也向着未知的结局慢慢推进。

综上可得以下几个关于演戏和执导的贴士：

（1）所有这些人说话都拐弯抹角，永远都很虚假，永远都在演戏。所以艺术就是面具、手势、叫喊、表情等的一条长龙。它本就应是“虚假的”，而这虚假性永远不应该失去人的声音，在剧本中我们能感受到这里所说的人声。

有两个元素能赋予这一虚假性核心悲剧的特点，它们分别是：亨利克认为这些虚幻并不是单纯的游戏，而是发生在他内心世界的真实的心路历程；他还觉得他的话语和行为就好比神秘且危险的力量的咒语；他觉得是形式塑造了他。他就是导演。

（2）从这种双向的变形衍生出一种东西，维特凯维奇称之为“纯形式”。剧中的人物尽情地享受着自己的表演，甚至沉醉于自己所受的苦难，所有的一切都只是在这样或那样的情境中让他们联系起来的托词。

一词带出另一词……一事引出另一事……某些细节不止一次地变得丰满，还有句子，经过重复就有了非凡的含义……因此能否更加清晰地表达出这部作品的“音乐元素”很关键。它的那些音乐“主题”，渐强和渐弱、休止符、重音、合奏和独奏，应该像交响乐章一样被编写。每个主角都应有自己是乐团里的一门乐器的自觉，而每个动作都应与话语相联系。至于那些场景和情形，就让它们自然地一个衔接另一个，至于表演的人群，就让他们表现出某种神秘的感觉吧。

在学习普通艺术的文字内容时，演员能从句子的含义得知这句话应该怎么读。而在这部剧中，情况要复杂得多：剧中的对话要更加虚假僵硬，而且最简单的句子却更具虚假性的情况不止一个。除此之外对话的轨道更加的灵活：就比如一个人在悄声悲恸地说着什么的时候，第二个人则用雄浑地声音高谈阔论，然后第三个人开始吟诗作对，背诵某段韵律十足的段落。

（3）就如同亨利克在睿智与愚蠢、圣洁与疯魔之间摇摆不定一样，艺术也是一刻不停地受到粗制滥造、滑稽可笑以及弱智元素的威胁。在这部剧中主角们所说的话，尤其当他们吟诗作对的时候，也能体现其一二。作品不止一处表现出莎士比亚作品戏仿的特点。布景装饰、服饰以及演员的面具也意在揭示那永远都在演戏，永远都在模仿，虚假的、充满恶作剧的世界。

剧　情

为了方便阅读简略交代剧情。

第一幕

亨利克——最近一场战役在法国参战的士兵——在梦里梦见了自己远在波兰的家和父母。

家好像变成了客栈，而父母则变成了客栈的老板和老板娘。亨利克艰难地在客栈服务员的身上看到了未婚妻玛妮雅的影子。这时一个酒鬼带领着其他酒鬼进了客栈，当父亲兼老板阻止他调戏骚扰玛妮雅时，他就开始迫害父亲。

父亲在恐惧中叫喊，谁都无权碰他……“无权碰你，你是国王？”酒鬼们叫嚷着。而有段时间陷入飘飘然状态的亨利克却一下子跪在了父亲跟前，并向他致敬，将他变成了“不可触碰的国王”。“不可碰”为父亲隔绝了酒鬼的“触碰”，并且以这种方式躲避他的迫害。

当亨利克作为儿子的敬仰逐渐减弱的时候，父亲向他提出了这样一个协议：你认我为国王，而我则动用自己国王的权威归还你的未婚妻村姑在客栈里失去的尊严和贞洁，我将把她变为“不可触碰的女孩”，并为你们举办能将一切变神圣、变纯洁的“像样”的婚礼……

第二幕

人们都在准备亨利克与玛妮雅的“像样的婚礼”。但是国王的权力则受到背叛的威胁（大臣之中有奸细）。

亨利克认为所有的一切都取决于他自己怎么对待自己的梦：“睿智”还是“愚蠢”。他发表了一番“睿智的”言论，多亏如此他才能暂时压制叛徒们的活动。

但是，当婚礼即将举行的时候，（成功越狱的）酒鬼不请自来，并且在叛徒的支持下，又一次试图袭击国王，用自己粗壮的“手指”去“触碰”他。

亨利克匆匆赶来援助父亲和未婚妻。现实在“愚蠢”和“睿智”之间踉跄。被亨利克的“睿智”战胜的酒鬼表面上做出了让步……但背地里却提议亨利克单独与他对话，就为了要诡计用其他方法达到自己的目的。

场景在下午茶[1]时间发生变化。“帮我们废了这个毫无防备的羸弱国王，”酒鬼诱惑亨利克，“我们就封你为王，到时候你就能依靠自己的权力给自己举办婚礼了。”

亨利克，玩儿得高兴了，与其说他喝红酒喝醉，不如说他因演戏而醉……越来越沉迷演戏……最后好似听从了酒鬼的恶魔低语：背叛父亲，自己称王！但却在最后一刻反悔：不背叛……

然而国王父亲已经控制不住自己的恐惧，增长的、“国王的”恐惧……他开始害怕自己的儿子，而这份恐惧将亨利克变成了真正的叛徒：他站在了父亲的对立面，将他赶下王位，自立为王。这时，他终于掌控住了局面！现在他自己，作为国王，给自己举办婚礼！

但是酒鬼，在整个宫廷面前用拙劣的手段将玛妮雅同瓦玖，亨利克的好友绑在了一起，将新国王推入了嫉妒的地狱。

---

① 原为英文“*five o'clock*”。（译者注）

第三幕

亨利克的统治是暴政。他在准备自己的婚礼。在明白他人能将人重塑为更高一等手握重权的人，甚至能变为上帝，于是他决定逼迫自己的追随者，让他们用崇拜和臣服的姿态将他“灌满”神格。与此同时他终于给自己举办了“真正神圣”的婚礼，一场重新赋予未婚妻荡妇贞洁的婚礼。

但嫉妒之情削弱了他。而父母，在报复曾经承受的迫害和折磨时，更加深了他的怀疑。

只有瓦玖的死才能让他重获平静和力量。然而如果想要瓦玖的死最终变为对他王权的肯定，那么就必须让瓦玖听从亨利克的旨意自杀。亨利克给瓦玖灌输这一想法，虽然他自己认为“实际上并不是来真的”。

在关键时刻，正当婚礼就要举行的时候，备受良心谴责和嫉妒折磨的国王开始在又一次在与他开战的酒鬼的打击下变得衰弱。这时瓦玖的尸体出现：好友为了满足亨利克的愿望自杀了。

亨利克不知道这所有的一切“是不是真的”。他要面对虚幻、梦境和谎言的世界，形式的世界。但这形式的世界对应着某个事实，在表达着什么。

因自己所为之事（瓦玖的死），但这事又不是他所为；因一件源于他的行为，但同时行为本身由于他区别，而萎靡不振的亨利克宣称自己是无辜的。但同时，他却向指定他扮演谋杀者的局势的形式逻辑妥协，向形式的施压低头，下令将自己囚禁。

第一幕

眼前景色一片荒凉，令人绝望。昏暗中残破的教堂露出一角。

亨利克

窗帘升起…… 身影模糊的教堂……

还有多余的天花板……奇怪的拱顶……
深渊将印章淹没在深渊黑色
停滞的境中之境和石头石头里……

这里是我一直在思考的不可能之门
那里是异教圣咏经毁坏的圣坛
被高脚杯的无意义化身成的搭扣束缚
一动不动地沉沦着将神父钻压……[①]

空。旷野。什么也没有。我孤身一人
我自己
我自己

或许我不是独自一人，谁知道我身后有什么，就比如，有可能是什么……某个边上的人，在边上，在边上，某个傻……傻瓜，不服管教，不听指挥，智障，碰谁谁傻，他碰了……然后……（带着恐惧）最好别动……我们别动……因为我们一旦动了……他就准备动了……然后触碰……（不安的感觉增加）噢，得有点什么，或者某人在这里从哪来，在哪里，比如说为了啥……啊，那里有东西……（瓦玖现身）瓦玖！是瓦玖！

瓦玖

亨利克！

亨利克

你可不知道我做了多糟糕的梦
我梦到了一个非人的生物，而我
想逃却逃不掉！

瓦玖

他们晚上给我们吃的匈牙利汤，有点

---

① 作者在此处仅仅在玩文字游戏，实际并无意义。（译者注）

油腻，难以消化。我也是
有时会梦见……

亨利克

但你至少有血有肉。有可能你也是……我梦见的……你从哪里来的？

瓦玖

我哪里知道。

亨利克

瓦玖，瓦玖，瓦玖，为什么你看起来这样沮丧？

瓦玖

那你呢，为什么这样悲伤？

亨利克

没有的事。

瓦玖

没有的事。

亨利克

我们身上发生了奇怪的事。我们身在何处？我害怕这周围被人诅咒……而我们也被人诅咒……对不起，我说的话有些假……我不能正常说话了……

百份叠加的悲伤
噢，无边无际的哀伤
还有某种情绪低落，可怖，悄无声息又阴暗
它们占据了我的灵魂。
上帝啊！上帝，上帝啊！

瓦玖（朝气蓬勃）

你有我在，还呼唤什么上帝？
你也看见了，我同你一样！
让那些幻觉见鬼去吧
如果你和我都是有血有肉的人
如果你同我一样，而我也同你一样！

亨利克 （带着喜悦）

如果你同我一样，而我也同你一样！哈！什么都无所谓了！就这样吧！你能在这里出生真是太好了，瓦玖！跟你在一起完全不一样。但是……我们现在在哪儿？我觉得吧……我们正在某个地方……那里……那里有东西过来了……（出现了一个墙角，几个家具……房间里的家电）

亨利克

我在哪里见过这些东西。

瓦玖

我也是……

亨利克 （戏剧腔）

我们在某个地方

我们身处某个地方。具体在哪里？

这是什么？

一个房间出现了；波兰乡村独栋里的饭厅，但好像被装修成了小饭店。

瓦玖 （犯难）

我说，这个房间有点像……有点像在马沃什采的家里的饭厅……像又不像……钟表。柜子。我放假去你们家的时候，就是住的那间房……

亨利克

是的，只是我们不在马沃什采，我们在法国南部的前线——在法国南部的前线——在法国南部的前线。如果我们身在这里，就不可能出现在那里！

瓦玖

像又不像……就算是同一个饭厅，但却又像餐厅，又像小饭店……驿站……旅店……客栈……

亨利克

这个房间被伪装了，这所有的一切都不正常。

瓦玖

别傻了，别给自己找麻烦

有东西不正常却又关你何事

如果我们是正常的

而且这些椅子是真的，木做的，在食杂小店里

肯定有东西……

但为什么一个人也没有？嘿！

亨利克 （恐惧）

别喊！等等！最好别喊！

瓦玖

我为什么不喊？

嘿！有人吗？都死哪里去了？嘿！

亨利克

蠢货！闭嘴！

安静！我说，安静！嘿！

为什么没有人出来？小点声。嘿！

嘿，嘿！

瓦玖

嘿！

亨利克

嘿！

瓦玖

嘿！

父亲进来了，老了，僵硬了，中风了，还多疑。

亨利克

终于来了个人……不好意思，这里，好像，是餐厅……（沉默）餐厅？

父亲

要不然呢？

亨利克 （旅人的语气）

那么这里

有可以果腹的食物吗？

父亲 （老板的语气）

有是有

但最好别给我大喊大叫。

亨利克

这个声音听起来耳熟。

瓦玖

他很像你的父亲……要我说，他就是，虽然我也不知道……不像……因为我不知道……而且也看不清。

亨利克

你傻了吗。如果他是我的父亲，那他就会认出我们。算了，我们别想了。他不是我的父亲。坐下吧。（面对父亲）

这里是驿站吗？能住宿了？

父亲 （不情愿地）

可以住宿，先生，因为正好有房间可以住。只不过要温柔。

亨利克

啊，要温柔……

父亲 （渐强）

要尊重……要严肃。

亨利克

啊，要严肃……

父亲 （叫喊）

严肃……有礼貌！

母亲进来，老女人，破衣烂衫，疲惫不堪，她的叫喊声与父亲的叫喊声叠加。

母亲

有点教养，别惹是生非，因为这不关我们的事……我们什么都管不了！……

瓦玖 （对亨利克）

她是你的母亲。

亨利克 （高声）

看上去虽然如此

但这并非完全确定。

这所有都还不明朗，但我会

查个清楚！

（对瓦玖）

原谅我说得如此假，但我现在的处境就很不真实。

（拿起灯）

都到我跟前来

都靠近些……我说，都靠近些

近点，这里，近点……我说，我感觉自己在引诱……引诱母鸡

近些，再近些……不情愿地

他们在靠近。近些，因为如果他们不靠近，我就向他们靠拢

我向他们靠拢，我靠近的时候

你也靠近……啊，啊，我完全就像在……在钓鱼。但为什么这里那么安静？

父亲从阴影中现身

但他已乔装打扮，如此

难以辨认。

而且还很沉默，如此一来

我就必须不停说话。我自己必须要说

这样我就会化身为类似

自己父亲的神父的东西！

而母亲像舰艇一样开了过来，

实际上她不怎么像我的母亲。

随它去

可能更好。奇怪地

我的声音响起。我们随他们去吧，因为他们

请求，随他们去吧。

瓦玖

或者他们根本就不是本人？

亨利克

他们是，我清楚得很，就是他们，
但他们都发生了什么，出于什么原因
他们装作不是……
或许他们疯了……

瓦玖

直接同他们聊聊，亨利克。

亨利克

……而我不能直接地说，因为这所有的
一切中
有某样庄重又神秘的东西
是的，就好像在做弥撒！
这使我发笑：我是多么的庄重啊！
我说的话听起来如此庄严！简直好笑
我居然重要又庄重
但同时我却在颤抖，而颤抖着我郑重宣布
我在颤抖——这一宣言的结果
使我更加颤抖，更加颤抖，
我又一次宣布，我更加颤抖……但对谁？
对谁宣布？有人能听见我……
但我不知是谁——对啊？
我在这儿孤身一人，完全一个人，因为这里没有你们。
没有！这里谁也没有！我只是一个人
一个人，完全一个人……噢，哭，哭泣
是的，眼泪，因为只有我一个人，一个人！

瓦玖

别说这些……你为什么要说这些话？

亨利克

如果他们是我的父母，那我就必须得同他们联系，告诉他们……

父亲，妈妈！

爸妈！是我，亨利克！

我从战场回来了！

父亲（不情愿）

老伴儿……是亨利克！

母亲

亨利克！我的上帝啊！

亨利克（突然）

啊，他们说话了！

母亲

有谁能用神圣的直觉感知会有这样的事发生啊，我的心肝，我的小太阳，我的小幸运，噢，我老了，傻了，糊涂了，自己把眼睛不知丢哪儿去了，也哭肿了，我以为我这双眼再也见不到你了。我的小太阳，我面前站着的是我的小宝贝，我的小雏鸟，我的宝贝，看他长得，已经是男人了，哈利路亚，哈利路亚，来，让我抱抱你，宝贝，小雏鸟，小太阳，我的心肝，我的，我的，我的……

亨利克

来，让我抱抱你。

母亲

来，来，我们拥抱。

父亲

好吧，让我们拥抱。

母亲

来，让我抱抱你。

父亲

马上……马上……这样不行。

亨利克（幼稚地）

这可是妈妈呀！

父亲

妈妈不是妈妈，最好离远点。

亨利克

但我……是儿子啊。

父亲

儿子不是儿子，最好离远点……肯定是儿子，但谁又能知道，这些年儿子变了多少。马上就要拥抱。（尖锐）而没有人能够拥抱我，因为我不是什么行囊布袋，没有人能从四角想怎么捏就怎么捏我[①]！

亨利克（对瓦玖）

他们疯了。

瓦玖（对亨利克）

他们疯了。

父亲

而我不允许任何这样的亲密举止，因为它最终都只会变成不入流的偷鸡摸狗，被揍……或者变成别的什么，完全没有尊重，从不错位思考，只有一个混蛋跟另一个推搡（沉重地，艰难地），直到一巴掌打脸上才消停，才会疲惫。啊，混蛋迫害别人毫不仁慈，没有任何仁心，从不在乎年龄，妻子，带着地狱来的残忍的恶意[②]……

亨利克

他们疯了。

瓦玖

他们疯了。

---

① 文字游戏，拥抱和捏一词多义。（译者注）

② 错位思考即换位思考，带着地狱来的残忍的恶意，父亲说话有口音。（译者注）

亨利克 （从容地，高声地，戏剧腔）

很显然他们没能坚持住，疯了

在这样漫长艰难的岁月里。

不错，这很难。这个世界

都是疯子。

瓦玖 （同上）

都是疯子。至少有一半的

父亲们和母亲们都疯了，无法

忍受煎熬，苦痛和疾病

我自己也碰到过许多这样的例子。

亨利克

我也碰到过！

（尴尬地沉默了）但毕竟我必须

跟他们谈谈。（照例高声地）确实，我

第一时间并没有认出你们。

母亲

我们也是

亨利克

我没认出你们，因为……因为……我没料到……

但都无所谓。不是这个意思。那，你们过得怎么样？

父亲

过得去。你呢？

亨利克

当然。

父亲

那么……

亨利克

对，对……

（沉默）

亨利克

那么我们该做什么？毕竟也不能这么站着，什么也不……

父亲

不干。

母亲

不干。

亨利克

不干。

瓦玖 （突然）

我想吃点东西。

母亲

对哈，你也是，我们也是，在这里唠嗑，我也没带脑子，肯定得造点什么东西，当然，马上……我立马去准备。肯定的，大日子啊。亨利克来了。这走路肯定走不回来。那里有点吃的能当零嘴儿。马上，马上，这里有桌子，这里有板凳，家里有什么，就拿什么来招待……虽然肯定不会多么丰盛，没钱过日子了，哈利路亚，哈利路亚……

父亲

对呀，孩子妈快去准备点吃的东西，但要得体，要尊重……该做的都做……啊，以圣父圣子，圣母圣子之名，准许我的儿子坐上我们的桌子……但不能随随便便就坐下……桌子在那里，而我们在这儿……把肩膀给我吧，儿子，而你，老伴儿，你去领那小伙子，因为在我们家里，阿门，这样做已经好多年了。现在往前走，然后开动！

亨利克

非常好。

（并排走）

母亲

我还记得，以前教父院长

在复活节的时候这样领着我……
那里桌子已经摆好，客人们
愉快地聊天，就像在合唱！

父亲（*雄浑的声音*）
很久以前，先生，人坐的餐桌上
是洁白的桌布——直到
他喝完豌豆汤，但他喝汤
好似敲钟，又好似吹号！

瓦玖
这段路走得舒服又愉快
但有句话不自觉脱口而出
如果我们再这样久久不停地往前迈
那我们什么时候能吃上菜？

亨利克
这游行有些不确定的地方。我不知
是我在带领父亲，还是父亲也在带领我
而且这会面发生的形式也很奇怪
但还是要适应大环境……

所有人
对，要适应大环境！
每个人都要配合别人！这时
协奏曲突然响起！

亨利克
真奇怪！
所有人落座。

母亲
请原谅，亨利克，还有你，小瓦玖，宴席不那么丰盛……能有的我们都做了。这是马肝和猫尿做的汤。

父亲

闭嘴，老娘儿们，安静，没人关心这个。当然，你也看到了，亨利克，你遇见我们是迫不得已，在这路边丢人现眼的客栈一样的客栈里——因为，你看，马上就要有暴风雨了，暴风雪，路都能埋了，什么都没有，深坑还有闪电……先别拿你的勺子，儿子，你的父亲还没有拿起自己的勺子呢。

亨利克

这间客栈……让我想起了什么。

父亲

扔掉，留下。

母亲

没有。

瓦玖

不。

亨利克

没什么。

父亲

颠倒黑白。

母亲

特意歪曲。

瓦玖

彻底被毁。

亨利克

扭曲事实。

好吧，好吧，好吧，他们疯了。但是他们不能疯，因为他们不存在，而我在做梦……而他们不存在的最好证据，就是我在他们耳边说他们不存在——他们只存在于我的脑子里——噢，我的脑袋！我一直都在同自己说话！

瓦玖

怎么会？你一直都在自己同自己说话？

亨利克

不管了！（开始用餐）

父亲

放下勺子，因为我还没拿勺子喝汤呢。

亨利克

母亲，父亲——这是什么疲惫的梦啊——母亲，父亲——我自己的烦恼不够多吗——母亲，父亲——我以为他们早就死了——而现在他们非但没死，还在我眼前……

父亲

你是一个严格克制自己的年轻人，因此你不会比自己的亲生父亲先吃饭……

亨利克

我不会回家。我已经没有家了。我已经不是谁的儿子了。

父亲（好似在命令）

……儿子对父亲应有的尊敬和爱，你都没有。父亲好久好久以来，阿门，都是神圣、受尊敬、不可触犯的，是儿子崇拜的高大对象。这是要受到永远的惩罚的……

亨利克

我是战争的儿子！

父亲

那谁又会对父亲伸出亵渎之手，犯下如此糟糕的罪，难以启齿、如此邪恶、魔鬼般的、非人的罪？然后一代传一代在刺耳的喊声中，在呻吟中，在羞耻中，在折磨中被上帝和自然排除在外、被诅咒、被丢弃、被留下、被舍弃……

亨利克

这老家伙在害怕，怕我打他……

父亲

汤好喝。

亨利克 （对瓦玖）

你能打这个父亲吗?

瓦玖

如果你可以，我就可以。

父亲

给我点儿盐。

亨利克

你不会因此而受到内心谴责吗?

瓦玖

如果只有我一个人，那就会，但如果两个人一起做事，那就不会，因为一个会模仿另一个。

父亲

我以前还挺喜欢吃内脏做的肠。

亨利克 （对瓦玖）

哈，哈，哈，你说得对。同我所想的一样——正合我意——哈，哈，哈，你说得很合我意。但我说的不是这个。（不安的感觉增加）不，完全不是这个。这里说的完全是另一件事。见鬼，我不知道是什么，但这所有的一切都极其让人疲惫，因为被扭曲了——明白吗——被封箱，被封嘴了，是的，被封嘴了……还被伪装了……但总觉得这里除了我们还有别人，而我会看见，会解释，会猜到……（他将灯柱打向房间深处，发现了睡在椅子上的曼卡[①]）

亨利克

这女孩是谁?

母亲

这……这是给客人服务的女孩。

亨利克

---

① 玛妮雅的小称。(译者注)

给客人服务?

母亲

下人……服务……曼卡，把吃的和熏肉拿给窗台上的猫……（父亲在挠痒）又痒了?

亨利克

对了，聊聊所有人……熟人都还活着吗?

父亲

有几个。

亨利克

你们得跟我说说，我会很好奇……玛妮雅怎么样了，你们应该会知道吧?玛妮雅怎么样了?玛妮雅，同我订婚的女孩，她来过这里……放假的时候就来……我还和她一起在这里待过……

父亲

那莫得（没有）熏肉。

母亲

可能有人偷了?

曼卡 （靠近）

窗台上莫得（没有）猫。

母亲

那就去房间里，别在这里坐这么久，因为……

那就先刷碗吧。

亨利克

你叫什么名字?

曼卡

曼卡。

父亲 （话中有话）

曼卡。

母亲 （同上）

曼卡。

父亲

这只是在店里服务的女孩，亨利克。

母亲

我们雇她……什么活都干……

父亲

她就是个平常干活的荡妇。

母亲

她给别人服务。给客人。

父亲

用来服务的……曼卡……

母亲

曼卡……

父亲

曼卡……

亨利克 （悲伤地，悄悄对瓦玖说）

你怎么看?

瓦玖 （无助悄声地）

我咋知道……我咋知道……

亨利克 （对瓦玖）

而我肯定知道!

瓦玖 （对亨利克）

如果是她，那为什么不回应?……毕竟她也没有忘记我们……你对她说点什么。

亨利克

不。

我要怎么跟她说话，如果

她已经，已经不是

她曾经……

噢，真卑鄙！

我曾有过高尚的父亲和母亲

我也有未婚妻，现如今

父亲在奇怪的高塔里，母亲面目可疑

而未婚妻沦落成了荡妇

被荡妇一词封箱盖章，而且永远

都被困在了荡妇之中……啊，真卑鄙！

这是下作的勾当！这很无耻！这很下流！但最

令人欣慰的是

对我来说无所谓……听着

我轻轻地说：对我来说无所谓。

瓦玖　（轻轻地）

我也是！

亨利克　（轻轻地）

确实

我不知，她是如何

从一个未婚妻变成一个荡妇。

瓦玖

能有什么大事！

亨利克

能有什么大事！

这就对了：能有什么大事——因为

这所有都是细枝末节。

瓦玖

细枝末节！

成千上万的女孩

都有同一个经历。

亨利克

这就对了！

有成百上千个未婚夫的处境

与我相同。

瓦玖

全世界！

亨利克

在华沙和北京！

瓦玖

在美因茨和巴塞罗那！

亨利克

在巴黎和伦敦！

瓦玖

在普乌图斯克和基辅！

母亲

在威尼斯和科布伦茨！

父亲

在彼得库夫和克拉科夫！

瓦玖

在卢布林和康斯坦钦！

亨利克

那我们跳舞吧！

所有人 （突然）

对，我们跳舞吧！

亨利克

儿子回到了曾经的家中，但家

已不再是那个家

儿子也不是那个儿子了。那么
是谁回到了哪里？
你们别再追忆过去！向前！
就当没有人回到任何地方！
（一片寂静）
我曾与她坐在这里，而现在我又坐在了这里——那又能如何？已经没了。弄丢了。今天是一样东西而明天又会是另一样。不值得再重来。
（一片寂静）

瓦玖

不值得再重来！

亨利克 （感性地）

你看见这张椅子了吗？我与她一起坐过
在那令人难以忘怀的夜晚！母亲坐在这儿，
而这里坐着我的父亲！就是这里
我现在坐着的地方。
你们还记得吗？
那值得纪念的夜晚，最后一次
我们团聚在一起的夜晚？

母亲

噢，我当然记得，我当然记得，儿子……我就坐在这儿了，晚餐有酸牛奶来着……

父亲

我当时坐这里。

瓦玖

我嘛，坐这里……这把椅子上，因为记得当时我在看窗外，说有苍蝇。现在什么都记起来了！

亨利克

而我当时坐这里……（落座）在面包上抹了黄油。她就坐在我旁边……

我在面包上抹了黄油。(对瓦玖)你为什么不坐下来?快坐。我在面包上抹了黄油。

我当时说:——希林格。

他又问了那个注射器。你们还记不记得我们之后说了什么?

父亲

我说了什么来着,我记不清了。

母亲

你没有记忆,我有……他说了点什么,但是什么?啊!他说了“袖子”……没说别的就说了“袖子”,因为那时他正好袖子蹭到了沙拉盘。

父亲

就是那个,那个!我说了“袖子”,我发誓!你的记忆力太好了。

亨利克

而那个时候我开始用指尖敲桌子,说了一句“三个月以后就是我的婚礼”。

母亲

说过,我的小不点,说过,这些话是从他嘴里说出,他是这样说的!而我当时把茶杯一放,还赶了赶苍蝇,然后说“小亨利,你怎么了?你们怎么了?订婚了吗?可这……”不,最开始我说的是“你在说什么小亨利?……给我把糖拿来”。

父亲

对,对,而我当时说了:“孩子他妈,他们想干什么干什么吧。没什么可哭的。给我拿瓶酒,随便什么酒!你们还太小,但随你们便!瞧她还脸红了,臊得像牡丹花。哈哈,这才刚开始呢!”

母亲

然后她说了些什么。

亨利克

是的,她回答了些什么,但她现在不在。

婚礼取消了。结束了。没了。

她就躲在那里,柜子旁边!她不想过来。

算了吧！空虚和荒芜我身边。而她却在那里。

将我怨怼，

然后前进，前进！

所有人 （除了玛妮雅）

前进！

父亲

她有病，该死的，就让黑死病把她带走吧。

亨利克 （对瓦玖）

这完全不可能是普通的女仆，你明白吗？

瓦玖

她服侍别人，那就是女仆。

亨利克

肯定，服侍别人就是女仆。

瓦玖

甚至，当然……很普通……

亨利克

很普通，那就很普通。

瓦玖

她睡在这里吗？

亨利克

她睡在这里吗？

瓦玖 （做鬼脸）

我想来点茶……

（对玛妮雅）噗嘶……噗嘶……

父亲

干吗要这样噗嘶噗嘶的？这里不需要噗嘶。如果有什么需要的，就告诉我。只不过请不要太随便，因为这里不是客栈……噢，噢，你们看见了吧，已经开始想一出是一出了，这该死的只不过跟对待那个蠢蛋一样，每个人都想伸手去摸一下她，而每个人只要一摸她，就一直到把衣服都扒光了为止，白天黑夜不停，抓着不放，掏，动手动脚，只有麻烦和麻烦……（尖声）只希望你们别再惹事！

母亲（高声叫喊）

伊格纳奇！

父亲

希望你们不再缠着不放！

母亲

淡定点，伊格纳奇！

父亲

别和那只猪做任何猪才会做的事[1]，猪嘴猪脸，喂猪的那是跟猪一样的怪胎，就是只猪！

母亲

他居然流口水了！

父亲

猪，猪，猪！

（酒鬼出场）

酒鬼

曼卡，猪！

父亲

请你出去！

酒鬼

曼卡，给我猪，给我猪肉！

父亲

我给你拿来！

亨利克（在另一边，饶有趣味）

---

① 这里指的是性爱。（译者注）

曼卡，猪！

父亲 （向他跑来）

拿来了！

酒鬼

曼卡，给我猪！

亨利克 （冷不丁）

曼卡，猪！

酒鬼

猪肉，猪！

亨利克

猪一样啊！

父亲

耶稣玛丽亚！

酒鬼

猪！

亨利克 （对着空气吼叫）

猪！

瓦玖

猪！

母亲 （在旁边）

看在上帝的分上，你最好别和那只猪搅在一起！

父亲 （对酒鬼）

请你出去！

酒鬼 （高声地）

来瓶伏特加！

亨利克 （高声地）

来瓶伏特加！

父亲

耶稣玛丽亚！

酒鬼

来瓶猪酒！

亨利克

来瓶猪酒！

瓦玖

来瓶猪酒！

酒鬼们走了进来。

酒鬼们

哒，哒，哒！

父亲

大家清醒点！

很晚了。曼卡，关门！

酒鬼们（在桌子旁边坐下）

给我们一人一杯酒！

棒呆了！

肉肠！

完全就是双重刺激！

一杯杯曼卡酒！一个个曼卡香肠！曼卡猪肉！

曼卡肉肠！

亨利克（在一旁）

曼卡肉肠！

酒鬼们

安泰小鬼拿着冰棍

在别拉内啊，那儿啊，恰呀，恰呀！①

父亲（对曼卡）

你……别就这么从了！

---

① 此处作者意在押韵，内容并无太大意义。(译者注)

酒鬼

曼卡过来这边，我该跟你说什么，曼卡，小宝贝……

父亲

别去。

酒鬼

闭紧你的嘴……我在叫服务员，你这狗娘养的没权利拒绝，如果老头你敢利用我，那我就胀[①]起来，一拳打在你脸上！

亨利克 （在一旁）

打在你脸上！

父亲

马上，马上。不好意思。曼卡，拿上来！

酒鬼 （审视着他）

他在害怕。

酒鬼们 （无感情地）

他在害怕。

亨利克 （在一旁）

他在害怕。

酒鬼

安静点——

整队！前进！前进！

向前，前进！

愤怒向前。

酒鬼们

安泰小鬼拿着冰棍

在别拉内啊，那儿啊，恰呀，恰呀！

哒，哒，哒！

---

① 酒鬼、父亲、母亲的台词中都有作者有意为之的语病，符合人物知识水平不高的形象。这里译者为了保留原文，即“胡吃海塞”，将其翻译成“胀”，应理解为“站”的语病。（译者注）

在父亲面前停下。

酒鬼

安静——猪……

猪！

他在害怕……

关键就在这儿，他像其他人一样

他娘的在害怕！

酒鬼二号 （阴沉地）

他在害怕。

酒鬼三号

害怕是害怕，但……

酒鬼

既然他害怕我，这就表明我给他好看了。是不是啊，玛妮雅小姐？

酒鬼们

那就给他好看，给他好看！

酒鬼

那我就给他好看！

酒鬼们

那就给他好看，给他好看！

酒鬼

那我就给他好看！

亨利克

那就给他好看，给他好看！

酒鬼

那我就给他好看！

母亲 （吓坏了）

伊格纳奇，他们要给你好看，给你好看！

酒鬼们

那就向他前进！

酒鬼

那就向他前进！

他们逼近父亲。

酒鬼们

那就给他好看！

酒鬼

那我就给你好看！

沉默。

酒鬼

那个，我能给他点颜色看看，但他的表情永远

都他妈的只有那一个……

他不动……那嘴脸……如果他不动，那就……

（转向曼卡）曼卡……

这里？很大呀！

酒鬼们（阴沉地）

他不动……（转向曼卡）曼卡……

酒鬼

而且悄悄地变得……

亨利克（自言自语，高声地）

对，确实，悄悄地变得……

酒鬼

哒，哒，哒！

愤怒地前进。

酒鬼们

安泰小鬼拿着冰棍

在别拉内啊，那啊，恰呀，恰呀！

哒，哒，哒！

酒鬼

那就给他好看！

酒鬼

那我就给他好看！

亨利克 （自言自语）

这一切什么时候才能结束？

酒鬼 （在旁边，变了调）

马上。

亨利克 （对酒鬼）

窗户外面是什么？

酒鬼 （同上）

外面是大片大片的土地。

酒鬼们走向父亲。

酒鬼

首先我得先给他一嘴巴，像我应该做的那样，
然后我就胀起来，吐他口水，打得他屁滚尿流，哇哇乱叫
揍他一顿，因为我不怕——曼卡……
但他的嘴脸一直都没变！
如果不变，那就不值一提……
但看看你那是什么嘴脸，嘴脸！

酒鬼一号

他的嘴脸像那房子！

酒鬼二号

就像绳父①的嘴脸！

沉默。

---

① 即“神父”。（译者注）

酒鬼四号 （突然）

你看，他的鼻子上有苍蝇！

酒鬼

那又怎样？

酒鬼四号

那你为什么不给他拍死？难道你要给他忍了那只苍蝇？

是吧，玛妮雅小姐？

酒鬼

见鬼的苍蝇，见鬼的苍蝇，见鬼的苍蝇……

作势要打。

父亲 （特别小声）

你敢……

亨利克 （从旁边，戏剧腔）

噢，噢，他开腔了！

父亲 （悄声）

别冒险，因为我无法忍受

我无法忍受

我无法承受

无法承受，因为我无法承受

我不能承受！

如果我承受不住，那我就……就……

我也不知道……

酒鬼 （私底下）

我给他点颜色瞧瞧，曼卡，给他好看！

酒鬼们 （私底下）

那就给他好看，给他好看！

父亲 （叫喊）猪！

我禁止你们这样做，因为我会报复你们！

如果有人碰了我，就会发生糟糕的事
我告诉你们：糟糕的事！
然而会发生什么事我不知道。嘶吼，暴风雨
地牢，手铐脚镣，刽子手和酷刑，诅咒
全世界最恶毒的，让一切崩塌
支离破碎的尖声，是的，是的，
因为不能碰我，不能碰，不能，不能，
因为我不可触碰，我是
不可触碰的！
因为我会诅咒你们！

酒鬼们

你，你，你，国王，国王，不可触碰的国王！

酒鬼

你们瞧见了国王！
我就要用这跟手指头去碰你！
是不是啊，玛妮雅小姐？

父亲 （躲闪中）

滚，我要诅咒你！

亨利克（突然）

停下！你们给我站住！
景象坍塌。

亨利克

我确实不知道应该怎么做……（对瓦玖）瓦玖啊……但总感觉我必须要做些什么……（悲伤地）原谅我说得如此假。但这一切都是假的！

瓦玖 （充满活力，高调地）

能有什么大事！
即使是假的，那又关你什么事？
如果你是真实自然的！

亨利克

是的，我是自然的，我也想变成自然的
我不想变得庄重！但以何种方式
我才能不变得庄重，哪怕我的声音
听起来很庄重？
（沉默）
可怕的寂静
寂静到，在耳中都有回响。
而且肯定很奇怪，啊非常
奇怪我居然在说话。
但即使我沉默了
我的沉默也会变得奇怪。
我该如何？
就让我在这里
坐一会儿这把椅子
（坐下）
……然后我开始
随便开玩笑，大笑，动手
动脚……不，没用！假的
这些动作的性质，而且会因
某个咒语而变化……就比如我把
腿放在这张桌子上，仰头，拿出一支烟
然后说——他们打我的父亲，还想强奸
我的前未婚妻，但这又关我什么事？……
为什么要这么夸张？
我们不要大惊小怪！
多一个或者少一个……不能忍受了？
但我能忍受他不能忍受这件事……

父亲，父亲……
这是什么父亲？这是普通的父亲
这是最普通的父亲……我们所有人都是
最普通的人……就假设我说了
所有这些话，还说了更多。好吧。我说过。
但这段话
听起来还是很庄重，它给我变成了
某种宣言，语调在这寂静之中
硬得像块石头……啊哈，我已经知晓
为何我没有在说话，而是宣布。因为你们不在这里
而我孤身一人，一人，一人……我没有对谁
说话，我必须是虚假的
因为如果我没有对任何人说话，但确实在说话
那我必须
是虚假的。

应该干什么？坐着？不。散步？也没什么意义。但我不能装作自己与这所有的一切毫无瓜葛的样子。在类似的情况下应该怎么做？我能下跪，当然，我能下跪……这自然有点……但我说，我能下跪……尽管这有些……但我说，我能下跪……

（*在一旁跪下*）

哈，见鬼去吧，我跪下了，但我下跪得静悄悄，不是对我而言，是对他们，但不是对他们，而是对我，就好像我……是一个神父，神父……我也不知道是什么神父……

父亲 （*飞快地，对观众*）

我也不知道是什么神父。

母亲

不清楚是什么神父。

酒鬼

一个人也没有

瓦玖

这里无一人无一物。

亨利克

无所谓！

我在这里给他下跪！而现在你们试着

把我的下跪消除，

忽视我的下跪，

将它从这里扔出去！（对酒鬼）打他！

我会在他面前下跪！

酒鬼二号

国王！

母亲

国王！

酒鬼

国王！

酒鬼们

国王！国王！

亨利克

怎么就是国王了？

酒鬼们（完全喝醉了）

国王，因为是国王！

“国王，国王”的呼喊声越来越急促。

大臣们走了进来。

父亲

亨利克啊！

噢，噢，亨利克啊！

母亲

噢，亨利克啊！

大臣们

亨利克啊！

亨利克

噢，亨利克啊！（起立）

父亲

多亏了你，我的儿子，你的敬意我接受了
我将又一次接受，再接受
我怎么接受都不嫌多……
（真诚地）我非常渴望别人的崇敬。

亨利克

这是什么化装舞会？
（寂静）

父亲（艰难地，与阻碍抗争）

大臣们！

大臣们

国王——国王！

父亲

本王的大臣们！

大臣们

国王——国王！

父亲

我尊贵的大臣们！你们就用……
就用虔诚的鞠躬欢迎王……王子
小王子，我的儿子亨利克，他从
遥远的战场归来。

亨利克

他在胡说些什么？

父亲（沉重地，艰难地）

天哪！天哪！

拿撒勒的耶稣啊！我最神圣的圣母啊！天上的天使啊！哦耶稣我的耶稣，哦天哪，天哪！就是他，我的儿子，我的种，我最神圣的后代在最后关头拯救了我

从你这只彻头彻尾的猪的手中，你被蒙蔽

在伏特加的眩晕中，在放纵中

在某种不寻常的放任中

向我扑来，还想用

自己的

猪蹄

碰不可触碰的我！本王！本王！本王不可……没人能碰……因为不可以……禁止。没人！

大臣们

哦，我的上帝啊！

父亲

但他已经不能碰我！

不能膨胀，也不能尖叫，不能朝我吐口水！

都因为亨利克，亨利克，哦，亨利克啊！

母亲（带着胜利的喜悦）

小亨利克！

大臣们

哦，小亨利克！

亨利克

哦，亨利克！

越来越蠢了……

父亲

跪下

跪下，亨利克！

亨利克

为什么？

母亲 （吓唬他）

跪下，亨利克！

父亲

跪下，跪下，我也跪。跪下；

就让所有人都跪下吧……（下跪）

大臣们跪下。

亨利克

我不会自己一个人站着……（偷偷看了看四周，然后跪下了）鬼知道这里发生了什么。（发现自己正同父亲面对面跪着）我在他面前跪下了，而他也在我面前跪下了。真滑稽。他就是个小丑！（怒火越来越盛）真恶心！

父亲

等等，我不该对着这个方向。（背对着亨利克跪下）我在上帝面前下跪！我向上帝下跪！我向最高尚的上帝祈求“三位一体”和他无穷无尽的善意，他最神圣的仁慈，最崇高的守护……噢，小亨利克，小亨利克……有他就有庇护，有快乐，就有我们的救赎……

我的圣父啊

我就是你的儿子

你就是我的父亲……

亨利克

他在祈祷。

父亲

你就是我的国王！

亨利克

我现在不能起身，因为不合规矩。

父亲

我向您发誓，我的圣父，我的国王

我奉献我的爱

我的崇拜

我的敬意

亨利克

他在向上帝宣誓，但这就好像是我在对他宣誓。（高声）我已经感到无趣了。（起身）

父亲

亨德利克[①]，亨德利克……我的圣父，我在你身边，我与你同在。我不会离开你，我的圣父，而作为回报……作为回报愿你能将我的女孩归还，我的爱，阿门，阿门，阿门……合情合理……就应该这样……

亨利克

这又是什么？他是在对上帝说悄悄话还是在我耳边说？

父亲

把我的未婚妻还回来！

亨利克

将我的未婚妻归还？

父亲

给我一场婚礼！

亨利克

赐给我一场婚礼？

父亲

给我一场像样的婚礼……就像我家一直以来的正常的婚礼……就像以前一样！所有都和从前一样！给我一场婚礼，同我纯洁的、一尘不染的、端庄的姑娘，我的心上人结婚……像样的婚礼……

所有人慢慢起立。

---

① 亨利克的小称。（译者注）

亨利克

婚礼？

父亲

婚礼。

母亲

婚礼。

亨利克

婚礼？

父亲

婚礼。

母亲

婚礼。

大臣们

婚礼。

母亲

婚礼。

大臣

婚礼。

亨利克

婚礼？

（父亲和母亲面露微笑、满面春光、温情脉脉地看着他）

父亲

以圣父之名

以圣子之名！

你们都看见那边那个女孩了吗？

她从表面上看难道就是普通的女仆吗？

一个最普通不过的客栈的服务员吗？

大臣

我们看见了，陛下。

父亲 （突然，好似要扑过来）

她不是什么
荡妇，也不是什么女仆！她是高贵的
低调的、不可触碰的闺女，她被那些
卑鄙的混蛋掳走
被囚禁、被折磨，被排挤
被唾弃，被迫变成仆人，呸
被神厌弃，被人厌恶……闪电，闪电！猪！
她不是猪！大家
有点良心！多点理解！
大家仁慈点！所以我用尽全力告知，下令和命令，我只说一遍，对所有人说
我重新归还她原有的尊严
我命令所有人都尊敬她
就同尊敬我一样，就像在自己的敬意中不可触碰的
最神圣的圣母，以
圣父圣子之名！

亨利克 （对瓦玖）

这只是场梦，只是这梦……甚至可能有点幼稚，但我又能有什么损失。

瓦玖

肯定的！你能有什么损失，如果这梦还能让你高兴。

亨利克

高兴。

这时父亲、母亲、玛妮雅以及大臣们将他包围。

母亲

哦，看他脸红的！

父亲

哈哈哈，他害臊了……好吧，好吧小亨利克，抬眼，抬眼……

亨利克

为何?

父亲

因为明天就是婚礼……

亨利克

但我不明白

父亲 (对观众)

嘘……毕竟你也不想在猪圈里碰一个邋里邋遢的人吧，如果你可以娶一位正经的闺女……在我们家婚礼一直都是像样的。我和孩子他妈的婚礼就很正常，那你就应该……你看，亨利克，一切都会好的……(高声)多亏了你，我的儿子，多谢你的关照……你的婚礼马上就要到了，还有我的喜悦，你母亲的，你妻子的，而之前那些过去了的，疲惫的，失去的，就让它们消失不见吧，没存在过，没有，没……

母亲 (很高声)

哈利路亚!

音乐。婚礼队伍。父亲和母亲，亨利克和玛妮雅，瓦玖和大臣们排成队隆重又感伤地穿过舞台。

亨利克(很高声)

能否让自己想象比那虚幻迷雾中
阴影的游行队伍更加奇怪的东西?
然而这愉快淹没了我，心在欢歌
因为这支队伍将带领我走向旧时的女孩。
(对所有人)原谅我，我就是个没天赋的诗人。

母亲

在这一刻作为母亲的心在高兴
这么多年了，一直都很荒芜!

父亲

(音乐起，新人并排走)
就好像在某个舞会上!往事!

在我身后的各位！上帝与我同在！
别站在原地！跟在我身后！
向前，向前！前进，继续！
尽全力！步调一致！
要有活力，各位，注意仪表！
别站在原地！跟在我身后！
前进，前进，往前，往前！
（看到酒鬼）
停停停！他站在这里！他在这里偷看！
逮捕他，抓住他，抓进地牢
阴暗的，肮脏的，秘密的
封闭的地牢！我要把你！
我要把你！

酒鬼 （突然）

我要把你！

父亲

你？
把我？

酒鬼

我还能碰你……
（对玛妮雅）是不是啊，玛妮雅小姐？！

父亲

猪！

酒鬼

猪！

父亲

猪！

幕布降。

第二幕

宽敞的房间有一半浸在黑暗中。

亨利克 （靠着柱子）

猜一猜

梦的意义……

在昏暗的灯光中大臣们两两一起，顺着台阶走向消失在黑暗里的高台。

大臣一号

仆人是用来给人服务的！

大臣二号

而国王是普通得不能再普通的客栈的老板，看得见摸得着！

经过。

大臣三号

马上就要举行婚礼。

大臣四号

婚礼？那就是个笑话！

经过。

大臣五号

我们还要在那个卑贱的女仆面前装傻充愣多久？

大臣六号

那个酒鬼挣脱了行枷，在附近徘徊。

经过。

父亲靠近。

亨利克

父亲！

父亲

我在这儿呢，亨利克……婚礼正在准备。我们马上就给你一场亮瞎眼的婚礼……（手指指向黑暗）那里已经准备起婚礼了。只不过时刻保持警惕！

亨利克

但这是什么婚礼，谁主持，在哪里，怎么举办？

父亲

谁？主教。我把主教请来了，让他主持，我所有都计划好了，但是要有气势，亨利克，要有气势……千万别让人看了笑话，否则婚就结不成了……记住，受牵连的不只有你父亲，还有你的心上人……

亨利克 （看向前方）

有些时候我觉得这一切都很有智慧，但有些时候……

父亲

嘘……亨利克，只有你不能背叛我，这里的叛徒可不少……别让我被嘲笑，亨利克……这是背叛……背叛……背叛……背叛！

亨利克

我不知自己的感受！

灯光。父亲在高台上出现，被官员和宫廷之人包围。大臣们的脸轮廓鲜明，就像讽刺画，充满智慧——讥讽的——服饰华丽，但与哗众取宠也就一步之遥了。

亨利克

多么有气势啊！

（出来，停在了宝座前）

我在这儿了！

父亲

亨利克！

官员和宫廷之人

哦，亨利克！

亨利克

哦，亨利克！

父亲

亨德利克，我的儿子，我们快
开始你的婚礼吧。等会儿
接亲的队伍就会把姑娘接来
你将会同她生生世世绑在一起
阿门，阿门。

母亲 （积极地）

阿门。

总务大臣 （睿智又高尚）

阿门。
这是重要且崇高的宣言。

叛徒大臣 （对观众）

阿门。
这是愚蠢又可笑的宣言。

父亲 （好似在害怕）

我说
马上就开始举行。马上。必须要举行，因为我下令了，我宣布了……
好像有人要捣乱！……滚开，滚开，卑鄙的狗，滚开，滚开，都是无赖！
噢，噢，我的大臣们！我们都知道
从来都不缺那些卑鄙下流爱惹事的
酒鬼，猪一样，邋里邋遢，都是口水
他们已经袭击我了，还想拿手碰
我！

官员和宫廷之人

哦，我的上帝啊！

父亲

可至少我是国王啊！

官员和宫廷之人

哦，我的上帝啊！

父亲

我可是不可触碰的！

官员和宫廷之人

哦苦难的上帝啊！

父亲（沉重艰难地）

哦，完了，完了，可怕的亵渎和践踏神明
无法忍受，无法想象，不可原谅。还有
那个挣脱手铐的猪，猪酒鬼，逃了
因为守门的喝得烂醉……朕的总务大臣啊
下令关大门吧，让守门的警惕些，因为他
一喝酒就人事不省！身上有些痒。下令关大门。

叛徒大臣　（忽然又唐突地）

哈，哈，哈，这不可能
哈，哈，哈！

叛徒们

啊哈，哈，哈！

父亲

干什么？

叛徒大臣

请原谅，陛下，请原谅我，陛下，但是您不能随便将任何酒鬼关在门外，因为这意味着您害怕他们之中任何一个酒鬼，而这样的想法是不可想象的，因为这将会玷污您尊贵的身份，而您不能玷污您尊贵的身份……

叛徒们

说得好！

父亲

什么跟什么？

我只是提了一嘴，那个猪酒鬼已经天不怕地不怕了……但如果不行，那就不行吧。哈，猪，你们能干的没有多少……我已经知道你们有几斤几两了！

我不需要这样的方法
因为不管怎样仪式都是无可挑剔
既得体又高尚还很尊贵
在它本身君主的尊贵中，不是
随便一个蠢货就能终止的……（醉醺醺）你们给我吹号
因为儿子出于对父亲的崇敬奉旨
缔结婚姻，噢，噢，我
国王的谕旨，向前，向前
往前走！

官员和宫廷之人（愤然起身）

向前，向前
往前走！

父亲

停下，停下，要想顺利，就得先把所有的东西都想一遍……我身上痒。我的总务大臣啊，帮我抓抓。仪式上穿的长袍在哪儿？你们快给我的儿子穿上长袍，戴上大王子的帽子，系上圣剑！

大臣二号

阿门。

大臣三号

充满智慧。

叛徒大臣（对观众）

蠢得不得了！

大臣二号

这位高尚的年轻人穿上这套衣服会显得很威严，也很华丽。

叛徒大臣

他会显得很搞笑，还很蠢，但这就是他的事情了。

停顿。

亨利克

我要穿这件吗？（瓦玖给了他一件披风）

啊，是你吗？

瓦玖

是我

亨利克

你是谁——应该是，你是什么？

瓦玖（不情愿地，好像在羞耻）

我被派来服侍你，王……王子……

亨利克

我不能同你说话，我被束缚了……我感觉自己被束缚了……给我帽子。我看起来很奇怪对吗？

瓦玖

还行。

亨利克

你给我系上圣剑。真实闹剧，但无所谓。重要的是我要和她结婚了。

这时，两人私下的对话变得高声，变得清晰，就好像他们忘了国王和宫廷的存在。

瓦玖

肯定无所谓。

最重要的是你和她结婚了。

亨利克

我必须适应环境，但别想

让我真的接受这出闹剧……我这样做

只是因为好奇，我想看

会有什么结果，我又能损失什么

只是玩玩……

瓦玖

自然

能玩总比无聊

要强……

亨利克

就是这个道理!

他穿着仪式上穿的长袍面向国王;叛徒在笑;说着尖锐挖苦侮辱人的话语。

叛徒一号

小丑!

叛徒二号

弄臣!

叛徒三号

疯子!

父亲 (野蛮地)

安静!

给我闭嘴一个两个的!你们没有发言权!

我把发言权给我的儿子

让他说话。(恐惧地)快说话,

亨利克。

亨利克

我该说什么?

父亲 (吓破了胆)

亨利克,快说点什么,但上帝保佑,最好讲聪明点的话……讲聪明点的话!闭嘴,猪!你们等着瞧,看我儿子怎么说……好让你们清醒,看看自己现在在哪里,在谁的面前,给你们上上课。说话,亨利克,但说点智慧的,智慧的东西……因为如果不……那我们就出大丑了。

亨利克

什么？

父亲

他们就等那些话呢！

（期待）

叛徒大臣

他说的话会很傻，因为他看起来就很傻。

大臣二号

他说的话会很睿智，快瞧，他看起来多机灵。

（期待）

亨利克（慢悠悠地）

确实
我不知该讲什么，
但我马上就会知道我讲过什么。

第一组人

这想法棒极了！

第二组人

这是傻子才有的想法！

亨利克 （陷入沉思）

我很蠢
但我必须说得漂亮……

所有人

这独白……

亨利克 （真诚地）

又一次我的话
无比奇怪地有了力量，当我在这里
自己一个人对你们演讲。但我到底
要说什么？（自言自语）如果我要说得漂亮，

那也会变得愚蠢，因为我就很蠢。但如果我
说一些蠢话……

父亲

不，不，亨利克！

亨利克 （自言自语）

如果我无法保持这样同身份一样高贵的高度，那这高贵的身份就会跌落至与我这闹剧齐平的高度。我想不出什么睿智的话。只有乏味的思想和单调的语句……马上！我已经知道我该说什么了。

（对所有人）我的话语单调
但却能在你们身上得到回响，增加
你们的威严——这威严不属于
说话之人，而属于倾听之人。

第一组人

说得好！
说得漂亮！

亨利克

我说得蠢
但你们听得聪明，所以
我变得睿智。

官员和宫廷之人

智慧！智慧！

母亲

你们以为呢！这是智慧的大脑！

亨利克

我没有尊严
我很早以前就失去了它。但我的父亲
赋予了我新的尊严。因此我变得
比以前，更睿智更高贵。而我

接受这一切，

是的，我接受这一切。我宣布

我希望拥有一个更高级的婚礼。继续别停！她在哪儿？！

把她接来，前进，前进！

官员和宫廷之人 （情绪激昂地起身）

智慧，高贵，婚礼！继续，

向前，向前，向前！

父亲 （雄厚地）

我的儿子带着不可估量的高贵之气和极高的智慧说了这段话！你们把大门打开，把未婚妻和神圣的主教接进来，至于号角，就让它们用低沉浑厚的声音吹出大自然的本质核心，就好像要吓跑喝退某人，某些卑鄙的事，因为猪从来不缺，猪，猪——猪——（号角；玛妮雅带着接亲的队伍入场，身上的服装华丽无比；号角；主教带着一群人从第二扇门入场）

父亲

亨利克啊！

官员和宫廷之人

噢，亨利克啊！

亨利克

噢，亨利克啊！

父亲 （声音发紧，好似在害怕）

开始了……我们家从来举行的都是像样的婚礼。别哭，孩他妈。（对玛妮雅和亨利克）来这儿站一起……低头……（高声）现在我们以圣父圣子之名进行婚姻缔结的神圣行为（悄悄地）你们快跪下，号子要吹就让它吹……让伴娘拎着裙子后边儿……把节杖给我……给我把王冠戴上……（高声）以圣父圣子之名……（悄悄地）王子你现在用圣饰带把手绑起来，按照

已完成的、令人沮丧的

无所不能的、令人震惊的指示

在朕的面前！你们把号角吹起来！

你们把圣饰带拿过来！跪下！

哦，耶稣玛丽亚啊！天哪！人呐！

就应该这样！就这样举行！这是我的行为！

这是我的意愿！

叛徒大臣 （高声地，唐突地）

背叛！

酒鬼缓缓入场。

父亲（傻了）

你你……怎么？

长时间的沉默。

酒鬼

不好意思……没什么……

我只是……

父亲 （恐惧）

帮我问这个人，究竟是谁允许他进来的，把他赶出这个大厅。

酒鬼

一瓶纯伏特加，一升，樱桃酒，四杯，还有鲱鱼！

声音

喝得……

声音二号

烂醉……

笑声，松了一口气。

亨利克

这个人我不认识，但

又像我认识的……

（带着高调的温和）

但能肯定的是

这里发生的任何事情

没有我不熟悉的……

父亲

喝醉了……

扔出去，清场，别留下……

总务大臣 （走到酒鬼跟前）

你这人是从哪里冒出来的，难道你不知，你面前站着的是陛下吗?

酒鬼

呵……这就是最尊贵的国王、圣母玛利亚啊!

父亲

够了，已经够了，

你走运了，汉子，你看见了国王

现在回家睡一觉。

先生们，这酗酒的流感让人悲伤

它正折磨着我们的人民!

宫廷之人

哦对，就是这样!

总务大臣

拿钱去买酒吧，快离开……

你为什么还不走?

接下来这几句话应该带有浑浊且机械化的特点。

叛徒大臣

你为什么还不走?

酒鬼

因为我走不了。

大臣二号

你不能走?

酒鬼

我走不了。

大臣三号

你为什么走不了？

酒鬼

走了我不就没种了吗。

总务大臣 （对父亲）

那乡下人不好意思了，他动不了了

他不知道自己该怎么做，哈，哈，哈！

父亲

哈，哈，哈！

总务大臣

哈，哈，哈！

（手指门）

我说，出去！

酒鬼 （带着赞叹）

指头！

总务大臣

出去！

酒鬼

指头！

总务大臣

快滚！

酒鬼

但这个指头！

宫廷的人

哈哈哈，指头，指头！

酒鬼 （看自己的手指）

不像我的……我的又短又黑……就是家里干活，农民的手指……挖鼻孔刚好。

（笑声）

又短又粗的手指，耻辱……甚至给这样的人看都觉得羞耻……

总务大臣

出去！

酒鬼

我当然要走，但我走不了，因为刚才所有人都盯着我的手指。

叛徒大臣

那你为什么不把它放进口袋？

各种声音

那就插到耳朵里！

或者眼睛里！

酒鬼

我要是能放就放了，但我不能，因为所有人都在盯着它看！

只要我用这根手指随便一指（不自觉地指向亨利克），那么所有人就会看那里。

亨利克 （低声）

猪……

酒鬼 （低声）

猪……

（高声）都在盯着我的指头看，就好像它跟别的不一样！越看，这指头就越不同，越看越不同，越看越不同，越看越不同，越看越不同……

这是与众不同的指头！

这是强有力的指头！

他们给了我的指头力量！

就好像我现在能用这指头这样……碰……

父亲

闭嘴！

酒鬼

……连不可触碰的人都能碰……

父亲

闭嘴!

酒鬼 (粗鲁地)

我只要碰一次，就能胀起来!

叛徒们

别停! 向前! 向前!

父亲 (叫喊)

猪!

酒鬼 (叫喊)

猪!

父亲 (非常平静)

人们，我的大臣们以及我
还有我……
(爆发)你们快拉住我，我要裂了!
(被自己的爆发吓到了)我爆了……
坍塌了
我因为如此吓人的愤怒而爆发
如此吓人，噢……噢……噢……巨大的恐惧，恐惧!
(虚弱)我不行了……

母亲

伊格纳奇! 要不行了!

宫廷之人

国王要不行了! 国王生病了!

父亲 (虚弱地，乞求地)

亨利克……

宫廷之人和官员(浑厚的声音)

噢，亨利克！

亨利克

噢，亨利克！

亨利克，以圣父之名，以圣子之名

以圣父圣子之名！

亨利克走到酒鬼面前，此时酒鬼的手指举在所有人的上方。

亨利克

猪！

酒鬼

猪！

亨利克 （平静地）

猪！

把手指收起来！

酒鬼 （喝醉了）

我啥都不知道！

亨利克

收起来，否则我用武力帮你收！

酒鬼

来瓶纯伏特加。

亨利克

收起来，否则我会扑上去把它收起来……

我要扑上去了……

（一会儿以后）傻站着……在正中央……

不，不能扑上去……因为这所有都是胡扯……

这太蠢了……

叛徒 （尖声）

愚蠢！

愚蠢得不行！

亨利克

你们站住，站住，我不蠢，只有那个手指头很蠢！他故意抽出那根手指，就为了让所有人变成蠢材，然后将我变成疯子！

酒鬼 （手指指向亨利克）

疯子！

叛徒们

疯子！

亨利克

在我面前小心点……因为如果你们还想对付我，

那我就醒来……然后所有人都消失……

（对玛妮雅）你也会消失……

（寂静。场景变化）

亨利克

又或者

这不是梦，而是现实，只不过我疯了

或者我根本就没有站在这里，我也没有说话，只不过在现实中我躺在某个医院里，而在那里我手舞足蹈，幻想自己站在这里……谁能知道，我身上发生了什么？

可能有子弹打坏了我的脑袋？

或者爆炸？

或者我被抓了，被折磨，又或者

我撞上了什么，又或者有东西撞上了我

可能无聊了……想不出更多能做的事了……

可能我被勒令——被派遣——被强迫——去做我自己坚持不下去的事。不，没有不可能发生在我身上的东西——所有甚至超越所有的事情都可能发生。但我们还是假设我不在医院，没有不正常的事情发生在我身上。好吧……只是……我到底参与了多少疯狂之事？噢……

即使我再健康不过……最理智不过……

最克制不过
那也是有人强迫我做出
可怕的行为……谋杀，还有
疯狂的，愚蠢的，如此，如此，贪得无厌的……

有一个简单的问题：如果有人在几年的时间里扮演疯子的角色，那他就是疯子吗？那即使我很健康，但我的行为古怪，那又怎么说……瓦玖？但那些逼迫我变得疯疯癫癫的那些人，也是健康

理智的
克制的……朋友、友人、兄弟，这样
健康
而行为却这样古怪？这样理智
但却这样疯癫？这样人性
但同时却又如此不人性？那每个人单独
拎出来都是清醒、理智、克制的人又怎么说，
如果我们所有人一起是一个大疯子，愤怒地
满地打滚，嘶吼，呻吟，向前奔走
盲目地，超过自己的界限
把自己从自己撕裂……我们的疯狂
在我们之外，在外面……那里，那里，在
外面
那里，我可及之处的终点，那里开始
我的放纵……虽然我平静地
在自己的身体里居住，但与此同时
在我之外我在艰难跋涉，在黑暗的
野蛮的空间里，在夜晚的领地里
我献身于某种无边无际！

总务大臣

这是送葬的队伍！

父亲

这是送葬的队伍！

亨利克

是的，这就是送葬的队伍！

他们又在说话。而我也说话了，

而这个手指就这样在中间举着，就像一个疯子的手指

而这里我自言自语，手舞足蹈，在完全的

孤单寂寞中像个疯子……

酒鬼

疯子！

叛徒们

疯子！

围攻亨利克。

亨利克

站住！我在这里奉国王之命！

酒鬼

国王就是疯子！

亨利克

你们站住！

我们假设我的父亲疯了——但他在自己的疯癫中维护了美德和尊严——所以他不是疯子！

是的，没错，最正确不过——所以才有了隆重感，有了智慧和威严。这些我都经历了。你们看，我站在这里多睿智。我的智慧和尊严是不可战胜的！而他却举着那根手指站着，像个傻瓜！

你们碰我一下试试！

父亲

亨利克！

官员和宫廷之人

噢，亨利克！

亨利克

噢，亨利克！

给我把这个酒鬼扔出去！

大臣们围攻酒鬼。

酒鬼 （慢悠悠地，把手指收了起来）

呀，呀，别这么激动……我也有自己的理智。

（忽然变得十分冷静；对亨利克）

因为我没有那么蠢……

（过了一会儿）那么，我们应该可以单独聊一聊……就像聪明人同聪明人一样……

亨利克 （受惊）

谈什么？

酒鬼

你会知道的。我们聪明地聊个天……

（对所有人）因为我也聪明着呢……

亨利克（犹豫）

不。虽然……

如果他想说得聪明……

叛徒大臣 （挑衅地）

如果说得聪明！

宫廷之人 （呓语）

如果

如果

聪明地……

亨利克

行！

五点午茶时间。仆人们端上咖啡和饼干。大臣们三三两两聚成小团体。夫人们扇着巨大的扇子。

宫廷之人

多么令人愉悦，以这样神秘的形式

午宴时分，在皇宫玩起轻佻的社交爱情游戏，

啊，男人的腰，女人的胸迷惑，蛊惑

最高尚的国王自己维护家的荣耀！

或者来点饼干。非常非常感谢。这集会多么棒啊！非常非常对不起。我五体投地。这厕所多么豪华！

父亲的声音 （从深处传来）

喂，你们倒是把茶给我呀！

夫人 （对大臣，经过时）

那位同王位继承者王子谈话的奇怪的先生到底是谁？

大臣

那是外国议员，不然就是外国大使。

亨利克

喂，倒是把茶给我呀。（对酒鬼）来点饼干。

酒鬼

十分感谢您。现在应该没人能听到。

亨利克

噢，您看，他们做了所有力所能及之事，为这场谈话创造条件……完全保密……

两人离开舞台。

酒鬼

那，我开始说我是怎么个想法了……我没喝醉，我带头演了闹剧，为的就是削弱国王的权威，因为我们要商量的就是对付国王……有很多大臣正在商量如何对付他，是他们把我从监狱里薅出来的……但是王子您这么有智慧……

亨利克

他在拍我马屁。

酒鬼

……我做的根本不值一提。只有我在这样的智慧里才觉得自己很蠢……王子，您信上帝吗？

亨利克 （目视前方）

他问我了，而我必须要回答，不。

酒鬼

那王子您怎么能接受国王赐予的婚礼？如果没上帝，那他又能是什么国王？……毕竟他的权力来自上帝。而那个主教也不是生来就是主教。

亨利克

我已经说过……我已经回答过……哪怕父亲是一个幻想自己是国王的普通疯子，那他也守住了美德和尊严……我虽然不信上帝，但我信世间的自然规律和为人的尊严。

这听起来如此隆重！

酒鬼

那么又是谁制定了法律，如果没有上帝的话？……

亨利克

谁？人们。

酒鬼

对啊，那为什么还要这样隆重地守着这些，如果它同所有别的东西一样，都是人类造出来的东西？

亨利克 （尴尬地）

重点是
他说的有几分道理。我不相信
这所有的一切……而我这样做
就好像我相信了，但我不相信
我尊敬，但我又不尊敬……我下跪
但我又不下跪……我放低姿态
但我又完全不伏低做小

我知道，这所有都是闹剧。所以
我的智慧越高，我的愚蠢也就越
可怕……嘘……嘘……安静……安静……
不要让他知道！

酒鬼

王子到底为什么要承认这个国王高自己一等，如果是王子自己将他抬上国王的宝座？

亨利克 （自言自语）

确实。如果他不是我的国王，那我自己也就不是王子了。

酒鬼

未婚妻也一样。如果王子认命了国王，而国王给了她黄花闺女的尊严，这就是王子自己将她变成了没嫁人的姑娘……这得是什么样的姑娘啊？

亨利克

我自己将她变成了未嫁人的姑娘。这酒鬼思路还挺清晰……但是
如果这么简单，那为什么
我感觉自己在做
一个高尚的弥撒？

酒鬼

弥撒？

亨利克

弥撒。

酒鬼

弥撒？

亨利克

弥撒。

（严肃地）离我远点儿：我是神父……

酒鬼 （慢慢地）

我也是神父……

宫廷之人

啊，男人的腰，女人的胸迷惑，蛊惑

最高尚的国王自己维护家的荣耀！

亨利克　（悲伤地）

在取笑我——在取笑我，好让我变成傻瓜。之前还说到点子上了，现在又开始说蠢话……

酒鬼

蠢？

亨利克　（陷入沉思）

蠢。我以为会更明智……

酒鬼

更明智？

亨利克

更明智。

酒鬼

更明智？

亨利克

更明智！

酒鬼　（爆发）

那我就更明智地告诉你，究竟是什么宗教

我与你同为它之神父。在我们之间

上帝诞生，但他却也由我们而生

我们的教堂并非生于天，而生于地

我们的宗教并非源自上，而源自下

我们自己创造了上帝，由此便开始了

为人而做的人间弥撒，自下而上又神秘

黑暗又盲目，接地气又原始

我就是它的神父！

突然两位神父做起了浮夸的手势。

亨利克

我是它的神父？

但……我不明白。

酒鬼

你不明白

但你还是明白一些。你明白

因为我明白。

亨利克

你明白

因为我明白。你？我？我们之中究竟

谁在对谁说话？我看不见……

不，不，我看不清楚……

酒鬼

你看见了

那根手指吗？（展示手指）

亨利克

你看见了

那根手指吗？（展示手指）

酒鬼

是的，看见了

我看见那根手指了！

亨利克

我也看见它了！

这是什么深度，这是什么智慧！就好像我

在一千个镜子里看见了自己！你我的手指！

酒鬼

我的你的，你的我的！……中间

那就是你我中间！你想让我用手指
点神父你的额头吗？

亨利克

你想让我用手指
点神父你的额头吗？

酒鬼

当然，乐意至极。

亨利克

当然，乐意至极。
（酒鬼想碰他）
又是这根手指！猪！

酒鬼

猪！

亨利克

猪！
他只要他摸了！
（停住）来点饼干？

宫廷之人

多么令人愉悦，以这样神秘的形式
午宴时分，在皇宫玩起轻佻的社交爱情游戏
啊，男人的腰，女人的胸迷惑，蛊惑
最高尚的国王自己维护家的荣耀！

亨利克（自言自语）

啊，我居然被几句话套路了，重要的只是他想摸。我会碰这个把我变成智障的智障……我会碰，我还会把他扔出去，可是这里灯太多了，女人和位高权重的人也太多。（作势要打，但是叛徒们介入）

叛徒一号

亲爱的大使！

夫人 （经过）

那位同王位继承者王子谈话这么久的谜一般的先生到底是谁？

大臣 （强调）

他是外国议员，不然就是外国大使。

夫人

大使！

叛徒一号

亲爱的大使！

叛徒二号

敬爱的大使！

叛徒三号

尊敬的大使！

酒鬼 （优雅地）

啊，欢迎，欢迎，敬爱的，亲爱的各位！

夫人

敬爱的全权大使！

酒鬼

跪拜在亲爱的夫人您的脚下！

（浮夸地鞠了一躬）

亨利克

嗯……酒鬼摇身一变成了大使。我会碰到他的，但我不希望出丑……这里说的是维持表象。

酒鬼

请大家原谅，敬爱的夫人以及你们，亲爱的先生们，但我还有两句话要对王位继承人王子说。马上就来。

叛徒们

那我们就不打扰了。

（深深鞠了一躬，离开）

酒鬼 （对亨利克）

多么棒的宴会啊！

亨利克

确实。

宫廷之人

啊，男人的腰，女人的胸迷惑，蛊惑

最高尚的国王自己维护家的荣耀！

在午宴的背景中，大使同王子一起踱步。

酒鬼 （外交官的语气）

王子，您看，我们之前谈了……请相信我，虽然我是外国的大使，但我感受到了对最最高尚的国王异常强烈的尊敬和亲近之情……但另一方面，正是这份爱，这份尊敬，我能说，使得我害怕……害怕……或者说感觉到……甚至我差不多知道……有许多位高权重的人都背离了王权……

亨利克 （外交腔）

啊，这样吗？

酒鬼

我认为将这一消息以秘密的形式汇报给王子您是我的责任，作为王族真诚的朋友和忠心的仆从。

亨利克

我十分感谢。

酒鬼

你的父亲，王子，毫无疑问，我能说，几乎同君主一样高大……但是有可能，我担心，他的权力理念并不能完完全全与现代的时代核心相调和。

叛徒一号

大使阁下理解得分毫不差。

酒鬼

他，毋庸置疑，是高尚的人……但他的理念太过古旧，只适用于老年人。（悄悄地）难道要相信某个一成不变的道德和行为规范准则吗？就我跟你这么说说，现代人肯定更容易妥协；现代人知道，没有什么东西永远一成不变，也没有什么无例外的东西，一切都在每时每秒地形成……在人与人之间形成……形成……

亨利克

我无法反驳您说的妥协的特性……以及无时无刻不在形成……

酒鬼

清醒地思考着……或许我们可以喝一杯？……敬陛下！

叛徒

敬陛下！

亨利克

敬陛下！

酒鬼

我们聊到哪儿了？啊哈……就好像因为这个原因很多大臣背离了国王一样……哈哈哈，但陛下最大的敌人是你，王子……

亨利克

我？

酒鬼

哈哈哈！因为你的优点……

亨利克

他在奉承我。

酒鬼 （悄悄地）

这里有很多人都认为，你应该掌权……但我们喝酒……敬陛下！

叛徒

敬陛下！红酒不错！在座的有很多人都幻想——在陛下逝世之后——让王子你接管政权……

酒鬼

到那个时候王子就能自己给自己赐婚……甚至都不用举办婚礼，哈哈哈——而不是屈从这早已过时的仪式！

叛徒

再来几杯！这红酒真够劲……是人都会左右摇摆……就像国王在自己的王位上……

酒鬼

哈哈哈！还真是感觉伸手推一下就行！

叛徒

在整个宫廷的人面前推！

酒鬼

如果有人推了国王一下……

叛徒

突然地！

酒鬼

推了一下……

叛徒

就那样推了一下，当着所有人的面！让所有人都看见！

酒鬼

哈哈哈！但是没有人推，因为所有人都害怕王子的愤怒和智慧。儿子维护父亲天经地义……

叛徒

再来几杯！如果王子自己……王子自己去……我不是说真的，只是想想……我承认，当我看到这样不可触碰……不可触碰的人……就，见鬼，不知道为什么总想这样……走过去，然后……推……推一下，怎样？用手指。嗯，嗯……

酒鬼

哈哈哈哈哈！在他后面站着未婚妻，还有，那见鬼的，天哪，不可触碰的……不可触碰的人！噢，就用一个手指头就好，就用一个手指头。噢呵，噢呵，噢呵，哈哈哈！噢呵，噢呵，噢呵，哈哈哈！

亨利克

手指！

（平静地）又是这根愚蠢的手指！

猪！

酒鬼 （阴沉地）

猪！

亨利克

猪！

要来点饼干吗？

宫廷之人

多么令人愉悦，以这样神秘的形式

午宴时分，在皇宫玩起轻佻的社交爱情游戏

亨利克

啊，你们想说的就是

让我推倒国王……用手指……因为如果我推了他

那你们就会跟着推他，是不是啊……你们这是

让我背叛啊……

两人

噢，噢！

我们只是喝红酒时闲聊几句……这红酒度数高啊……

一喝就口无遮拦！

亨利克

该死的猪酒鬼，你想把我灌醉……但我现在就证明给你们和自己看，我是清醒的……是的，我是清醒的。

这挑拨愚蠢至极！但这愚蠢也算是进步。因为这样的挑拨是如此的荒谬，如此堂而皇之的虚假，哪怕我拒绝你们幼稚的提议，那也会同我接受这一提议一样，被人嘲笑，甚至被人愚弄。这就是你们的意图，对吗？所以我对你们和自己表态：我不会把你们和这场谈话，以及尊贵的身份……前一刻还是酒鬼的大使先生出人意料的尊贵身份当真。我全当这是一场笑话！我现在与

你们站在这里，没有扑向你们或碰你们，只是因为我想维持表象，目前我还不想惹出丑闻……怎么？我是清醒的！

酒鬼

勃艮第，要不就托考伊！

叛徒

托考伊，要不就波特！

亨利克

当然！我是清醒的！我任何时候都可以醒来，毁掉你们——但我不想破坏这美好的……令人迷醉的宴会……而且到时候她也会消失，随风逝去……你们懂吗？

酒鬼

勃艮第，勃艮第！

叛徒

托考伊，托考伊！

亨利克

我是世界上最清醒的人！我迎合你们，但意识完整，清醒，哈哈哈……我迎合，是因为这所有的一切……让我愉悦……

话语舒心，思想安心，感情在层层叠加
所有都在推进……所有都在演绎，发声……
啊，灯之海，扇之洋，词语的海洋
我在其中沉溺，沉溺……就像酒鬼
（哈，你们看，我是多么清醒！）
像个酒鬼我恍惚地站着，脑子混沌不堪
听不真切，看不清楚
好像明白，却又不明白……嗡的一声。
嗡的一声。在这嗡的一声中
有一个想法始终在坚持：维持表象
别让别人发现你其实喝醉了，哈哈（你们看到了，我多么清楚自己的处境），别让任何人知道你是酒鬼。

如果有人礼貌地同我搭话，那我就无可挑剔的礼貌回答他，啊哈，啊哈，对，对！

如果有人郑重地同我讲话，那我就无比郑重地回答他，吼，吼，说到重点了，对，对！

如果有人醉醺醺地同我讲话，那我就醉醺醺地回答他，嘭，嘭，嚯，嚯！（你们看到了，我完美地解决了……）

酒鬼 （醉醺醺地）

该死的……鸡……烤鸡

妈的！

亨利克

马上，马上

我还要更加清楚地证明我的清醒。

我们假设，

你们也都被酒泡透了——所有人

在这里都有点清醒……嗯……一人喝醉

因为第二人

但每个人都想装清醒，就和我一样。

哈哈！

但不管怎样这都是闹剧！

一个酒鬼为了装清醒，就会迎合第二个酒鬼的醉意，而这第二个酒鬼为了装清醒，还会迎合其他酒鬼的醉意，而这……

因此都是谎言！每个人都说着

他没打算说的话，而是应该说的话。话语

背叛主人背靠背相连

不是我们在说话，而是话语在说我们

暴露我们的想法，而想法同样暴露了

我们背叛自我的感情，啊哈，啊哈，背叛！

（醉醺醺地）一刻不停地背叛！

酒鬼 （应和）

对，背叛！

叛徒

背叛！跟国王一起滚吧！

跟国王一起滚吧！

叛徒们 （包围他们的同时低声说）

跟国王一起滚吧！

亨利克

叛徒！这不是我想说的！

叛徒一号 （密谋者的语气）

各位，王子是我们这边的了！跟国王一起滚吧！

新国王万岁！

叛徒们

万岁！

酒鬼

向国王进发！

（密谋者们同王子一起走向国王。宾客组成的人群四散开来，现出了国王的身影，他正与王后以及玛妮雅喝茶。瓦玖在附近）

亨利克

这不是我想说的！

宫廷之人

多么令人愉悦，以这样神秘的形式

午宴时分，在皇宫玩起轻佻的社交爱情游戏

啊，男人的腰，女人的胸迷惑，蛊惑

最高尚的国王自己维护家的荣耀！

父亲 （不安，看见走来的酒鬼）

这人又怎么了？

亨利克

这位是外国议员，要不就是大使！

父亲

大使，他？好吧，不出丑就行……（大声地）我们真诚地欢迎阁下光临。

酒鬼

这也是我的荣幸。（向玛妮雅鞠躬）请允许我，最漂亮的女孩，将我骑士军团的花别在你伴郎的贵体上。

玛妮雅

谢谢。

父亲

我希望，大使阁下，我们两帝国之间的关系，以和谐和国际合作为原则，能持续安全发展，还有长久以来作为诉求，关乎全人类利益的永远的和平。如果，猪，你敢推我，我就揍你，就把你拷上锁链。

酒鬼

安全保障和持续生存以及既以合作为精神，又有利于和平的人类精神成为我们以协商精神重塑对和平的追求中坚定首要的诉求。我就推你，然后胀起来，就推你这个猪，就推了。

父亲

来点饼干。

酒鬼

最最卑微地感谢您。（对亨利克，到一边）现在上！用手指戳他的大肚子！

亨利克

对父亲？

酒鬼

你自己会成为国王！

亨利克　（陷入沉思）

我？

（场景定住）

我并不是说真的……只是如果……推翻这位父亲，自己接管政权。统治！统治！

这一切多么可怕地脱离我的掌控！我统治不了任何东西。我只是小人物里的小人物。统治！啊，如果我能统治！

控制！

不，我不是说真的……但如果推翻这位国王？我这又是为了什么？我为了让他给我赐婚，就已经凌驾于他了。但我究竟为什么要被别人赐婚？当我成了主人，我自己就能给自己赐婚，那会是最纯洁，最得体的婚礼。我到那时候就会制定法律。我就会赋予自己圣洁，我还会制定自己的圣礼——只要我想！

天哪！如果我能控制！

上帝！什么上帝？父亲！什么父亲？我自己规定他们。他们源自我的仁慈，我的意愿！为什么要跪在他们面前？为什么不跪在自己面前，自己，自己，我的法律的唯一来源？

嘘……别说这个。你为什么要说这个？你说他（指向酒鬼）告诉你的话。

他说的又怎么样？他我也能毁掉！

我创造国王！

我就应该是国王！

我是最重要的人！在我之上没有任何东西！

我就是上帝！

这是我的手指，我用它……（吓坏了）不对！我只是这样说说！这不是真的！不管怎样我都不会背叛我的父亲！我的国王！

（对酒鬼）

我不会背叛！

酒鬼

你不会背叛吗？……猪？

父亲 （听到以后）

什么，什么？……背叛？……

亨利克

这不是我想说的！

父亲

别过来！

亨利克

我不过去！

父亲

别动！谁也别动我！

亨利克

我没有动！

（失望地）

你为什么要怕我？

父亲

我？亨利克啊，我的儿子啊，我的孩子，我怎么会怕你，我的朋友，我的守卫者，支持者？不，不，亨利克啊，我没在害怕……

亨利克

冷静……

父亲

给我把饰带整整，哦，哦，给我
给我把饰带整整……

亨利克 （整理饰带）

他在颤抖，心脏跳得很快，汗珠
在他脸颊上流……

父亲 （悄声）

嘘……亨利克……

亨利克

怎么？

父亲

你最好，离开……离开。

亨利克

为什么？

父亲

亨利克，我哪儿害你了？……只可能有一点点，只有这么一点……只有这一小点，一小点，以防万一……但我是国王，亨利克，所以你最好还是走吧，因为，虽然小，但国王在我体内慢慢生长……国王在变大，亨利克……可能会爆！国王可能会把我控制！

亨利克

冷静……

父亲

我怎么才能冷静，当我比自己……还要大！

亨利克

小点声！别喊！

父亲

我没有喊

是我的声音在喊！嘘……（大声地）多谢你，儿子，多谢你的忠诚！我知道：在你心中并没有儿子式的背叛。没有！没有一点疑问。不，没有……如果我说我不怀疑，并不是因为

我怀疑；如果我强调

我不是因此而说这句话，那只是

为了不让任何人认为，我还会回到这个话题

因为其他什么原因。而我现在说过的，我最后的解释和存疑，也不应该被解读为我不信任的

某种表象。（对大臣们）你们别再

听我的了！为什么

你们要一刻不停地听我的话？为什么

不停止地紧盯着我的行为？你们觉得被人听着，被人盯着好受吗？出去，滚，滚！

不，不，你们留下来！我

没有什么可遮掩的。如果我对你们说

让你们出去，这完全不意味着

我有什么可藏的。不，不，我不怀疑我的儿子，我知道他不会背叛，我没有怀疑，没，没有……因为哪怕我在这件事上有一丁点儿的怀疑，哪怕只有这么一丁点儿……这小小的怀疑在这么多，这么多人的注视下，面对着这么多，这么多人的期盼，这份怀疑，我说，这么小，微不足道……也会变大……变大一点点……而这大了一点点的怀疑就会让人轻轻打战，轻轻打战，这冷战变成国王的冷战，就会让人产生巨大的恐慌，还要大……比我还大……这恐惧就会将我拿住，因为国王会将我控制！！而如果国王在打战，那我就不能去打扰！如果国王在吼叫，那我就不能让他安静！而国王，国王，国王在喊：叛徒！叛徒！叛徒！

宫廷之人

叛徒！

亨利克

叛徒！

父亲

救驾！护卫！护卫！

（护卫队赶来）

他有手指！

啊，背叛，背叛，背叛！

亨利克 （用手指碰了父亲）

拿下

给我把父亲拿下！关进地牢

黑暗又肮脏的，地下的，

潮湿的地牢！

（失望地）

这不是我想说的！

酒鬼 （兴高采烈）

他碰了他！碰了他那大肚子！

（想扑向父亲）

亨利克 （对瓦玖，指向酒鬼）

给我拿下这个猪！关进地牢！

（对所有人）

我不知道事情为什么会变成这样

但木已成舟！我背叛了

我的父亲！

（对酒鬼）

几点了？

酒鬼

七点。

父亲 （呻吟）

亨利克……

宫廷之人 （沉重地）

哦，亨利克

亨利克 （沉重地）

哦，亨利克！

现在我是国王！

你们去把他绑起来，践踏他，折磨他！

（护卫将父亲拿下）

母亲 （吓坏了）

你在干什么亨利克？

亨利克

我从现在开始掌权！我自己！

我自己赐给自己这场婚礼！没有人能妨碍我！

这个老头已经被我抓起来了。那个酒鬼也被抓起来了。都由我控制，我掌权，我自己给自己！……

够了，胡话到此为止！你们以为

我瞎吗？以为我看不见

你们是怎么样骗我的吗？但是够了，都结束了。我不想像你们演得那样去跳舞。我不再是你们的牵线木偶。你们必须要尊重我的意愿。如果这个老头害怕做国王，如果他不能将婚礼赐给我，那我就自己给自己举办。我的未婚妻在哪里？

（看见了走近的玛妮雅）

啊，她过来了，不明所以

我可以解释给她听！我可以带她过来！

我自己给自己办这场婚礼！我自己！

希望不要有人打断我说话！我自己！

因为我在这里独自一人，我一个人在这里

这里没有你们！

（队伍游行。为首的一对是亨利克和玛妮雅。婚礼的队伍）

亨利克

我第一个走……他们

跟在我后面像条尾巴又能怎样

我看不见他们：我眼前

是最纯净的空间，空旷的荒野

我在那里游荡……

（看见被瓦玖严密看守的酒鬼）

还要把这个蠢货除掉，消灭……别让他存在……

想在我后面走不是那么简单的。你们给他执行死刑！

酒鬼（乞讨者的语气）

先生……先生……

亨利克

听起来真蠢啊……但你再不能拿我怎样！

酒鬼

最高贵的国王啊！啊呀，我能做什么？啊呀，没办法！就这么着吧！

（对所有人）要吊死就吊死！这几年吊死了已经不知多少个。

只是死前我有一个请求。让我在行刑之前再看看她一眼。

亨利克

看谁？

酒鬼

我的王后。

亨利克

我觉得他又要干蠢事了。但现在我已经不怕了——现在一切都要听我的。

当然，你看吧。

毕竟你也看得到。

酒鬼（自言自语）

哦呀，曼卡，曼卡，你成了伏特加啊！

亨利克（自言自语）

哈哈哈！

酒鬼

我不爱你了，曼卡，还会有别人来爱你。

亨利克

他爱说什么就说什么吧。（对瓦玖）好好看着他。

酒鬼

要是我不再管这个男孩，要是我不被这个男孩关押，那我就能知道我会怎样对自己，对你，和你，我。

亨利克

胡言乱语。

酒鬼

我会记着你美丽的容颜进棺材，我会带着这幅画咽气……（对亨利克）我再三祈求这份仁慈，让那个男孩拿了花瓶里的花，然后举在她的头上，我会看着。

亨利克

又是新的愚蠢要求，但如果我拒绝的话，别人就会认为我在害怕……那我就不拒绝。（对瓦玖）摘了那朵花，拿在手里。（对玛妮雅）舍给这个可怜的疯子那份仁慈吧，我亲爱的玛丽亚。

酒鬼

噢，我的王后！我想看着你的脸死去……我还要祈求，那花再拿得低点儿……往眼睛那块靠靠……（瓦玖，把花放低的同时环抱住了玛妮雅）

再低一点……就这儿正好……噢，我的王后啊！

亨利克

他能从中看到什么？什么都没有啊！

大臣们 （回神，戏剧腔）

这幅景象里什么都没有

这太幼稚了！

可怜的小人！

真好玩。

酒鬼

不好意思，再低一点……让花的上面落在脖子上……噢，这个位置正好……真让人陶醉……

大臣们

必须要赞叹我们国王的耐心。

我们的国王不仅公平公正，还仁慈。

必须要赞叹我们王后的耐心。

我们的王后无比的仁慈！

酒鬼 （突然，低沉地）

现在别动，因为我要拿走这朵花。（将花从瓦玖手中拿出）别动啊……

玛妮雅

像是要拍照。

亨利克 （对瓦玖和玛妮雅）

再等等。（自言自语）这又是什么？（对瓦玖）别动。（自言自语）他想干什么？荒唐。我以为会更睿智……

酒鬼

更睿智。

亨利克

更睿智？

酒鬼

更睿智……

亨利克

怎么说——更睿智？

这里面能有什么睿智的东西？花已经扔了，而他们以这样虚假的姿势站着……更睿智？

酒鬼

更睿智。

亨利克

更睿智？

这都是什么？他们站在一起……然后呢？他们一起站着……

啊，他们站在一起……他和她，而她

又和他……这怎么回事？一起

但是没有意义……装模作样地站着……等下……

这都是什么？……他们站着，而我们所有人

都在看着……他们站着……

猪！

是你在给他们搭桥

你用低俗的可怕的婚礼

让他们牵线。你给他们主持了婚礼

猪神父！

酒鬼

猪！

亨利克

猪！

大臣们笑。

幕布降

第三幕

城堡大厅，亨利克和总务大臣。

总务大臣

一切太平。所有反抗的因素都被抓了起来。议会也被一网打尽。而且在军事和民事领域都进行了彻底的暴力拘捕，大批大批的民众都在牢里蹲着。最高法院、总参谋部、高层和各部门、公共和私人机构的领导、媒体、医院、孤儿院，都抓了。所有的机关都抓了，还有所有的一切，完全所有的一切。警察局也抓了。和平。悠闲。潮湿。

亨利克

确实，一切太平。多么悠闲啊。

总务大臣

对啊，不然呢？秋天了。

亨利克

警察局局长在哪里？

总务大臣

正在候着。

亨利克

如果他在候着，那就让他候着吧。我的父亲，前任国王呢？

总务大臣

被严密监控。

亨利克

那个……酒鬼呢？

总务大臣

被严密监控。

亨利克 （阴沉，苦涩地）

今日我就要成婚了……多么阴沉的日子啊！

总务大臣

一如既往。

亨利克

你老了。

总务大臣

是的。

亨利克

我得到了权力
以什么样的方式并不重要。形势
掌控在我手中……以后也将如此
我下令的时候……那我要下令
让所有人都在这一个大厅集合，
因为国王自己
要给自己主持婚礼。都押着拖上来！

总务大臣

遵命。

亨利克

要给我紧盯我父亲。关起来。我希望他在我的婚礼上出席。

总务大臣

遵命。

亨利克

也把我的母亲带上来。关押起来。

总务大臣

遵命。

亨利克

还有那个酒鬼……但是要绑起来，明白吗？我希望结婚的时候，他们所有人都出席；我不害怕任何人；没有谁能把我怎么样；我自己知道应该做什么，不用多说；我有权力，我想怎么样，就应该怎么样；我在统治；我掌控着局面。如果有人胆敢密谋抑或添乱，那就好好教训一番……警察局局长把那些暴徒带来了吗？把他们叫过来。

警察局局长和三个暴徒入场。

亨利克

我要的就是这些人！瞧瞧这副嘴脸！哈，这些凶神恶煞的人会给他们教训！对！如果有人言行举止不当，或者以任何方式阻碍和妨碍婚礼，那就给他们点教训，拳打他们所有人的脸，所有人的眼眶……最好所有人都能看见……

总务大臣

恐怕，尊敬的陛下……我想的是……

亨利克

我在清醒地思考。请听一听我的思路。请你，听一听我的思路。我已经失去了天真无邪。我的童年被剥夺。我最近想了很多，很多。一整晚都没睡！神圣、高贵、权力、法律、道德、爱情、笑料、愚蠢、智慧这所有的一切都源于人类，就好像酒精产自土豆。就像酒精，你明白吗？我掌控了局面，并强迫这些粗人产出我想要的一切；而当他们赋予了我足够的威严和高贵，我就给自己主持婚礼。如果变得可笑，那我也要把可笑教训一番。如果变得愚蠢，那我也要把愚蠢教训一番。即使是智慧我也要教训！而如果上帝，苍老的，过时的上帝有什么要反对的，那我照样教训！……

总管大臣和局长

是的，尊敬的陛下！

暴徒们

是的，尊敬的陛下！

亨利克

是的，尊敬的陛下！

所有人

是的，尊敬的陛下！

潘道夫上场。

潘道夫

不对！

亨利克

不对？

潘道夫

不对！

亨利克

对天起誓！主教！

潘道夫

我是潘道夫
罗马教堂的主教，我正式当面
通知你，卑鄙的篡位者：上帝存在，
而婚礼，教堂不与主持的婚礼，
并不是婚礼，而是失德！

亨利克

哈哈哈，潘道夫，潘道夫！

（讥讽）

亲爱的潘道夫，

你是潘道夫，对吗？

潘道夫

是的，我是潘道夫。

亨利克

那……你也是

主教，对吧？

潘道夫

我是上帝的仆人

吾乃上帝之仆，潘道夫……

亨利克

我亲爱的潘道夫啊，难道你没有碰巧……

喝

喝

喝

喝自己的“潘道夫”喝醉了？啊？亲爱的主教，你难道

没有灌自己

灌

灌

灌自己的“主教”而醉？主教让你

上头了。伏特加

伏特加

伏特加。

但是啊，我亲爱的潘道夫，你是喝醉了才声称自己是上帝，是神圣的罗马教堂的吧。你就是个野蛮的酒鬼。啊。羞耻！我明白！一杯，然后第二杯，然后放开了，就开始了！你不是正常的男的。你是酒鬼。

潘道夫

我诅咒

你！

亨利克

什么？你又来了？在我面前，你会被自己的咒骂灌醉。哈，已经太过了。我要碰你。（碰了他）

潘道夫

上帝啊……

亨利克

喝醉的神棍

把神棍抓起来。然后，暴徒们

把他抓起来教训一顿！

（暴徒们将潘道夫拎了出去）

真是阴沉的一天！

总务大臣

是啊，阴沉的一天……

亨利克

我控制……

总务大臣

是的，尊敬的陛下。

亨利克

我掌权……

总务大臣

是的，尊敬的陛下。

亨利克

我会碰你们所有人！

总务大臣

是的，尊敬的陛下。

亨利克

没人能碰到我……啊，对了
亲爱的总务大臣
请你告诉我，大家是不是
碰巧都在取笑我？……

总务大臣

噢，噢，噢！

局长

噢，噢，噢！

亨利克

难道他们没有
在我背后某个地方，还有
在他们自己背后，说……说……说什么，就比如
说我嫉妒，哈哈！什么？这才
好玩！

总务大臣

噢，噢，噢！

局长

噢，噢，噢！

亨利克

我追问
是因为那个不怎么明智的事件
关于那朵花，哈哈哈！那
可怜的酒鬼的暗示已经够明显
都能给肮脏的，滑腻的舌头带来
食物了，哈哈哈！

总务大臣

我什么都不知道！

局长

我们什么都不知道!

亨利克

因为如果

他们以如此奇怪的姿势被联系了起来

那他们就是被联系在了一起……有可能

是人们将他们联系了起来……把她同他，又把他

和她……怎么?说啊!可能

没有人敢清楚地表达

但是笑声、暗示和视线

秘密的、互相都清楚的暗号，哈哈……

我喉咙有点干。我喉咙发紧。嘿，仆人，给我拿个苹果!我要吃个苹果。(对总务大臣)

怎么?怎么?

总务大臣

尊敬的陛下，其实所有人都举止得当，但可能得当，也可能不得当，谁又能知道，可能有些什么暗号，也可能没有，我哪里知道，我已经老了，视力不好了，看不清了……

亨利克

瞎眼的马!瞎眼的母鸡!

局长

我的视力也不好。

亨利克

我要对你们膨胀起来了……(对拿了苹果过来的仆人)站住，等一下，让我好好观察观察你。谁知道这人

心里

想的是什么……这是什么黑暗的想法，浑浊不堪。谁知道?可能

他自己想象出了什么。在自己的脑海里

联想……

联想到他们在那里……

可能他在心里取笑我

而他背叛了我……和他……还有她……啊，叛徒们！

他们背叛的我！他们所有人都是叛徒！那没有表情的脸。但谁又能知道，他在这一刻在我面前有没有放任自己挖苦讽刺，做暗示，有没有在心里笑出声……苹果就在刀叉中间。刀和叉。为什么会在刀叉中间？哈，我知道，因为苹果、梨和桃子都是这样被端上来的……不，不管怎么说都没有道理！毕竟瓦玖从没有与她有过什么……这一切都是错觉哈哈哈，错觉……我知道，这都是胡言乱语

但我必须要说……而且在说的同时

还要说出……

总务大臣 （对局长）

我们的陛下

好像陷入了奇怪的沉思……

局长

看得出来

不良的梦境在折磨着他。

亨利克 （自言自语）

我不想再喝了

我以后也不会再喝了……

总务大臣 （悄悄在一旁）

哦呀，伏特加，伏特加！

亨利克 （自言自语）

可能瓦玖

到现在跟她没有什么，但是现在

所有人都把他们联系在一起的时候，那他也会

同她联系起来……联系起来的同时

就会碰到她……

总务大臣

嘿，嘿，嘿，伏特加，伏特加……

亨利克 （自言自语）

我听得见自己在说什么，

我也听得见他在说什么。我也知道

他们在说什么，这纯粹就是个喜剧，

但我必须要说……

总务大臣 （兴奋地大声）

他喝醉了！

亨利克 （对总务大臣）

闭上你的狗嘴。（一拳打在局长的脸上）

局长

为什么打我？！！

亨利克

这很难猜吗？这个时候我需要一点暴力——而我在你的脸上找到了它！如果我打了总务大臣，那我也只是公正了一番。但我想变得残暴！我才是这里维护秩序的！（尖叫）那里又怎么了？

母亲 （在舞台后面）

你们放我进去——放我进去！

（跌入舞台）

亨利克啊，亨利克宝贝，孩子他爸，孩子他爸，孩子他爸！

亨利克

她疯了吗

母亲

小亨利克宝贝，孩子他爸在叫，孩子他爸在叫，

在喘，在吐口水，都不像是人了，在跳

在蹦哒！

亨利克

所以他疯了！

母亲 （平和的戏剧腔）

他想挣开，他想逃

嘿，嘿，逃向森林之外！

他们把他抓住

现在正在打他，还和他一起跳舞！

小亨利克宝贝，你父亲在给你跳舞！

亨利克

那又怎么样？

母亲

噢，刀，刀，刀！

亨利克

我只是这么拿着。

母亲 （吓坏了）

耶稣玛丽亚啊，亨利克！！

我是你的母亲！！

亨利克

当然——你是母亲——这简直更好了……（走过来）我想拥抱你，亲吻你，妈妈。（抱住她）

母亲

你在干什么，亨利克？

亨利克

我在拥抱你啊。

母亲

最好还是放开我……

你的拥抱很奇怪，不，不，算了吧！

总务大臣

这有点奇怪，奇怪……

局长

奇怪，不舒服……

父亲入场，后面跟着暴徒们。

父亲

救命，他们打我！

母亲

一群恶棍！

父亲（悄声）

他们打了我……

（大声了点儿）他们打了我……

（尖叫）打我，他们打了我！！

母亲

到我这儿来，他也打了我。

父亲（尖叫）

什么？什么？他打了你？

母亲

小点声，小点儿声，嘘……

父亲（声音小了）

那我就诅咒他……

母亲

嘘，嘘，小点声……

父亲

什么？你怎么做的？

他打你了？

亨利克

我有这把刀还挺好的……

所有人

上帝啊！

亨利克

不，这是什么想法！我不会杀死任何人，虽然

这把刀

将我锐化！

我不会杀任何人——只是

我会直接伸手去碰……

（碰了父亲和母亲）

被吓坏了，满脑子都是诅咒的

可怕的夫妻！父亲和母亲！高不可攀！但

我碰到了他们。

你们看我怎么碰他们，怎么动他们，怎么

在他们身上挖掘。

总务大臣

我苍老的双眼

从没有看见过任何

类似的场景……

局长

我从没有想过

会有类似的事情发生！

暴徒

这是羞辱！

父亲

你给我去死！

母亲

真希望你死在母亲的肚子里！

父亲

让父亲掐死你！

母亲

希望你断子绝孙！

父亲

没有孩子养你！

母亲

你的孩子会掐死你！

父亲

你的孩子会戳瞎你！

亨利克

把这些酒鬼赶出去，这些和“父亲”“母亲”喝醉的人！我是清醒的！

暴徒们走向父母。

父亲

亨利克啊！……

亨利克

怎么了？

父亲

亨利克啊……

亨利克啊，亨利克啊，我明白是你夺走了我的王位……但我毕竟是你爹……看在上帝的分上请不要剥夺父亲的身份，因为大地会因此而轰隆隆地破碎成块……

亨利克

父亲同国王是一个类型的官。难道你就不能像一个普通的人一样说话吗？你必须要用某种高贵的姿态做伪装吗？

我想歇息了。你们把他们带下去。

父亲

用这些话

你将通往可怕的不幸的大门打开了

不幸从深渊呼啸而来……上帝啊……

母亲

可怜可怜……

总务大臣

我们，有罪之人……（从口袋里拿出报纸）

战争！

亨利克

什么？什么战争？

总务大臣

就在刚才

我收到了报纸。

寂静。

远处响起了炮声。

亨利克

确实啊，他们在放炮。

父亲

就好像，在树林那一边……

不安的氛围。

母亲

最好收拾行李。

总务大臣

有什么事情发生也可以躲进地窖。

父亲

大炮还没什么，最糟糕的还是毒气。得做足准备了……（对母亲）把所有能买的都买了，商店就要关门了。

母亲

我把毒气面罩放起来了……但是放哪儿了？我把这些面具放起来了，但是我忘了……在哪个抽屉？……（越来越不安）我放哪儿了？

炮声。

局长

靠近了。

总务大臣

陛下，您下达

指令吗？

亨利克

我不会下达任何指令，因为我知道，这

是假的！

假的！但也是真的！

（仔细听）

噢，打得真激烈！

父亲

我们会怎么样？我们先将会怎样？不幸，炮火、暴行、折磨和耻辱……

亨利克

这是脑袋糊涂了！这是酒后

天马行空！直到伏特加

从他们身上迸溅出来！把他们扔出去！

父亲 （醉醺醺地）

嗝……我是喝醉了……嗝……就这样吧

是儿子说我这样……啊呀，难啊……但

假说我喝醉了，那我也要与你，

在你把我关进地牢之前，再喝上

一杯……我告诉你点东西！悄悄

跟你说一些，能把你吓蒙

的东西……

母亲 （醉醺醺地）

塌拉，拉，拉……

父亲

你不要和她结婚！

因为老酒鬼说的是实话。

她和瓦玖很久以前就私通了。

亨利克

不可能！

父亲

我跟你说！

我本来不想告诉你这件事，因为我当初有点儿

羞耻，但是现在所有的东西都快没了……

就在那天，她

同你订婚的那天，我把他们

在小树丛里抓了个现行，我在小树丛里碰见了他们，

我用脚踩了他们！

亨利克

假的！

但也是真的！

母亲

我也被他们给吓坏了

他们大白天的在井底下搞

他压着她，她搂着他

搂着他，亨尼克！你别和她结婚！

炮声。

亨利克

又在炮击！

父亲 （看向窗外）

军队。

总务大臣

军队。

母亲

都是年轻的小伙子。还都是小崽子。

父亲

是小崽子，但都已经开始血洒战场了。

母亲

亨尼克！你别结婚！
因为她对小年轻的笑
还和他们勾搭在一起！

父亲

她和比自己年轻的
一起流血了！

母亲

在树丛里面
要么就在某棵树下面，还在谷……

父亲

还在地下室！

母亲

要么还在阁楼！

父亲

还可能在马厩！

母亲

或者还在谷仓
要么就在马车棚！

父亲

可能穿内裤了
也可能没穿！（看向窗外）呵，呵，把他掐住
把他捏碎，让他疲惫，现在
还将刺刀扎入他的体内！

母亲

战争，废墟！

父亲

最好找什么东西遮一遮窗户，如果他们看到我们，哪怕看到灯，都会闯过来，冲着我们过来。

亨利克

可怜的，被自己的
瘾填满的老人，还有你这
嘴里恶臭的老婆娘一惊一乍
摇摆不定……我太过
温和
也太过宽容
对你们醉醺醺的脸！但是现在
让你们见识一下我的愤怒！滚！滚！滚！留我自己！
把他们给我铐上！
暴徒们带走了父亲和母亲。

父亲

仁慈啊！

亨利克

我自己给自己指婚！我要同她结婚，我用自己的双手给自己指定这场婚礼！所有都醉了，卑鄙的幻影！莫名其妙！莫名其妙！去把我的未婚妻叫过来！我想和她聊聊结婚盛典的细节。但是……

总务大臣

但是……

亨利克

但是……

总务大臣

但是……

亨利克

但是……

你们也把我的御前官，那个……瓦迪斯瓦夫……对……瓦迪斯瓦夫，御前官……我必须

要同他聊一聊……还有她一起……

（他们下台）

……现在我看见，他们之间是不是有……如果有，那……

（瓦玖上台）

……那我们就要掌控住。（对瓦玖）啊，瓦玖，你最近怎样？

瓦玖

凑合。

亨利克

凑合，凑合，我也是，凑合！我害怕我们会惹上什么……不好的麻烦……

瓦玖

我都无所谓。我宁愿这个，也不愿意参军打仗。

亨利克

几点了？

瓦玖

五点半

亨利克

你这表哪里来的？

瓦玖

我在安特卫普买的。

亨利克

那里人们都在说什么？估计战争爆发了吧？

瓦玖

可能吧。

亨利克

但你肯定不知道。

瓦玖

有什么东西能肯定知道？你知道，亨利克，我觉得这里任何人都不可信……一切都是骗人的，假的……

亨利克

对，实际上应该是漫不经心……这里所有人都在假扮着自己……撒谎，就为了说实话……这甚至很有趣……但我已经习惯了。那你呢……你是不是也有点……嗯……醉了？

瓦玖

我？

亨利克

这里每个人都喝了某样东西喝醉了。所以我以为你也……喝什么喝多了。

瓦玖

没有。

亨利克

那你为什么还这样悲伤？

瓦玖

我？我一点都不悲伤。正相反。

亨利克（悲伤地）

你没有伪装，但你却也在伪装……你的悲伤蛰伏在黑暗之中……喂，喂，出去，出去！

（玛妮雅出现）

哦，你还好吗？

玛妮雅

还行。

亨利克

你感觉还好吗？

玛妮雅

挺好。

亨利克

我必须要跟你们说……跟你们两个……你们想想，自从那个酒鬼用那朵花把你们联系在一起，哈，哈，哈，以那种奇怪的姿势，像雕塑，哈，哈，哈，我无法摆脱你们之间有事的想法……总觉得你们在密谋什么……哈，哈，哈！

哈，哈，哈！

哈，哈，哈！

因为我知道！

瓦玖

这又能说明什么？说明你嫉妒了吗？

亨利克

你在对我说话，但你又是为谁说话？

瓦玖

我不明白。

亨利克

你看似一个人站着——但同时你又同谁一起站着？（对玛妮雅）你为什么不看着他？

玛妮雅

我为什么要看？

亨利克

如果你不看，那你就别看……别看他。

玛妮雅（戏剧腔）

亨利克，我爱的是你啊！

亨利克

是的，你爱我，而他是我的挚友。你爱我，你是好姑娘……但你之前是用来干什么的？（对瓦玖）那你呢，你又是用来干什么的？

瓦玖

什么？

亨利克

难道你没有被罪恶所驱使？你良心所背负的血债比普通的杀人犯要多。你们是正常的、无辜的，你们是好人家出身的孩子……但你们之前是用来干什么的？既然这样

那你现在去帮助她，而她——

就去帮助你吧！

玛妮雅 （戏剧腔）

哦，不要再折磨我！

亨利克

你，还有他都爱我……但是那是你们各自都独立的时候！但是两人……但是两人一起……你们两个人一起跟你们单独开来相比完全就是另一个东西！

瓦玖

我们两个人一起什么都不是，你别再给自己，给我们找麻烦了！

亨利克

给你们！给你们！你为什么要说“给你们”？哈，哈，在这个上帝创造的世界里真是奇怪地时好时坏啊！

你想想，当他把那朵花扔掉的时候，别人马上就能看见，你们两个在一起……你们肯定也能明白……现在所有人一刻不停地将你们联系在一起，我也将你们联系在一起……当然，只是在脑海里……而你们也越来越联系紧密！

哦，那人确实以某种奇怪的方式为你们主持了婚礼……那是神父！那是奇怪仪式的不敬神的神父……那是心理学神父！

瓦玖

你怎么了？你很激动。

亨利克

是吗？我开始怀疑我到底是否存在。似乎可以认为，我在感觉，我在思

考，我在决定……但是没有一个决定是在我内心完成的，所有都在中间……我们中间……我们中间产生了力量、魔法、灵感还有神格，它们将我们当作吸管一样浸透……而我们踉跄而行……

瓦玖

怎么会？

亨利克

你就看在我身上都发生了什么吧。他稍微将你们撮合，将你们垫高，将你们一个乘以另一个——或者将你与她连接，将她与你连接——然后他在你们之间创造了让我激动的东西……这东西让我沉迷如此之深，而我（威胁）只要一日没有同她完婚，我就一日不停歇。你给我记住。

瓦玖

我不会妨碍你。

亨利克

为何我的天性引我至此？为何经过这样疲惫……疲惫的旅行……我到达了这个港口？该怎样解释这样的现象？又或者我的内心有某种对你的倾向——见不得光，违法，背德，不正常的倾向。

瓦玖

这可是大事！

亨利克

或者我总是不自觉地嫉妒她……和你……而我将你当作了竞争者？

瓦玖

这也是不可能的……

亨利克

谁能知道男人能否……能否在没有——我只是这么一说——另一个男人的参与，没有他的介入的情况下爱上一个女人。可能男人如果不通过另一个男人，是不会对女人有不同的感觉的。这有可能是某种新的爱情形式？以前是二人行，现在变三人行了？

瓦玖

我觉得你夸张了。

亨利克

或许真的有什么外界强加给我的东西，而我可能一点也没有察觉，但我必须要表现得像我感觉到了一样。我的脑袋因为我走的那些……那些蜿蜒……曲折……的路而一团乱，而我走着……不停歇，不喘息……大门厚重。就要坍塌的天花板。奇怪又神秘的天。

啊，那个酒鬼让我醉了。啊，那个神父确实是神父！他用自己的手指……自己的手指……将你们变成了神……在你们面前我必须下跪，献祭，就像在梦里。

不，见鬼去吧！

但我才是国王！我在统治！

我在掌控！哦，亨利克，亨利克，亨利克！我自己！

我自己给自己赐婚！给亨利克！

别让别人趁机掌控，你自己统治！

亨利克啊，毁了你自己的神吧，消除那些魔法

登上自己的宝座！

这听起来怎么这么怪。没办法！只要我说话不显得那么假就行。她站在这里……在我们旁边……听着。

玛妮雅 （戏剧腔）

你为什么要如此折磨我，还折磨你自己？！！

亨利克

多么阴魂不散的三流女演员啊！有些时候我都想……（作势要打）

玛妮雅 （粗鲁地）

喂，别整这样的！

亨利克

走开。

我必须要和他单独聊聊

但是别走太远。让
仆人给你端茶。
（玛妮雅离开）
现在
就让我们开始行动。我确实不知道，这怎么会
发生在意料之外。
这寂静真可怕……
那些墙壁在沉默，所有都在沉默，等待着
我要说的话。
我已经很久都没有感受到这样的焦虑了（对瓦玖）
啊，瓦玖，你最近怎样？

瓦玖

挺好。

亨利克

我必须要和你聊聊。
请坐。

瓦玖

好的。

亨利克

我必须要告诉你一件不愉快的事
它甚至都有点不正常
意思是，这件事完全不日常不普通
更像是偏离了正常的轨道。

瓦玖

某样东西不正常有关我什么事，
如果我是正常的！

亨利克

关键是如果我很平常地告诉了你
那么这件事就不会那么使人信服。所有都取决于
我们以什么样的方式说。因此
我必须要以一种有点，可能虚假的方式
告诉你。

我可能还会请你不要以平常的方式回答我，而是——以我告诉你的方式那样去做。这里谁都进不来。

我们把门锁上。

瓦玖

我都无所谓。

亨利克

我明白。你已经……有那么多奇怪的事情要去做了，尽管你还如此年轻。但是我向你保证这不是什么心血来潮，而是更加严肃的事。你知道，亲爱的瓦玖，我推翻了我的父亲——国王，自己当上了国王，而今天我准备自己为自己和我的未婚妻，玛丽亚公主，主持婚礼。快说：是的，我知道。

瓦玖

是的，我知道。

亨利克

但哪怕我同她结婚，举办最正式的婚礼又能有什么用，所有宫廷的人都会议论你们，她和你，议论什么秘密的关系……如果我自己，我自己，我就会想想——不管对或错——你们……快说：对。

瓦玖

如果你在意这个，我可以说：对。

亨利克

不，不，只说“对”不要加自己的话。确实没人能听得到我们……但我们自己听得到……说“对”。

瓦玖

对。

亨利克

对我来说除掉你……自然更简单……除掉你，逮捕你，就像我对那个酒鬼做的那样。我甚至都可以将你抹除，杀掉。但哪怕我这样做了，也什么都改变不了，因为……因为我还是一直会怀疑，会觉得，会知道她实际上并不属于我，而属于你。说“对”。

瓦玖

对。

亨利克

那些幕帘真是不可理喻。我无法理解，这座宫殿居然这样粗制滥造摇摇欲坠。这么多仆人，却还是这么脏。我必须得开始行动了。别说话！我还在说话。

你是怎么想我的?

瓦玖

我觉得你病了。

亨利克

某些事情我能给你解释多少就多少。从这一刻开始我就被卷入了这一切，我在两极之间摇摆：负责任和不负责任，真相和假象。一方面我知道。这里发生的事情是不严肃、不负责任、虚假不管怎样都行的……但另一方面我却超乎寻常地严肃对待，我觉得就好像自己对这一切负有最终的责任。

我无法停止去说那些虚假地空话。而与此同时我觉得那些空话比无知本身稍微真实一些。

我知道自己并不是真的国王。

但我觉得自己是。

每分每秒我都玩得像个孩子

但我也明白，这游戏并不完全像看起来的那样无辜。我觉得自己在假扮某样东西的时候，真的召唤出了什么，就好像我的每一句话，每一个动作都诅咒了，又创造了某样东西…… 某样比我都要强大的东西。

你认为如何？

瓦玖

说得有些模糊。

亨利克

是的，但有些时候你的举动又表明你自己也清楚一二——别人也一样…… 你们知道什么？你们知道的比我多吗，还是比我少？

不，我没有疯。我是清醒的当代人。那我又为什么想和她举办婚礼呢？因为我想拥有她原来的样子——我知道，而且我确信如果我没有举办婚礼就拥有了她，那我得到的就不是我旧时的未婚妻，而是一个奇怪的荡妇……我想让这场我自己赐给自己和她的婚礼变成真正神圣的婚礼。难道这样的想法很玄幻、很疯狂吗？难道我不能完成神圣的行为吗？问题在哪儿，在等级最高吗？在于别人。如果别人认可这一行为的神圣性，那它就是神圣的——对他们来说是神圣的。如果他们认可她为我纯洁高尚的王后，那她就是王后——对他们来说。如果对他们来说是这样了，那对我来说也一样。

瓦玖

你在清醒地思考，但你给了我奇怪的感觉。

亨利克

马上。我无权将她过去那点抹除…… 当她还是客栈里的荡妇时…… 和酒鬼们一起。但如果我强迫所有人，包括我自己，为了让这场隆重的，认可我的爱情和她的崇敬的婚礼得到严肃认真的对待——那它就会变得严肃认真。因为一切都在人与人之间解决！一切都源于众人！

现在听着

认真听着：你知道，我过一会儿

就会完成这一仪式…… 我需要力量

而你会削弱我……

瓦玖

啊哈。

亨利克

我向你解释我的行动计划。这一计划无比简单，甚至简单到冷酷。

我已经下令让所有人到宫殿宴会厅集合。

在这个宴会厅里我和她将会在目光，笑容和爱抚等等的帮助下互相创造出最大限度的爱情。我们相互之间创造出爱情，贞洁和忠诚……就像以前我们之间发生的那样。同时我会逼迫那群人用崇敬和热爱赋予我神格——到那时我就淡定到不能再淡定地给自己和她举办让一切都合法化神圣化的婚礼……这有什么奇怪的？什么都没有。

没有。

没有。但是我明白我首先必须要战胜产生于我们之间的东西……削弱我的东西……我需要力量。

而你却将它从我身上夺走……

所以现在我要对你说

一些有点意料之外的话：你将必须

杀死自己——而这也只是

因为，我命令你这样

我突然想这样……

瓦玖

这也是建议！

亨利克

我知道，这有点……不明智……你觉得我就不羞耻吗？这虚假得不得了。

而我说出来只是……为尝试……我很好奇，这听起来会怎样——你明白吗？自然

这一切都做不得数

毕竟谁会严肃对待！

我只是为了能够听到自己的声音。但我也想听，你说的话听起来怎样。所以我请求你：

低头，稍稍弯曲手脚，弯一下腰

然后说："如果你想，亨利克，那就可以，乐意至极。"

瓦玖

我不是演员。

亨利克

想象一下，你将这些诗句都背了下来。

瓦玖

我不想想象。

亨利克

想象一下，你是念出某个咒语神父。

瓦玖

我什么都不想想象。

亨利克

难道你就不觉得，一千年以后，人们聊天的内容跟我们今天聊天的内容完全不一样吗？

瓦玖

很有可能。

亨利克

难道不觉得他们的聊天内容将会无限丰富？有很多那样的旋律，我们如今的乐谱无法记录。那我说出这些话做尝试又有什么损失？低头。

瓦玖

我能背下来到底对你有什么好处？说的话可不是事实。

亨利克

当然不是。不，不，别以为我相信什么神奇的咒语。我是一个当代理性的人。但你说一下……看一看你说完以后感觉怎样又能损失什么。我的意思是让你尝试，试着自己说，用嘴尝尝那些话语……让你能看见会是怎样……这甚至在某种程度上是科学的。话语引起我们某种程度的精神状态……塑造我们……在我们之间创造现实……如果你说出了类似的话……奇怪的话……那我也能讲一些更奇怪的话，就这样，互相扶持，我们能走得很

远……呐，呐，呐，你看这并不像看起来的那样困难，也不荒唐。两人合作什么事都能干。况且

有东西不正常又关你什么事，

如果你是正常的！

瓦玖

最后，如果这对你很重要。

亨利克

等等，等等，站我旁边这里。没人看见，对吗？从钥匙孔里也看不见。就我们两个。呸，怎么这么安静。就好像什么也没有，而人也感觉不真实。坐吧。不，你最好站在这里，在这个椅子旁边，低头。

垂手。现在我向你

走过去，站在你旁边，而我年长的

手放在你年轻的脖颈上。冰！

冷，对吗？我触碰你……

我亲爱的瓦玖……不，不，这是废话……这样的开场白不需要……你必须要自杀，因为这是我希望的。现在回答我你知道的事。

瓦玖

好的。如果你想，乐意至极。

亨利克

出席我的婚礼，必要的时候，用这把刀自杀。（给了他一把刀）

瓦玖

好的。

亨利克

你最近怎样？至少他们喂你喂得还好吧？

瓦玖

不错。

亨利克

几点了？

瓦玖

八点半。

亨利克

这只手表值你买它时价钱的两倍——如果我记得不错的话……

瓦玖

我拿它赚了一笔。

亨利克

这手表不错。回见。回头再见。

瓦玖

回见。

（离场）

亨利克 （自己）

玩具

我们假设，那是玩具

但……那是什么？

那些玩具能有多 安全？

我想知道，话语真实的界限在哪里？

我的界限在哪里？

梦？是的，是的，梦……童年……

（对着家具）你在看我吗？我在目光中走投无路，我被困在了视线里，所有我看的东西，都在望着我

尽管我独自一人

一人

在这寂静中……我伸出双手。这一举动如此普通

正常

日常

却变得举足轻重，因为它没有

针对

任何人……
在寂静中挥动手指，而我本身
因为我自己变大成了我自己
变成了核心的核心。我，我，我！我自己！
但如果是我，我，我自己，那又为何
（假设一下）没有我？
如何可得（我问道），我，我在正中央，在中心，如果我，我从不能做自己？
我独自一人。
我独自一人。
现在，当你自己一个人时，完全一个人时，你至少可以暂停一下你一刻也不停歇的背诵
那词语的制造
你手势的产物……
但是你，哪怕你独自一人的时候，你也要伪装成自己，你只是一直在
（我们在这里就有话直说吧，就在这个地方，就在这一刻）
假扮你自己
甚至在你自己面前。
我自己
我自己（我们再强调一次）……而那里
尖叫、嘶吼和呻吟和血，啊，啊还有恐惧
噢，还从来没有一个人
要解决这样沉重的问题
用更加骇人的声音呻吟
疼痛和耻辱的叫喊……要担任什么职位？要接受什么观点？没错，没错，我可以

在面对这卑鄙，可怕

令人蒙羞的世界时皱起一只眉
双手举向天，我能
将手掌变为拳头或者用手
抹过我睿智，沉思的前额
我
对，对，我……我能
用这样姿态将自己伪装……在你们面前
也为了你们！而不是为了我自己！我不需要
任何姿态！我感觉不到
别人的疼痛！我只是在重复
我自己的人性！不，我并不存在
我不是什么“我”，啊，啊，在我之外
在我之外我始成形，啊，啊，我无声的
“啊”的寂寥乐团，从我的
旷野中逃出，又在这旷野中溺亡！

啊，那些慷慨陈词的人！
（让我们带着愤怒抛弃这个词，带着挖苦）
你们满嘴的仁义道德
和责任心！（讥讽地
恶意地咧嘴皱眉，摆手）
没有用的，你们的书，哲学
还有文章，演讲，系统
还有道理，定义，观察
灵感，升华，感悟，在
在这二十亿人的大杂烩中
这么多人推搡拥挤在永无止境
又昏暗，野蛮，不成熟的发情期中……

你们的苍蝇围着鼻子在做无用功
墨绿色深渊的鼻子（就让我神秘的
笑声
类人的人类笑声，在私下里而且静悄悄的
没有被描述的，还没有被调查的笑声
在这里瞬间作为回答……）当你们还一直在那里
接受什么观点的时候
我们在这里以我们的方式互相谦让
在我们命运的灌木丛下。

（现在，为了要结束这一独白）

我抛弃一切秩序，所有思想
我不相信任何抽象，教条
我不信上帝，也不信理智！
我受够了这些上帝！你们把人给我！
就让他变得，和我一样，糊涂，不成熟
未完成，黑暗又模糊
能让我与他共舞！一起玩！与他战斗
在他面前伪装！对他献殷勤！
然后对他施暴，爱上他，不停地
由他变成全新的他，靠他成长，一边成长
一边在人间教堂自己给自己举办婚礼！

人们从四面八方涌入：大臣们，贵妇们，还有总务大臣，局长和暴徒。音乐。酒吧。

合唱

这是宫廷方阵舞，这才是舞！

尊敬的陛下名垂千古！

亨利克

这是宫廷方阵舞，这才是舞！

总务大臣

尊敬的陛下名垂千古！

亨利克 （与总务大臣手挽手踱步）

快看，快看，整个宫廷都在舞动！

这浮夸的合唱源自绝妙的梦

这甜美的力量属于喷涌的灵感

还有那金发奇迹的夜晚……

总务大臣

这方阵舞令人无比敬仰

它将我们的每场梦柔妆

灵魂沦陷，直到很深很深的地方

头发成金就好像亚麻顶在上

亨利克

虽然没有意义，但就让韵继续下去

甜甜的雾从美妙的幻影中升起

就让律和韵紧着自己的一亩三分地

滚着滚着直到克里米亚的领地！呸！呸！呸！

够了！站住！

（跳舞的人都停了下来）

让他们鞠躬！

（跳舞的人鞠躬）

再鞠一躬！

（鞠躬）

再鞠一躬！

（鞠躬）

这些人鞠躬让我……我的人都在哪里？（暴徒上台）我认为他们很糟糕，阿门。警察局局长在哪里？（局长走了过来）叫这些暴徒把所有人都控制住，都关起来，阿门。如果有人想……扑过来，那……就扑过去攻击他们。好了。（走在聚集起来的人中，四处看）所有人都在吗？那个女的，是谁？

总务大臣

那是米卢的公爵夫人。

亨利克

我一眼就认出来了，那是公爵夫人，因为她异常粗鲁。那个智障是谁？

总务大臣

那是高级智障。

亨利克

他的眼神很智障。那个软乎乎，白皮肤，大腹便便又一身薄汗的男人是谁？

总务大臣

那是吃货。

亨利克

他耳朵后面有个小脓包。他在品尝什么的滋味？

总务大臣

自己感觉不是滋味的东西。

亨利克

好啊。我看你只邀请了上层人。（对一名暴徒说，并指向吃货）踩他的腿，让他疼就行。

（寂静）

怎么？没声儿了，对吗？（环视大厅）都是精英，没错。立马就能看出，这是这个有名的王国最高端的领域。但为什么所有的东西都那么老？简直就是猛犸象的集会！

总务大臣

望陛下谅解。

亨利克

但那都不是人！他们都是讽刺画里的人！你好好看看那些眼镜，那些小胡须，那些小胡子——这些身体的丑陋之处——让人讨厌的瘦弱——扭曲，碾碎的四肢——悲伤的，堵塞的，绝望的，泛蓝的血管，满都是填充物的牙，畸形的脚，外凸的胃，内凹的胸，中风，麻痹，不适与病痛，紊乱与缺陷，可怕的，令人羞耻的裸露！与此同时他们却是什么政要显贵！都经过一流的理发师怎样的包装，护理和呵护啊！行尸走肉，把袜子亮出来：这是个有品位的花纹袜子，用最优质的丝绸制成——优雅的袜子！但这脚就要腐烂了。这些都是行将就木的人，他们的目光从墓地而来。就是他们掌权？

宾客（*跳着舞*）

这是宫廷方阵舞，这才是舞！

尊敬的陛下名垂千古！

他们停下不再跳舞。佣人们端着放满酒瓶的托盘入场。

佣人们

勃艮第！托考伊！马拉加！波特！

亨利克（*说宾客*）

这是什么如同醉酒一样的线条！这是什么不服管教的鼻子、肚子，还有天马行空的秃头！

不听指挥的乐团演奏

在我的婚礼上！这不服管教的特性反倒让我占了便宜。

佣人们

勃艮第。托考伊。马拉加。波特。

亨利克

我的未婚妻去哪里了？

总务大臣

已经从那边同那些穿着白衣服花团锦簇的姑娘们一起进来了。

亨利克

让她靠近一些，然后对我笑，视线向下，对我行鞠躬礼。我微微俯身，

然后轻轻地抱住她，我不允许她对我下跪，而同时我对她微笑，就像在那旧时光里。（玛妮雅和亨利克照做）

总务大臣 （在一旁）

尊敬的陛下，都能听见。

亨利克 （大声地）

就是要这样，让所有人都听到。我们不相爱——只是我们之间产生了爱情……（对玛妮雅）你为什么不微笑？对我微笑，就像以前还没有任何人强暴过你的时候，就像你还没有变成客栈的荡妇的时候一样，你明白吗？不过不这样的话我可是会打你的。别左顾右盼，别用眼睛找别人，因为你清楚我嫉妒瓦玖。（对总务大臣）我故意大声说这些话，因为在这里什么都不用隐瞒，在这里什么都很明朗。看，她笑得多迷人。这个微笑让我回想起了很多时刻，让我在……回忆面前感动……

最亲爱的人儿，如果你的微笑能
在他们那里得到回应，然后百倍地
如浪一般朝我涌回来……
相信我，别怕，要知道
我心灵的空白将由我填满
我还会爱你，就像
以前那样爱你。

就让她偷偷地握紧我的手。好的。现在怎样？现在应该干什么，大内侍，才能让这一宴会变成正常的宫廷宴会？

内侍 （宣）

圈。

圈。

圈。

佣人们

波特酒！

宾客围成圈。

内侍

请准许，陛下！请准许，陛下！请准许，陛下！最神圣的名字，巨大的财富，高不可攀，单单这朵花，单单这些精英，单单这坨鲜奶油，所有人都只梦想着，期盼着能有这份荣幸亲吻您的手，陛下。我有这个荣幸！我有这份荣誉！我有幸为陛下介绍我们著名的诗人保罗·瓦勒里，人民毋庸置疑的骄傲和荣耀……还有这位诗人莱纳·玛利亚·里尔克，也是人民的骄傲和荣耀。他们天赋异禀，作品流传千古。无人可比。

亨利克

让他们给我行鞠躬礼。（对玛妮雅）倚着我的肩膀。

为什么这些老头子在互相鞠躬，而不是给我鞠躬？！

我要胀起来了，还要把他们的内脏碾碎！

谁允许你们开玩笑了？

这里没有玩笑！

内侍

稍等，陛下，请原谅，陛下……在他们向您鞠躬之前，他们必须互相鞠躬来巩固自己的伟大。

亨利克

那他肯定是肾坏了。怎么能这样？互相鞠躬？

内侍

重点是这些无人可比的诗人的深度和伟大就因为自己的深度和伟大而无法被任何人全面周到地评价；只能由他们自己来评价。因为别人对比他们来说都是更渺小的诗人，所以他们也不能接纳他们，评价他们，也不能理解他们。因此他们用互相鞠躬的方式承认自己：伟大，然后才能将它放在您最伟大的陛下脚边。

（诗人向亨利克鞠躬）

总务大臣

噢，可怜，可怜……

亨利克

好了。我已经拥有了这些忧郁的吟游诗人的荣誉。继续进贡。那个长头发的疯子是谁?

内侍

钢琴师。

亨利克

为什么那边那些疯婆子像疯了一样，双眼瞪得老大，还抓自己衰老得像山体滑坡的胸?

内侍

都是演员，演奏家和歌手让这些女人癫狂。

亨利克

我现在就需要这样二线的神。让他们用鞠躬向我进贡我的神格。这个小伙子已经死了很久了 ——肺痨鬼 。手指很柔软。那个女的呢?为什么她的女厨子给她放了一把跪凳?

总务大臣

噢，可怜，可怜……

内侍

请准许，陛下……请原谅，陛下……重点是，公爵夫人，就像陛下屈尊注意到的那样，她自己就已经很野蛮了。她渴望拜服在您面前，但是她的膝盖……

亨利克 （掀起她的裙子）

又老又难看……确实……

内侍

是的，但是她有仆人，仆人向她的双膝臣服，然后这双膝盖才能向陛下您臣服。

亨利克

我倒是更想要这个女孩的膝盖。

仆人 （上酒）

勃艮第！

内侍

不，这不行！这是她的女仆！

总务大臣

她的女仆。她服侍她。

亨利克 （对夫人）

你叫什么名字？

夫人

克罗提尔达。

亨利克

你靠什么呼吸？啊，应该是，不好意思，你靠什么生活？

夫人

抚恤金。

亨利克

你专注于什么？

夫人

我的全身虚弱。

亨利克

你为什么活着？

夫人

为了享受众人的尊敬。

亨利克

这是完美的女神。这是挂满金银珠宝，被这个仆人点燃的祭坛。就让她在我面前跪在那个跪凳上吧，女仆去亲吻她的脚。进贡！哦，我好痒啊。这该死的疥疮——给我挠痒，内侍，在左边肩胛骨上面。

内侍

这里？

亨利克

不对，再往上，左边。

内侍

这里？

亨利克

不对，往右。都一样了。有点累人啊……

内侍 （偷偷地）

让你累了？

总务大臣 （兴味盎然）

能让你累着了？

亨利克

没有，没有，没有。这甚至很好玩。我的父亲在哪里？将我的前父亲同我已逝的前母亲带到这里来。我们马上就开始。（对玛妮雅）握紧我的手指，我也握紧你的……但是这里也太空了吧……我觉得这里一个人都没有。

我独自一人

还有你……

玛妮雅

我爱你……

亨利克

对，说，大声说，让所有人，所有人，所有人都听到。（对总务大臣）父亲在哪里？把酒鬼也带过来！

总务大臣 （机械地）

父亲马上就来。

亨利克 （机械地）

为什么父亲不在？

总务大臣 （同上）

父亲马上就来。

亨利克 （同上）

要来的话，就来吧。

总务大臣 （同上）

马上父亲就会出现。

暴徒们将父亲和母亲以及酒鬼抬了上来，将他们扔在了亨利克脚下。

亨利克

然后呢？

总务大臣

没了。

局长

没了。

亨利克

没了。

傻蛋，我前不久还跪拜过的傻蛋。

（用脚踢了踢父母）

我不知道……

我可能会吃点……

（坐在父亲身上）

父亲

我也想吃点。

母亲

还有我。

亨利克

这里暂时什么吃的都没有。

母亲

既然没有，那就没有吧。

父亲

你记得吗，亨德里克，我们坐马车在田野里跑？

玛妮雅

我有时候也坐，天气好的时候。

亨利克

记得，愉快的散步时间……（起身）但重点不是这个。啊，完全与此无关！不是聊这些不关紧要的时候……我必须给自己主持婚礼！

总务大臣

那你就给自己主持婚礼啊！

亨利克

勃艮第！

佣人

勃艮第！

亨利克

勃艮第！

嘿，哈喽，内侍，我们干了这杯

敬我的夫人！

内侍

勃艮第！

总务大臣

勃艮第！

佣人

勃艮第！

亨利克

干杯

敬我忠诚的臣民。

宾客们（举起酒杯）

陛下万岁！

佣人（举起托盘）

勃艮第，勃艮第，勃艮第！

宾客们 （跳舞）

这是宫廷方阵舞，这才是舞！
尊敬的陛下名垂千古！
举起的酒杯间是红酒的魔咒
就让这舞会的魔力绽放如秀！

亨利克 （同玛妮雅散步）

魅力的感悟编织的甜蜜晚上
爱情的奇迹给予的错觉力量
永恒的幻觉吹过梦一般的风
还有沉醉发出的奇异歌声！

玛妮雅

少女的幻想流下旧时的泪
沉溺了一片害羞的叹息
过去的接骨木又一次绽放开来
他们找寻到了我的兄弟

亨利克

看，看，看见了那方阵舞吗？
它将我们幸福的梦美化
还有亚麻一样美丽的发……
够了！够了！停下！
（对佣人）
勃艮第！

佣人

勃艮第！

亨利克

勃艮第！

佣人

勃艮第！

亨利克 （冲着人群吼叫）

你们都给我滚！

都从我面前退开！我要攻击

你们！是我个人！

是我，我自己！虚无！

就创造出虚无吧！我在这里！

这里，这正中央！

现在注意！

你们把椅子摆在这里，空椅子。让她在这上面坐着。

我靠近她人，然后……然后什么？然后，比如，我会碰她……碰她……用这根手指……这就能表明，我娶了她，她就成了我有法律效力的、合法的、忠诚的、无辜的和纯洁的妻子。我不需要其他的仪式。我自己创造自己的仪式。只要我一碰到她，你们就要跪下，用跪下来这个动作将我的触碰抬高到最神圣的神圣的高度……到婚礼仪式的高度……

你们敢不跪下来！你们敢不献上你们的膝盖！现在往前走，向前，前进，前进，哦，亨利克，亨利克，亨利克！

宫廷之人

亨利克，亨利克，亨利克！

向前，前进，前进！哦，亨利克，亨利克，亨利克！

亨利克

你们能怎么想

我都无所谓！但是……你们怎么想？

你们觉得……什么？（对夫人）你怎么想？

夫人

我什么也没想。

亨利克

你在想，你们所有人……你们所有人都在想。

佣人

波特酒!

总务大臣

他们在想。

局长

所有人……都在想……

亨利克 (若有所思)

都在想……(围着宾客走,一边走一边观察他们的脸;迎面撞上瓦玖)啊,瓦玖,你最近怎样?

瓦玖

挺好。

亨利克

有什么新鲜事吗?

瓦玖

没有。

亨利克

行。(两人面对面站着)

总务大臣

我们的陛下

有点奇怪地陷入了沉思……

局长

是的,就像国王那样陷入沉思……

亨利克 (自言自语)

我不想再喝了……

我不会再喝了……

(对所有人)

你们可能以为

我在这里掌权只为了

让他们联系在一起…… 以为我无法
与他们抗衡，当他们被释放的时候？……
（对总务大臣）
所以
我命令：动起来！
把那些罪犯解绑，就让他们都
扑向我吧！

总务大臣

陛下！

局长

陛下！

亨利克 （对瓦玖）

你知道
我想从你身上得到什么！
（大声）
动起来！解开他们！让他们最后
来证明，这里是谁在统治！
父亲和母亲站了起来。
现在才看见，这对夫妻状态很糟糕：饱受折磨，充血的脸。

亨利克

多么滑稽！
哦，多么可怕的虚假！但是这
虚假
是如此的可怕！

总务大臣

就好像从地窖里出来一样！

亨利克

你们想吓我？……

你们为什么不攻击我？

没了？

总务大臣

没了。

局长

没了。

叛徒大臣

没了。

一群暴徒意图不轨地靠近。

亨利克

到我这里来，暴徒们！

（暴徒们站在他后面）

如果他们向我

扑来，你们就扑向他们……但是

为什么他们没有扑过来？

总务大臣

没了。

局长

没了。

叛徒大臣

没了。

内侍

没了。

亨利克

我不觉得羞耻

我也不同情他们，也不害怕

不，不……我只是必须在他们面前后退

就好像我在害怕和羞耻一样……

他们到底想理解什么？

总务大臣

没什么。

局长

没什么。

内侍

没什么。

亨利克

哦哦，他们攻来了！

你想要什么？你想要什么？

（他跑到父亲跟前，但不敢碰他）

猪！

酒鬼（突然从一边窜出来）

猪！

亨利克（对酒鬼）

猪！

（亨利克和酒鬼冲到舞台前）

酒鬼

猪！

你这个吃猪肉的猪一样的婊子猪

猪一样的腌臜野人！

亨利克

都是猪叫！

酒鬼

猪！

亨利克

猪！

父亲

哦，这是什么肮脏的把戏，肮脏的把戏！

佣人

哦，勃艮第，勃艮第，勃艮第！

酒鬼

猪一样的猪！

你这个猪！婊子猪！吭！吭！哼！

亨利克

你自己才是猪！

你是猪，猪，猪！

宾客

哦，这是什么猪！

佣人

哦，勃艮第，勃艮第，勃艮第！

亨利克

傻瓜

你是傻瓜！

酒鬼

你才是傻瓜

长着猪尾巴的傻瓜！

亨利克

猪嘴猪脸！

酒鬼

猪一样的腌臜

腌臜野人，猪一样的，猪一样脏

猪一样野蛮，猪野人，猪野人，

和猪崽子，猪崽子，吭叽，哼唧！

亨利克

猪！

母亲

他自己脏成了猪！

局长

他吐了自己一身口水！

父亲

哦，这是什么猪，猪！

佣人

哦，这勃艮第，勃艮第棒极了！

亨利克

种猪

你敢碰我一下！

酒鬼

我就碰你！

我就要碰你了，就碰你了

然后我就吃得鼓鼓的，怼开其他人，吼叫

吐口水，吐一地！——是不是啊，曼琪亚小姐？

（寂静）

酒鬼

你们看见这根手指了吗？

亨利克

说，想说什么？

我不害怕……

酒鬼

各位公民！

我没读过书……我看见这里有什么大阵仗的婚礼……但我问你们，他怎么能举办，这个，我是说自己举办，婚礼，如果新娘被那些人糟蹋了……被别人娶了？……

你们看见这根手指了吗？

你们看着我这个手指。

就看着我这根手指……

亨利克

这取悦了我！

酒鬼

你们就只盯着我的这根手指看！

亨利克

我的皮肤

起了一层鸡皮疙瘩……

酒鬼

你们只需要专注地看着我的手指。它指着那边，指着大厅的那一边……

亨利克

我想笑……

酒鬼

你们看着，当我用这根手指指着某个类似这样的东西时，那东西就在那边那些人后面站着……那里有个年轻人……你们看着我怎么用这根手指指着他站着的方向……马上就会暴露出皇室的丑闻！

亨利克

这触摸碰到了我

恬不知耻……

酒鬼 （吼叫）

国王是一只公鹿，

因为未婚妻背着他私通！

你们只用靠边站

就都能看到那个

和她不清不楚的男孩！

他就站在宾客后面！

宾客四散开来。

露出了瓦玖已经僵硬的身体。

总务大臣

被杀死了。

父亲

尸体。

母亲

他死了。

内侍

尸体。

酒鬼 （震惊）

尸体！

被刀攮了，狗娘……

谁把他攮了？

其中一位宾客 （对亨利克）

陛下！

他刚才用刀把自己

杀了！

酒鬼

他自己杀了自己？为啥？

亨利克

因为我下了指令！……

所有人

国王，国王！

亨利克

但……来真的吗？

（过了一会儿）

你们放点什么东西在他的脑袋下面。

所有人

国王，国王！

亨利克

谁能相信？这只是个梦。甚至还是特别假的梦。但他就这样躺在这里。

而她就在那边站着。

而我在这里……

（过了一会儿）

我现在已经可以给自己赐婚了！

所有人

国王，国王，哦，亨利克，亨利克，亨利克！

佣人

哦，勃艮第，勃艮第，勃艮第！

亨利克

谁能相信？这只是个梦，甚至还是特别假的梦。但他就这样躺在这里。

而她就在那边站着。

（更小声）现在我走向她，然后就地把她，把她变成我想要的样子，就好像我希望……我自己将她迎娶给我自己……无人能质疑……

但我想说什么来着？

我想说点什么，却又给忘了。

马上，什么来着……啊哈！也有可能什么结果都没有，因为……

我已经没有兴趣……

（对玛妮雅）对不起……

总务大臣 （在舞台深处，瓦玖跟前）

他弄脏了衬衫……

父亲

啊，已经没人能挽回他的生命了。

母亲

他疯了吧！我从一开始就以为这只是在开玩笑……然后我就看见……他躺着……

酒鬼

说了也白说。够了。都结束了。

亨利克

哦，我清楚得很，这都是假的！
但是……
各位先生
富人们
你们跪下吧，把头低下，
因为没有婚礼了……这里是葬礼！

总务大臣

葬礼。

父亲

啊，如果是葬礼，那就是葬礼。

亨利克

你们把他放这里。（对玛妮雅）你站在他旁边。
这个尸体是我的作品
但这是无法理解的作品……
模糊的……
黑暗的……
比我还要强势，而且
可能还不是我的！
你们快排成送葬的队伍！

总务大臣

这是送葬的队伍！

父亲

这是送葬的队伍！

亨利克

不！这里没有我的责任！

我不明白我自己所说的话！

我自己的举动不受我的控制！

我什么，什么，什么都不知道，我什么都不明白！

你们之中要是有谁说他明白，那他肯定在撒谎！

你们什么也不知道

跟我半斤八两！

我们只是两两之间联系在了一起，但总是在形成不同的形状

而这些形状自下而攻击上。奇怪的烟雾！

难以理解的节奏！疯狂的舞蹈！不明确的游行！

和人间的凡人教堂，

而我就是它的神父！

酒鬼

而我就是它的神父！

父亲 （温柔地）

亨利克……

母亲 （温柔地）

亨利克……

亨利克

我是无辜的。

我声明我是无辜的，就像孩子一样无辜，我什么都没做，我什么都不知道

这里没有任何事，任何人需要我负责！

根本就没有任何责任！

但如果是尸体，那就必须要有葬礼，而如果必须要举办葬礼，那就你们出四个人站在他身边，好在看到信号以后将他抬起来……

不，没有责任，
只是有形式上的问题
需要解决……
（四位大臣站在瓦玖旁边）
但如果你们有四个人站在了那里，他旁边，那就再来四个人站过来，站在我旁边
他和我……四个人和四个人……那里和这里……

母亲

我的孩儿，你别这么担心，别管这些，亨利克，我可是你的母亲。难道你已经不能正常说话了吗？像往常那样亲我也不行了吗？

亨利克

不。没有任何人能与别人正常地说话。
你冲我吼叫没用，而我
冲你
想徒劳地对着你们吼叫
是的，我被囚禁了……

被囚禁了
虽然无辜……我想说的是什么？
当我站在这里
说话……
你们的手
都来……碰我吧……
（站在他后面的护卫把手放在了他的肩上）

马上。

这还不是所有。

如果我在这里被捉住，那么在那边，在遥远的那边就会执行我的一举一动。

（瓦玖的尸体被抬起）

你们从你们的位置动起来

送葬队伍！

（队伍行进。幕布降）

人生档案

塔代乌什·鲁热维奇
黄珊　译

不提供人物表。剧目“主角”是一个没有特定年龄、职业和外貌的人。

我们的“主角”常常不是故事的真正主角，而由场上其他人代替他的主角地位，此时其他人也就成了“主角”。故事中的很多人物并不在当中扮演重要角色，而可以担纲主角的角色则经常沉默寡言。剧目的场景固定，布景单一。在几个小时的表演时间内，只需要挪一挪椅子就足够了。

这是一出现实主义的现代戏剧。椅子是真实的椅子，所有的道具和家具都是真实的，其尺寸较日常生活中偏大。总而言之，这就是一个平凡、普通的房间。

桌子。摆着书的架子。两把椅子。高脚床。房间没有窗户，相对的两面墙上开着两扇门，门始终打开着。床摆在墙边。房间内的灯光自始至终恒定不变。明亮的日光灯。甚至在故事结束时，灯光也不要熄灭，大幕也不要落下。也许故事只是一时中断？还会继续上演下去，演一天、一年……

还有一个注意事项，所有人都要穿着日常便装，任何光鲜亮丽的时装和五颜六色的布条都不应当出现在舞台上。塑料布景在这里没有意义，应尽可能减少出现的色彩和效果。从打开的门中可以看到形形色色的路人经过。不时可以听到只言片语的交谈。有时他们也会停下来站定，或者翻翻报纸……看起来就像是一条大街从主角的房间里横穿了过去，一些人会时不时偷听主角的房间里在说些什么，还会偶尔插上几句话，又接着走了过去。表演从头至尾没有中断。

主角 （双手交叠枕在头下。伸出一只手，放在眼前）这是我的手。我——活动我的手。我的手。（动了动手指头）我的手指头。我的手真听话。我怎么想，它就怎么动。（翻身面朝墙，也许是睡着了）

母亲 别把手放在被子底下，既不体面，也不健康。

父亲 老是睡懒觉，这样下去怎么得了！快起来！小伙子！

母亲 他都四十岁了，马上就要当上轻歌剧院的院长了。

父亲 我敢保证，他一定在被子底下干坏事呢。一个人鬼鬼祟祟的。

母亲 胡扯！那儿明明还躺着一个人。我看到还有条腿，看起来是个女人。

父亲 你疯了！七岁大的小男孩……昨天还偷拿了我一块钱，看我不扒了他一层皮！他还偷吃了糖罐子里头的糖！

母亲 可他还要去学院上学！要写论文和做报告！

父亲 他偷了我一块钱。要是他说“爸爸，请给我一块钱吧，我想买点东西”，我当然会给他。但这种行为必须受到惩罚。

母亲 安静！他在睡觉。

父亲 他又什么时候在意过别人？

老人合唱队上。一行三人，身穿寒酸的甚至有点破旧的西装，其中一人戴着礼帽。坐到墙边一字排开的椅子上——椅子是他们自己拿上来的。老人们行动迟缓，但台词却念得清楚、响亮，音色是年轻人的嗓音。合唱队在背诵台词时面无表情。

合唱队在场景间隙交头接耳，时而发出警告，时而加油鼓劲。

合唱队

摇篮中的婴孩击败了海德拉，[①]

这个年轻人扼杀了半人马，

---

① 海德拉（Hydra）：希腊神话中的九头蛇。传说它拥有九颗头，其中一颗头要是被斩断，立刻又会生出两颗头来。（译者注，下同）

牺牲者挤破地狱，

折桂者将升往天堂，

父亲　（在床边俯下身子，用两根手指捏住主角的耳朵，揪他起来）别装睡了！老爸叫你起来的时候你就该赶快爬起来！

主角　站住！站住！是谁？我要开枪了！Halt[①]！

母亲　还在说梦话呢。哎，这可怕的战争。

父亲　混账东西，我要跟你谈谈。

主角　（坐到床上）我听着的。

父亲　你为什么要把糖罐子里头的糖吃光？

主角　那是弗瓦戴克干的。

父亲　不要撒谎，说具体点，到底是怎么回事？

主角　有东西诱惑了我，爸爸。是魔鬼干的，爸爸！

父亲　要是你跟我说，“爸爸，请给我糖……”

主角　啊，爸爸挖鼻孔，被我发现了……

父亲　混蛋玩意儿！谁教出来的你这么个东西！气死我了……

母亲　你怎么能嘲笑你的父亲呢……我都快要不认识你了，孩子。

被子下传出的女人声音　院长先生，是时候去开会了。

主角　30年后我终于意识到自己犯下的过错，准确来讲，是我们的过错。爸爸！妈妈！是的，是我，在1926年4月15日，复活节前的星期五那天，吃掉了香肠。我为自己的行为感到羞耻。我跟雅什和帕维乌克从很久以前就谋划着去偷吃香肠。我出于贪欲而吃掉了香肠。当时我并不感到饥饿。感谢你的照顾，我的好爸爸，在儿时我总能有足够填饱肚子的面包，时常还能拿到点儿钱买点心吃，尽管这是错误的……

母亲　你爸爸在问你糖的事呢，不是香肠。

主角　妈妈，不要再护着我了，跟你的儿子断绝关系吧。吃糖的是我，吃香肠的也是我。我记得，下午三点零五分的时候我开始吃香肠。我吃掉

---

① 原文为英语，意为“站住”。

了最大的那一份。还有我们亲爱的祖母，也是死于我的阴谋之下……

母亲 可祖母她是自然死亡的呀……

主角 我可怜的父母亲啊，你们养育出来了一个怪物。十年来我都蓄意在祖母的点心里掺进士的宁。至今我还羞愧地记得过去拿火柴玩过的那些把戏。而一想到我曾计划谋杀我亲爱的父亲，我就忍不住一个激灵。

父亲 干得好。

主角 这些想法和计划自五岁以来就在我的脑海里挥之不去。我还记得那五根小小的蜡烛，就点在我的生日蛋糕上……

被子下传出的女人声音 （不耐烦地）院长先生，是时候了。

主角 我还得承认……

被子下传出的女人声音 到点儿了……

主角 亲爱的，我还有个会要开，你们也听到了。

父母下。

被子下传出的声音 离会议开始还有两个小时，不过还得准备一下。我会为您打理好一切的。

老人合唱队

啊，两只小花猫，

双双灰又脏，

什么都不干，

只哄小孩玩。

主角睡着了，随后在炮声中惊醒。爆炸声必须足够响亮！以惊吓到观众。

主角 蠢货。又开战了？

被子下传出的声音 不，院长先生，是摩纳哥公爵夫人生下了一头章鱼！因此从塔特拉山巅到波罗的海海底，全国上下都在庆祝、狂欢和游行。

主角 可为什么是我们在庆祝？公爵夫人远在摩纳哥呢！

被子下的声音 这没有区别。一百个我们的青年活动家被选出来参加，骑着滑板车去跳康茄。其他人在宣誓保持婚前的忠贞与纯洁。

主角 （望着天花板）一群傻瓜。

沉默片刻。

主角 一群蠢货。

沉默片刻。

主角 一群白痴，狒狒，混蛋，小偷，骗子，恋童癖，宇航员，手淫者，运动员，专栏作家，道学家，批评家，重婚者。

沉默片刻。

主角 （点燃一根烟，望着天花板）躺下吧，躺下吧！政府里的大人们允许我躺下来盯着天花板瞧。天花板啊，美丽的、纯净的、洁白的天花板。大人们是最亲爱的人。我可以度过一个平静的周末了。

奥尔嘉走进了房间。这是个中年女人。她站定在床脚，脱下大衣，将大衣、手包和围巾等扔到床上。

奥尔嘉 我路过这边，听到你在呼唤我……

主角 我？呼唤你？

奥尔嘉 十五年了，你离开家已经十五年了。从没传回来过任何关于你还活着的消息。

主角 确实如此。

奥尔嘉 你从没留过地址。

主角 我没有地址。

奥尔嘉 你说你只是出去抽根烟。

主角 烟，我确实买了包。

奥尔嘉 然后你一去就是十五年！你去了哪儿？发生了什么？告诉我，讲点什么。

主角 我给你讲个笑话吧。

奥尔嘉 笑话？在这种时候！太可怕了……他要给我讲个笑话，在十五年后……

主角 要么我先喝点茶吧。

奥尔嘉 我等不及想要知道你身上发生过的事，你却在这个时候要喝茶……我对你太失望了，亨瑞克！

主角 可我的名字是维克多！

奥尔嘉 维克多，我对你太失望了。你这个骗子，猪猡！

主角 （呻吟着）我什么都不想说。

老人合唱队 （老人们各自自言自语）他不想说话，可他是主角啊……他不说话，谁来说话。

奥尔嘉 （朝老人合唱团跺脚）那边安静点……至少说点什么吧，别装哑巴！

主角 在这种时候我无话可说。

奥尔嘉 你抚摸过我的乳房，像蛇一样滑不留丢地奉承我，说了数不清的好话。

主角 好话？

奥尔嘉 你说，我们会有一间带花园的小屋，有一双儿女……当我发现你在说谎的时候，整个世界都崩塌了！你欺骗了我……

主角 世界没有毁灭。我们都活了下来。你不知道，奥拉①，现在能平静地躺下让我有多么高兴。我可以躺在这儿，修修指甲，听听音乐。领导们慷慨地给了我一整个星期天。你也可以上床来，我们接着聊会儿天。

奥尔嘉 我得赶去听轻歌剧了！票已经买好了……我永远也不会原谅你。（下）

主角 把报纸给我留下！我以为，我们所有人都会死，所以跟你谈论孩子、鲜花和生活。我想得很简单。（翻开《观察者报》，大声念出来）“酒瓶在注入啤酒前必须彻底清洗，但啤酒分装工经常会懒于检查酒瓶是否已清洗干净。结果就是我们常常能碰到满满的酒瓶里头还混着各种‘异物’，甚至还发生过在啤酒杯中漂浮着苍蝇的事情。在前文我们已经详细写到过工人们对待啤酒时骇人听闻的轻谩态度。啤酒业为欺诈提供了理想的温床。究竟是什么样的方法可以把一桶一百升的啤酒变成一百二十升？

---

① 奥拉：奥尔嘉的昵称。

老人合唱队 这是个好问题。

主角 “只需要在给客人倒酒时往杯子里多倒入一部分泡沫。这样客人拿到的就不是一整杯，而是半杯甚至是三分之一杯啤酒。（主角的声音愈发铿锵有力，怒气冲冲）当然了，啤酒表面理应漂浮着一层‘泡沫领子’。但问题是，一杯酒中泡沫的含量应当合理。因此所有的啤酒杯和玻璃杯都应当标有刻度。必须在 250 或 500 毫升液面的地方有标注……不幸的是，他们甚至连啤酒杯也不好好清洗。很多酒杯内壁都覆盖着一层油腻，而油渍正是这金黄色酒液的头号敌人。在啤酒业中，道德责任感极度缺失。这种情况必须得到遏制，应当对此处以罚金……”

老人合唱队散开。

老人甲 （将手卷成喇叭状附到耳边）他在说什么？

老人乙 说啤酒！

老人丙 这啤酒当中是不是含有对权力的隐喻、引申、象征或是讽喻？我们的主角他是不是个自由斗士？

老人甲 他只不过在说啤酒！

老人乙 在啤酒中一定隐藏着什么文章！

老人丙 他说，啤酒杯中漂浮着苍蝇。

老人乙 苍蝇？这就是了。

老人甲 胡扯！他说的啤酒就是啤酒，苍蝇就是苍蝇，没那么多弯弯绕绕。

老人丙 可怜可怜他吧，他可不是什么主角。主角早已死了！现在哪里还会有什么英雄、俄狄浦斯和先知！“啤酒杯”中的苍蝇！甚至都不是啤酒里而是啤酒杯里！这叫什么话！

老人乙 （露出一个讽刺的扭曲表情）这就是我们这个伟大时代所允许尺度下的戏剧。

老人丙 时代尽可以伟大，人民却有些渺小。

老人甲 很正常，很正常。

老人丙 啤酒杯中漂着苍蝇？这里面肯定有问题！

合唱队一致点头。

一片静谧，像在黑暗中播撒轻飘飘的罂粟花籽一样悄无声息。寂静中响起了金丝雀儿的鸣唱。一分钟过后，一位留着长胡须、戴着老式礼帽的老人走进房间。

主角 叔叔！

叔叔 先前我随修道院中的修士们一起去朝圣，途中我路过你的家，他们说你“一头扎进地狱里，现在还在半路上”。你究竟怎么了，斯塔什？

主角 没什么，没什么，叔叔，都这么多年过去了。我们有二十五年没见过面了，叔叔！（主角坐到床上，套上袜子）您的腿一定在疼吧，毕竟有一百公里呢。您快坐下吧。您能来看我，这真是太令人激动了。我这就去拿水来给您泡茶烫脚！要不您躺下吧！来，叔叔，您先擦擦脚。（主角从床底端出一只碗，倒水进去。从一只真实存在的茶壶里往真实存在的碗中倒入真实存在的水）来，叔叔，请……马上就好……（主角欢快地围着叔叔忙来忙去）叔叔您……叔叔请……叔叔……叔叔，给……叔叔……哦！叔叔啊……您……

叔叔 好小伙儿，谢谢你，孩子，谢谢你的款待。（叔叔脱下皮靴和袜子，在碗里沾湿脚）你这些年怎么样了，弗瓦兹？

主角 您知道的，叔叔，我本该给您写信。但佐霞告诉我说，您病了，所以我以为您已经去世了。（把手放到叔叔肩上）能见到您我太高兴了。您过得怎么样？

叔叔 不管怎么说，我还能挑得动生活这副担子。你该为此高兴了！

主角 叔叔是真实存在的！礼帽也是真的，（为叔叔脱下礼帽）胡子是真的，腿也是真的，裤子是真的，心脏是真的，感觉、思想全都是真的。完完全全真真切切的叔叔！甚至叔叔穿着的靴子也是真的，还有扣子，还有说的话。是真的在说话！

叔叔 弗瓦兹，你呢？海伦卡告诉我，你去过巴黎。

主角 是去过。

叔叔 那就好好跟我说说巴黎是什么样儿的吧。我这辈子是看不到了……你婶婶也很好奇。

主角 好的叔叔，您听我慢慢说。

叔叔 你现在有时间的，是吧？

主角 大概吧。

叔叔 那里的人们怎样生活？

主角 怎样生活……各有各的活法。（抽出烟卷）叔叔您抽抽看，法国货。

叔叔 要是法国货的话，就给我来两支吧。

主角 我在巴黎买了点火柴，买了香皂、梳子、剃须刀片、衬衣、香水、拖鞋、图钉、大头针和缝衣针。

老人合唱队传看着一些相片。说着笑着，交头接耳讲着些八卦，只能听到些许片段。

叔叔 那么那边的美术和文学呢？还有政治？

主角 也是那样，各有各的特点，不一而足。叔叔您知道吗，我看到了真人大小的拿破仑、教皇和女王，所有人都是粉红色的，用蜡制成。我吃了许多生菜和奶酪，喝了啤酒，当然还有法国菜。

叔叔 难怪你胖了一圈，太铺张了。

主角 叔叔您知道吗？城市，笼罩在天蓝色的雾霭里，仿佛浸在烈酒中。

叔叔 （沉默片刻后）但是……我看你显得有点阴沉。哎呀，卡嘉，卡嘉！你在干些什么？

主角 你都看到了，叔叔……不消说，我在拍手，发出击掌声。

叔叔 什么“拍手”？

主角 我刚刚就在拍手。

叔叔 人人都会拍手。

主角 别人跟我有什么关系。我只顾我自己。我刚才拍了拍手。

叔叔 真是调皮，皮奥图什！毕加索也拍过手。

主角 叔叔，叔叔……

叔叔 喏，你要说什么，卡嘉？

主角 我知道很多人都拍过手，但他们已经忘记了。现在他们满脑子都是汽车品牌，或是忙着去假面舞会上玩耍。而我仍然伸出手来，为自己拍着手。我心中有时会大声地拍手。我的内心像深夜的巴西利卡一样空无一物。拍手，叔叔，拍手……安静。

叔叔 总之那就是我们内心的魔障和懦弱，总爱虚张声势，小题大做。我又能说什么呢？你们有什么值得拍手的。我记得，在动乱的时候我们把证件丢进番茄汤里去。等等，他叫什么来着……

主角 番茄汤里？

叔叔 汽锅里头的番茄汤才刚刚煮好……那时候局势动荡不安，又是骚乱，又是革命，一句话——到处都沸腾着……他们去检查厨房。番茄汤是给整个队伍预备的，我们把证件丢进去，再把锅盖盖上。一起准备好的还有络腮胡子。马刺和勋章都已备好。直到现在，只要一想起来，我还是不由自主地开始微笑。（*叔叔拍了拍主角的肩膀*）你有一颗柔软的内心。我温暖了你。

主角 我有些难过，叔叔。您知道的，当我还是个小男孩时，整天在马背上玩耍。于是我变成了一匹马，甩着鬃毛在院子里和道路上驰骋。可现在，叔叔，我变不回人了，尽管我已经是部门主管。我想要用蹄子刨开土地挖出几个土豆，烤好了再献给叔叔您。土豆的外皮是粗糙的灰色，内里是白色的，绵软的，滚烫的。我想要拥有一棵自己的苹果树，上面有枝丫，有树叶，有花朵和苹果……我已经太久没能坐下来好好乘乘凉。苹果上包裹着一层透明的蜡，指纹印在上面非常清楚。苹果悬挂在枝头，等待我亲手摘下，就好像姑娘那样……

叔叔 为什么，卡嘉，为什么你不回来呢？大家都在等你。你的母亲，你的姐妹。

主角 我不能够，叔叔。

叔叔 你不想从外面的世界回到家中？

主角 我不。

叔叔 你难道还没有吃撑，还没有噎住？

主角 还没有，叔叔，甚至胃口还在增长。我一张开嘴巴，就好像要吞掉整座城市，包括里面的人，楼房，画作和半身像，电视，摩托，星星，奴隶，袜子，手表，头衔，勋章，梨子，药丸，报纸，香蕉，杰作……

叔叔 或许你现在就可以收拾收拾，跟我一起走，明天我们就到家啦。

主角 不，叔叔，我还不能回去。

叔叔 走吧，走吧，鸟儿在歌唱，春天来了。

主角 我有许多事情要做，千头万绪，难以脱身。或许以后吧。

叔叔 （在毯子上擦了擦脚。穿上鞋，装水的碗放到床下）基戴克！那么我自己走了。上帝保佑你！

主角沉默着。闭眼躺下。房间里进来了两个男人。一个戴着鸭舌帽，另一个戴着礼帽。两人都穿着长外套。其中一人从公文包里抽出几张纸，另一个展开金属的卷尺。他们开始测量主角的房间。动作十分精确。

戴鸭舌帽的客人 3 米 48。

戴礼帽的客人记录下来。戴鸭舌帽的客人先量了门，然后是床，报出数字。戴礼帽的客人一一记录，做着加减乘除。戴鸭舌帽的客人走向主角，测量他的长度和宽度，他的脚码，他的头围和颈围，以及肩宽等等。戴鸭舌帽的客人朝着主角弯腰。

戴鸭舌帽的客人 他手里攥着个什么？

戴礼帽的客人 一张纸。

戴鸭舌帽的客人 得让他的手指伸直。（慢慢将手指一根一根掰直，将主角手中的纸张拿出来）

戴礼帽的客人 那是什么？

戴鸭舌帽的客人 文件什么的。回忆录吧……（大声念）“我出生于 1920 年，在完成了人民小学的学业后……我忘记了，在人民小学时曾有位同学给了我一块奶酪，他来自农村。复读。在毕业后我尝试攻读硕士学位。1938 年，我拿床单擦干净了鞋……小学毕业后我升入初中。在中学毕业后我想要……（客人转了转头，继续读下去）大家，所有人都到我这儿来！”

戴礼帽的客人 怎么，他在睡觉？还是在装睡？

戴鸭舌帽的客人　（接着读）“1938年，我在旅馆用地毯擦干净鞋子，在擦拭剃须刀片时割开了毛巾。之后，在年满18周岁时，我参加了毕业考试。然而我并没来得及完成考试，因为1939年9月1日，世界大战爆发了……这场骇人听闻的浩劫，席卷了一切……”

戴鸭舌帽的客人把文件收到公文包里，离开了房间。

一位体面的中年绅士四肢并用地跑进房间。头发梳得一丝不苟，光可鉴人，发缝清晰可见。可以说，他由内而外都被梳理得整整齐齐。他四肢着地，绕房间一周。嗅了嗅桌子腿，椅子。朝床底下张望……开始说话时，把脸抬起来朝向主角的方向。

头发梳向两边的先生　先生知道，我是谁吗？您是谁，他是谁，他是个什么东西？我有我的骄傲。不，先生，你还不够格和我说话。我不想知道，一旦知道，我就不能欺骗自己。但我可以忍耐。我是……

主角动了动。抽抽鼻子。头发梳向两边的先生顿住了。

主角　似乎有外人来了……我闻到了凡士林、油漆、屁和文学。你是谁？（头发梳向两边的先生用爪子理了理头发，扶正了领带）啊，是你啊，波比克。

一个戴眼镜的胖子穿过房间走了进来。读着报纸，打量四周。站到走廊中央，呼唤头发梳向两边的先生。

胖子　波比克，过来！（头发梳向两边的先生用脸蹭了蹭胖子的裤脚）

胖子　波比克，卧倒！（头发梳向两边的先生躺下）

胖子　装死！（头发梳向两边的先生装死。胖子，面带微笑地，从口袋里掏出一块骨头，扔到桌子下面。头发梳向两边的先生“衔回”了骨头）

胖子　听话，波比克，喏……（头发梳向两边的先生完美诠释了“听话”二字。昂起头来一会儿歪向左，一会儿歪向右，面带微笑）

胖子　（伸出手）伸爪，波比克！（头发梳向两边的先生伸出左爪。左爪中抓着一只梨）

胖子　右爪。（头发梳向两边的先生更正了过来，伸出右爪）

胖子　（朝主角）教得不错吧？

主角 （坐到床上）我不知道。

胖子 您让他忍耐，他就会忍耐。您让他跳跃，他就会蹦起来。甚至还能够阅读和书写……在巴黎犬展上赢得了奖牌，是条聪明的、有教养的好狗……驯狗不是什么难事，只需要一定的技巧，以及一点耐心……狗狗的工作有三个要素：狩猎的热情，对风向的把握，步态和智商……波比克很亲人，也很会感知风向……您要留下他吗？

主角 我没有钱……不咬人吧？

胖子 （笑了起来）他没有牙，只有舌头。

主角 那我付给你一双袜子……

胖子 成交。

主角脱下袜子，递给胖子。他把它塞进衣兜，读着报纸离开了。忘记了波比克。

主角 （伸出手，摩挲着头发梳向两边的先生的头）喝点什么？

头发梳向两边的先生 （始终保持四肢着地）半杯黑咖啡加白兰地。

主角 先前你已经喝过黑咖啡了吧？还是喝点水吧。（从床底下拖出装有水的碗）曾有一位正直、淳朴的人在这碗水中沾湿他的脚。喝吧。这是治愈你这种人的良药！也是我们这种人……（头发梳向两边的先生“像狗一样”伸出舌头，试图从碗里喝水）

主角 （笑了起来）够了！你可真是有礼貌。别犯傻了，待会儿我们就来做咖啡。实际上我们并没有咖啡、咖啡杯和钱，这不过是超现实主义、形而上学和语言的艺术。（呼唤）两大杯咖啡。

女服务生走进房间。戴着帽子、系着围裙，把托盘放到桌子上。

女服务生 要我脱衣服吗？

主角 不需要。我可受不了卡巴莱[①]。（服务生跑了出去）

老人合唱队

Trąd

---

① 卡巴莱是一种具有喜剧、歌曲、舞蹈及话剧等元素的娱乐表演，盛行于欧洲。（译注）

trądzik

trefl

trele

Trembowla

trębacz

trener

tresura[①]

主角和头发梳向两边的先生专心地小口喝着咖啡。两人停下来，仔细地端详着自己的手。接着互相展示自己的手。左手和右手。仔细地打量。

主角 （抓住头发梳向两边的先生的左手）哦！一个斑点！

头发梳向两边的先生 那是墨水。

主角 墨水！可以用唾沫洗掉。

头发梳向两边的先生 哦！您手上也有斑点！两个斑点！两块红色的斑点！

主角 那是血。

头发梳向两边的先生 真的血？

主角 敌人的血。

头发梳向两边的先生 我只知道伏特加的滋味，水的滋味，唾沫和墨水的滋味，血是什么味道的？

主角 （用图钉扎头发梳向两边的先生的手指头，头发梳向两边的先生吮吸手指）一滴血！你是怎么从战争中活下来的？靠贪污？

头发梳向两边的先生 靠妻子！妻子，靠妻子，在妻子身上，跟妻子一起，妻子啊……在妻子体内……在妻子身下。

主角 喔！（尖叫）

头发梳向两边的先生恢复成四肢着地，伸出爪子去够咖啡杯，四肢着地地喝完了剩下的咖啡。走进来两位“保养良好”的中年女士。热烈的交谈被突然爆发的笑声打断。

---

① 有时老人合唱队似乎只是无意义地依次念出索引卡片中的一些单词。其含义依次为：麻风、痤疮、草花、鸟鸣、特雷波利雅、小号手、教练员、驯兽。

女士 我对他，他对我，他对你，她对他，你知道他是什么样子的，当他m u u u……（呻吟着，笑到打嗝。微笑。四下打量）哦，亲爱的。是你！……（头发梳向两边的先生后腿着地立起来）我的丈夫。我的宝贝。我的朋友，爱人。（头发梳向两边的先生吻了另一位女士的手。微笑着，满怀着对生活的喜悦，与女士们一起离开了。女士们的指甲上涂着指甲油）

老人合唱队

Kordebalet, kordegarda, kosmetyka, kosmiczny, kopulacja, Marmolada, Marmolada, marmur, martyrologia …①

主角急切地寻找着什么。拉开抽屉。搜寻每一个角落。老人合唱队下。台上只剩下主角一个人。在衣兜里寻找，最后抽出一根坚韧的线。把它放到脖子上，尝试着。打量着房间。寻找钉子。走到衣架边上。最后打开柜子，走进柜子里。关上了门。柜门被关上了。过了好一会儿了，柜子上的门才重新打开。

主角 你们自己上吊去吧。我只想要自己左脚的小脚趾，而不是全部。什么？自己上吊去吧！不！你们那么爱自己。那个老女人爱自己的小狗胜过爱我这个活生生的人，因为那是她的小狗。她爱自己的阑尾胜过整个人类。（主角坐到床上，从口袋里取出早餐，打开包装纸，开始吃饭。一位丰腴的女人走进房间）

胖女人 不害臊！年纪轻轻，看人洗澡。

主角 （中断吃东西）夫人，您在这里做什么？这是私人住宅！谁允许您走进来的？！

胖女人 哈！哈！哈！哈！（捧腹大笑）私人住宅！

主角 我不认识您。

胖女人 您在洗澡时候偷看过我，对不对，瓦采克先生？

主角 那都已经过去了四分之一个世纪！是的，我记起来了。但我看到，您已经从水里出来了。您快走远点！我现在没有时间，我得把信都过一遍。

---

① 同样像是在读索引：芭蕾伴舞、戍卫所、化妆品、宇宙的、受精、橘子酱、大理石、殉道……

胖女人 我等你。（坐到椅子上，可以顺势织起毛衣）

主角 （从桌子上拿起几个信封。打开一枚粉色信封。清晰地读出来）“亲爱的雅奈克！我是你动人记忆的见证者。过来，让我亲手从盒子里拿出最甜蜜的巧克力夹心糖，放到你的嘴里。你的佐霞。”（打开第二枚信封。念下去）“亲爱的兹齐斯瓦夫！我收到了关于你和你的极度轻率行为的糟心消息。你就是这么报答我为抚养和教育你所付出的关心、努力和金钱的？别人看到你出入台球厅，与粗鄙之人为伍，不去上课，成天胡作非为，谈情说爱……你要这么混一辈子吗！回头吧，改过自新吧，亲爱的兹齐斯瓦夫，因为还有一个坏消息，那就是我要与你断绝关系，并且，再不会给予你任何资助，我还要禁止任何人提起你是我的儿子。对你致以父亲的忏悔。希望之后你能回到正确的道路上。圣母保佑！可怜的父亲。”（主角不情不愿地把信封折好，装进口袋。抽出一封新的信，接着读）“亲爱的弟弟、弟妹！你们的银婚纪念日让我喜出望外。作为25年前婚礼的见证者，我不敢相信，到今天已经过去了25年。当时你们发誓要以爱情的名义共度此后一生！25年仿佛转眼就过去了！同样在玫瑰的簇拥下，你们的生命还将延续，并在孩子们、孙辈和曾孙辈中重新注入活力，成为他们的守护者，庇佑他们如你们一样幸福、快乐！老朋友N N于华沙，1902年1月24日。”

读完最后一封信后，主角穿上拖鞋，离开了房间。过了一会儿，胖女人也跟在他后头离开了。舞台上只剩下合唱队。老人们在睡梦中呓语聊天。可以放下幕布，也可以不放。在这段间隔后，主角回到房间。从口袋中拿出早餐，打开包装纸，开始吃饭。片刻后一位丰腴的女人走进房间。四下打量。

胖女人 不害臊！年纪轻轻就会偷看女人了。

主角 （中断吃东西）夫人，您在这里做什么？这是私人住宅！谁允许您走进来的？！

胖女人 （大笑）私人住宅！

主角 我不认识您。

胖女人 您在我洗澡时偷看过我，尤莱克先生。

主角　那都是多久之前了……是，我想起来了。我看到，您已经从水里出来了。

胖女人　基戴克先生，我还记得您小时候穿水手服戴领子时候的模样呢。

主角躺到床上。转向观众席，背对着胖女人。她现在坐到了床上……

主角　过去好多年了。

胖女人　那又怎样？怎样？

主角　（跳起来）你这头老母牛，猪油膏子，臭油桶。我记得。当时我十五岁。是在 7 月份。夕阳的光芒照在水面上，绛红色的河流环绕着桤木黑漆漆的树冠。你慢慢走进幽深的水中，黑色的桤树立在水面中央，树冠中有红色的太阳。当时我愿意付出我一半的生命，甚至是整个生命，整座城市，整个世界，换取触碰你乳房的机会。我多想把手放上你的大腿，放上爱神维纳斯的山丘①。

胖女人　放上哪儿？

主角　放上维纳斯的山丘。傻瓜，母牛，你本可以成为我的女王。你本可以成为音符，花园，果实，你本可以成为亲爱的牛奶小姐，你这头母牛。然而你却把自己献给一个自大狂，老顽童，犬儒，傻帽儿，小偷。现在你呻吟着。你本可以成为我的火焰、缪斯和幸福。就像我当时所忍受的那样。我想要从自己的皮囊中挣脱出来。（胖女人织起了毛衣！）我差点儿没因为你而成了个强奸犯。你的腹部于我是极大的诱惑，甚于美利坚之于科瓦尔斯基②。你的臀部是浑圆的天体。你这个傻瓜，身上都是腌肉。快起来，不然我就要把你就地处决。（主角沉默下来。这时，一位非常“活泼”的中年女子走进了房间。跑到胖女人身边，喜出望外地亲吻了她，并开始聊天）

活泼女子　想象一下吧，亲爱的，格子花纹的羊毛和服裙子。抹胸前面有带子连到背上，剪裁成长长的翻领。微蓬的裙摆。胸口——长长的白色马甲缝上了小立领和蝴蝶结。裙子前面打了深深的褶子。整

---

① 爱神维纳斯的山丘：指女性的阴阜。
② 科瓦尔斯基是最常见的波兰姓氏。此处指 20 世纪在波兰人中间兴起的赴美热潮。

个背部都缝合起来。前襟上斜着缝上口袋和皮带。别上的袖口，覆盖着白色针织的领口。裙子上那么多褶痕……（“活泼”的女子从床边站起，亲吻了胖女人）拜！拜！一定要打电话。一定要打电话。拜！打电话，打电话，记得啊……拜！拜！（下场）

丰腴女士 （卷起手中的活计）所以您洗洗手吧，基德克先生。

主角 我洗手。

丰腴女士 我对这次来拜访您抱着那么高的期望！我以为，遇见了曾经的熟人，您总会想要向一位孤单的女士伸出援手。可您在意的，不过是由于我而分泌出的促性腺激素罢了。好了，兹贝赫先生……

主角 我说了多少次，我叫瓦茨瓦夫。

丰腴女士 好的，瓦茨瓦夫先生，我的头痛发作得越来越频繁，热血冲上头部，晕头转向，关节疼痛。我注意到最近出现了一些不太明显的消化系统紊乱和心电图变化。医生认为，口服雌激素就完全足够了，已烯雌酚也同样起效，这种药让我无聊和肚子痛……那您，瓦采克先生，在这种时候又会给我些什么建议？要不是，我“从小”就认识您，（胖女人伸出小指头），我也不会因为这样私密的事情来找一位陌生男人。

主角 （读报）“作为本年度第一家进入波兰的公司，‘斯特热茹夫’糖果厂落户赫卢别谢夫斯基县。”

胖女人 世界变了。人们对身边人的苦楚无动于衷。

听到孩子在呼唤“妈妈，妈妈，妈妈”。胖女人下场。主角躺在床上，继续读报。老人合唱队走了进来，坐到自己的位置上。

老人合唱队

做点什么，动起来，思考。

他一个人躺着，时间过得飞快。

主角拿报纸盖在脸上。

老人合唱队

说点什么，做点什么，

起来走走，
在枕头上绣什么花！
主角沉默着。

老人合唱队
什么都没有发生。
这是什么意思？

主角 让我安静会儿。

老人合唱队 感谢上帝，他没睡着。

主角 照你们这么说，我必须得做点什么？我不明白……（打哈欠）

老人合唱队
他又要睡觉了，老天啊！
没有罂粟就没有面包。
在剧院里就应该演戏，
你必须找点儿事做！

主角 那么主角抓耳挠腮，盯着墙看，这够不够？

老人合唱队 这就算有点事了。

主角 我什么都不想干。

老人合唱队
就算在贝克特的故事里[①]，
也有人聊天，等待，忍耐，做梦，
有人哭泣，死亡，跌倒，放屁，
动起来，不然你就要毁了这出戏。

主角 跳蚤马戏团今天上演《哈姆雷特》，
让我静静吧，
我就要离开……

老人合唱队 站住！

---

① 萨缪尔·贝克特：20世纪爱尔兰、法国作家，代表作为《等待戈多》。

主角 我走了……

老人合唱队 去哪儿?

主角 去后台。

老人合唱队 他喝醉了。

主角 蠢货，让我睡觉。

老人合唱队 你又睡了。

这意味着什么?

主角 我跟你们拼了！（从桌子上抄起长柄厨刀，冲向坐着不动的老人们。主角刺穿了两位老人，割下了第三个人的头。现在合唱队躺在了地板上。主角坐到床上。冲着观众席微笑。擦拭双手。不安地在房间里走来走去。甚至开始奔跑。停住。左右开弓扇自己耳光。走到墙边，用手撑着墙）看到了吧，蠢货。喏，打穿你的头。开枪。你到底要去哪儿？去哪儿？去找那些蠢货？去医院，去人群中，去冰箱里，与跟三文鱼为伍，去喝酒，去找女人的大腿，去找20岁姑娘的躯体，去摸女人的乳房。你看，喏！咬着自己的手指。这是顶好的给养。所有人都死在你手下，因为你不相信。蠢驴，你在哪里徘徊？你已徘徊了38年。要寻找太阳？要寻找真相？要去撞南墙。我站在墙边。我的兄弟，我的同胞！我在对你们呼唤。他们不能理解我们，不管是年轻人还是老人！（主角转向观众）这是怎么回事？我不能够理解。曾经我拥有过许许多多的感受，但现在这里一无所有。这里。这里！不需要！不要遮挡！不要遮挡住双眼！（安静）我想要看到终点。

房间里进来了一位年轻、美丽的女孩。穿着毛衣，紧身裤。拎着手包，杂志，书本，苹果。女孩一次又一次地经过。这被称作“英雄母亲”。坐到桌边，梳理头发，取出小镜子，诸如此类的动作等。转向主角。

女孩 请给我一份奶油松饼。

主角 （自言自语）哦，是的。什么鬼。大概是的吧。奶油松饼。

女孩 奶油松饼，谢谢……

主角 （对观众）我还活着的时候……你们一定会感到羞耻……你们会无聊，

认为这种故事荒诞不经。

女孩　请给我一份奶油松饼和半杯黑咖啡。

主角　为什么是半杯?

女孩　是您没听明白，还是我的波兰语说的不够好?

女孩　您难道不是波兰人?

女孩　Meine Hobbies: Reisen, Bucher, Theater, Kunstgewerbe… ichbsuche aufdie sem Wege einen frohmutigen und charakterfesten Lebensgefahrten.. ich bin vollschlank, keine Modepippe…①

主角　您是德国人。

女孩　是的。

主角　很高兴见到您，小姐。我必须向您说明，这其中有个误会。

女孩　啊，什么？！

主角　这是私人住宅。我住在这儿…… 当然了，我很高兴……请您不要感到尴尬。我必须告诉您……du bist wie eine Blume②…

女孩　所以这里不是“鳄鱼③”?

主角　你们年轻人自己都没搞清楚的事情……您几岁了?

女孩　18 岁……可这里门开着……我看到许多先生们、小姐们，聊着天，喝着咖啡……

主角　（坐到桌子边，挨着女孩，握住她的手。长时间地注视着她的脸。女孩朝他微笑）请。你们年轻人能够对一切事情都付诸一笑……也许到底只有愤世嫉俗的记者们这样介绍你们。请给我几分钟时间……我想要告诉您……我听见您说德语。您是德国人吗?是的，其实我要说的也没什么意思。请不要以为，我是要引诱您，把您带到床上去……

女孩　您确实站在床边。实在不好意思，我先前没有注意到。

---

① 德语，意为“我爱好旅行、书籍、戏剧、艺术与手工艺……我寻找这样一种完美的生活旅行方式……我苗条美丽，并不追求时髦……”

② 德语，意为“您如同鲜花一般美丽”。

③ 吗啡衍生物二氢去氧吗啡的俗名。

主角 上帝！您只是没能理解我。其实很简单。我希望您给我几分钟时间，就完事儿了。但我有责任告诉您一些事，您也有责任听我说完。我想说，您来了，这真好。您在我们这个世界上，正正好，十八岁，有这样的眼睛，嘴唇，头发，白皙的脸颊，和眼睛，从未见过的眼睛……从未见过。我只想说：我没有感受到任何针对您的恶意，并且，我祝您幸福快乐。我祝福您，希望您能永远面带微笑，时刻心情愉快。您看，我被打倒在烂泥里，倒在血泊里……您的父亲和我曾经一起在树林里狩猎。

女孩 狩猎？狩猎什么？……

主角 互相狩猎。用步枪和猎枪……不，我不能说了……现在树林一片寂静，对不对？寂静笼罩着森林。请，请您笑一笑吧……您身上承载着全部的希望和全世界的欢悦。你一定要好好的，纯洁，快乐，一定要爱我们。我们都曾经历过这片土地上可怖的黑暗。我想要再说一次，我，这个过去的波兰游击队员，祝你幸福。祝你们所有年轻人都幸福，如我们一样。请与我告别。我们不会再见。一切都以滑稽的方式结束。多么可笑，多么该死的可笑。难道不能什么都不说，不去向其他人解释？那最重要的无法传达……上帝啊！

片刻的安静。麦克风中传来含糊的尖叫。接着是清晰的声音："Aufstehen!Aufstehen!"[①] 主角起身。站到椅子旁，"吸引了全场目光"。女孩好像没有听到这边的动静，惊疑地盯着主角。

麦克风中的声音

Raus! Alles raus!

Maul halten, Klappe yu, Schnabel halten!

Willst du noch quatschen? Du hast aber Mist

Gemacht! Du Arschloch Schweinehund, du

---

① 德语，意为"起来！起来！"

Dreck sack![①]

主角站到墙边，把脸贴到墙上。麦克风沉默下来。寂静。女孩站起来，踮着脚尖走出房间。桌子上留下一只红苹果。1分钟的寂静。

麦克风中的声音

别害怕
这是你的房间
你看到一张桌子，这里还有个柜子
小苹果摆在桌上
你害怕这些家具
这个傻瓜
那位先生已经不会再来了

你害怕这把椅子
旧报纸的敲击声
墙后面的声音
举止奇怪
也许
你想要与众不同
笑起来吧
那位先生不会再来
看着我们的眼睛
别躲藏在角落里
别站在前边
没有人会命令你
让你去站在墙边

① 德语，意为“滚出去！全都滚出去！闭嘴！闭嘴！闭上你的嘴！你还想说话？你就是个废物。猪猡，王八蛋，卑鄙小人！”

说话

房间里走进来一位老师。坐到桌边。从公文包里抽出几张纸。戴上眼镜。不面朝任何人，也不关注任何人。说话。提问。老师可以由扮演叔叔的同一位演员担任。眼镜取代了胡子。老人合唱队复活了。

老师　请不要紧张，好好思考一下。

老人甲　您在这里做什么？

老师　他今天有高中毕业考试——成年考试。

老人甲　好吧，那为什么是今天？

老师　他缓考了二十年。我已经不能再继续等下去了。

老人甲　这上面都有些什么问题？

老师　（始终凝视着卷子）各种问题。您请就座。请做好准备。

老人甲　您出现的可真不是时候。

老师　关于红罗斯[①]的并入，您能告诉我什么？

老人乙递给主角一杯咖啡。引着他去床上，躺下并盖上毯子。

老人甲　随着国王丹尼尔的去世，红罗斯开始了其衰落时期。他的其中一个儿子，斯瓦尔恩，作为明道加斯的女婿，曾短暂地坐上了立陶宛王位；而另一个，列夫一世，史学家们对他都颇有微词。之后他的儿子尤里一世也登上王位，并将弗沃基米尔斯基公国和加利西亚公国都收入囊中。再往后，他的儿子们弗沃基米尔斯基的安杰伊和加利西亚的列夫二世，在格迪米纳斯大公手里丢掉了波德拉谢和波利西亚，但也与他缔结了友谊。格迪米纳斯大公的一个儿子，路巴特，与安杰伊的女儿布莎结为夫妻。两位大公的连襟是博莱斯瓦夫-耶日二世，马佐夫舍大公特洛伊登的儿子。他娶了格迪米纳斯大公的另一位女儿，也就是伟大的卡齐米日之妻阿尔多纳的姐妹……

老师　（凝视着试卷）非常好，非常好。答得不错，年轻人。您已经为踏上人生旅途做好了准备。您刚刚通过了自己的成年考试——但为了公平起

① 加利西亚地区的别称，是乌克兰西部的一个历史地区。

见，我必须还要向您提出几个问题，您得理解，完全是走个过场……请您告诉我，您最近一次阅读的是什么材料？

老人甲 报纸。

老师 报纸内容是？

老人甲 情感建议。

老师 请用自己的话告诉我。

老人甲 有一个玛丽莎，在度假时爱上了瓦采克，两人在一起了。但在那之前，玛丽莎用初恋的热情疯狂迷恋上的瓦采克，曾与雅嘉结过婚。瓦采克对玛丽莎隐瞒了这一点，然后就被送上了战场。“我给瓦采克写信，说我先前就怀孕了，孩子马上就要出生。瓦采克没有回复我，过后才写信来，说他期待跟雅嘉有一个孩子，而雅嘉嫁给了塔戴克。父母亲不允许我嫁给瓦采克，因为瓦采克比我小 50 岁。我的“朋友”，而我现在，我 16 岁。当我认识吉乃克的时候，才刚刚 8 岁，很信任别人。现在我失去了对瓦采克的信任，在我们那个小镇上被人指指点点。请给我点建议吧，亲爱的“朋友”我该怎么做。我现在满口苦涩，因为我 70 年来都没能怀上孕的妈妈，刚刚被治好，现在也想要个孩子。生活对我还有什么意义？

老师 你们这些小年轻，脑子里头只有挥霍光阴……

老人甲 正是如此，教授。

老师 您对未来有什么规划？

老人甲 我打算去学中文。

老师 非常好……您现在多大岁数了？

老人甲 18……

老师 非常好，年轻人，记住：失之东隅，收之桑榆。谢谢，我没有其他问题了。

老人甲坐回到同伴身边自己的位置上。老人合唱队再次一起坐在墙边。

老师 啊，（*突然记起了什么*）还要回答我一个问题，你喜欢肖邦什么？

老人甲 肖邦在鲜花底下藏着大炮，教授，并将波兰的名字传播到全世界。

老师 是的，不过你听了他的音乐一年，有什么感触？

老人甲 我感受到了对作曲家由衷的感谢。

老师 （转了转头）怎么能说我们的年轻人冷漠和愤世嫉俗呢。

主角起身，手指冲老师点了点。

主角 教授！请到我这里来一下。

老师坐到了床边，挨着主角。

主角 （向老师的方向伸手，五指张开）教授，这是什么？

老师 手。

主角 （收起手指）那这个呢？

老师 拳头。

主角 （手指张开又攥紧）手掌，拳头，手掌，拳头，手掌，拳头。手可以用来打人，杀人，写诗或者开药方，可以抚摸别人。（摸了摸老师的脸颊。拿了一只苹果到手上）这是什么？

老师 苹果。

主角 （展示一只纽扣）那这个呢？

老师 纽扣。

老人合唱队

Guano guma guślarz

Guatemale gumienny gutaperka

Gulasz gumno guz

Gulden Gustaw guzik①

老人合唱队突然停了下来……仿佛“一个惊雷突然炸响”之后的骤然静默。秘书小姐走进了房间。这和起初扮演被子底下女人的是同一个人。透过紧身的“裙子”或裤子可以看到内衣的轮廓。老人合唱队目不转睛地盯着

---

① 索引片段：海鸟粪 橡胶 祭司
危地马拉 打谷场的 古塔波胶
古拉什肉汤 打谷场 突起
荷兰盾 古斯塔夫 纽扣

看……秘书小姐坐到床边。打开了装有文件的公文包。

秘书小姐　这是需要签字的文件，院长先生。

主角沉默地签着字，文件有一根手指厚。

老人合唱队

给我不会消失的事物，给我尽可能多，

给我你不在乎的东西，给我后你追悔不得，

当脸上爬满皱纹，光滑的镜面

明晃晃照出，你的气力早不复如初……

秘书小姐　（微笑）我最喜欢的就是科哈诺夫斯基了。

老人合唱队

不要逃避，仍有出路：人们说，

猫儿越老尾巴就越硬。

而橡树虽然躯干干枯，枝叶褪色，

可只要扎根坚定，就不动如磐，稳稳屹立。

秘书小姐　有个记者站在窗外，请求对您进行采访。

主角　明天吧。

秘书小姐　他从去年就开始等着了。您知道的，院长先生，我们这个时代最讲究消息的时效性，报社都等着拿到最新、最快、最有趣的报道……

主角　（对老师）请原谅，我很忙。（老师站了起来，再次转向门）

老师　我还有一个小问题。您能不能借给我100兹罗提？不能吗？……（带着公文包和胡子离开了）

秘书小姐　（打哈欠，伸懒腰）我太累、太困了。我要上床了。（钻到床上，躺到主角旁边）

房间里几个人鱼贯而过。提着公文包的男人。一对年轻人。男孩和女孩。停住，打量，用力地、长时间地亲吻。两位中年女子一边走一边快速念叨着“肉，许多肉，在肉里，从肉中，关于肉，带着肉，没有肉”。走了过去。

主角的父母走了进来。母亲竖起一根手指在嘴边。他们站到床边。父亲看了一眼表。

父亲 是了，就是现在。

母亲宽慰地看着父亲。

父亲 你看到了吗，弗瓦戴克……我们得聊一聊……

母亲 是塔戴克……

父亲 你看到了吗，塔戴克，今天我先要跟你进行一场男人之间的对话。呐，一年年过去……你一定注意到自己的身体发生了一些令人不安的变化……胡子更硬更密了，头发落了，声音粗了……有时候会做点什么梦，会因为各种事情而惊醒……

母亲 （欣慰地）记得吗，康内尔，不久以前你还指给他看那个小窗口，说鹳就是从那里把他扔进了我们的家中……圣母垂怜……

父亲 看到了吗，孩子，生活的目的就是为了延续生命。生命最初的形式是无性繁殖。通过分裂或者产生孢子的方式进行生殖。通常一个个体一分为二，或者也可以孕育出某种孢子，在一定的时间后脱离，诞生新的个体。

母亲 你从没跟我说过这些……

父亲 蚜虫的单性生殖很出名。同样有趣的是螺旋杆菌的单性生殖……

老人合唱队

Kozioł

koziołek

koziorożec

kozodój

kupa

kupała

kuper①

父亲 （看了一眼表）关于各种动物产生爱情的内部机制，这里我就不再赘述。那样太占时间，并且剩下的部分无聊乏味。在蟋蟀中，雄性有发

---

① 索引片段：驴子，小驴，摩羯座，欧夜鹰或挤奶工，分辨，生育神，鸟尾。

声器，雌性有接收器官，位于后腿上。同样在蚱蜢中间，也只有雄性可以发出叫声。这种声音是否是对爱情的呼唤？

母亲　我不知道。

父亲　（看了一眼表）时间过得真快……瓦采克，你最好，别想着干什么蠢事。

父亲在沉睡的主角身侧俯下身子，亲吻他的额头。父母下。

主角　真遗憾，你睡着了。父亲讲了些有趣的东西。

秘书小姐　所以你有父亲？这多奇怪。

主角　还有母亲。

秘书小姐　哈！哈！哈！哈！（也就是说，大笑起来）

主角　做什么发笑？

秘书小姐　我不能想象你在胚胎时期是什么样子的。所以你也曾经只有一丁点儿大，跟我的手指头差不多？

主角　一丁点儿……

秘书小姐　然后吮吸着乳头？

主角　我是被奶瓶喂大的。

秘书小姐　所以你也尿过床吧，小时候，童子尿，尿在尿布上……那胡子呢？你什么时候长出来的胡髭？……

主角　在星期五。

秘书小姐　哦，我的小公鸡嗓音真浑厚……

主角　可怜的父亲……

秘书小姐　可怜？！跟我讲讲你的老爹。

主角

要是我的父亲曾经是
船队的船长
或者主教
要是他曾拥有佩剑星星勋章狗屎王冠
要是他发现了美洲新大陆

他登上了峰巅
要是，一句话
他可以与灰色的普通人
有哪怕一丁点儿的不同

秘书小姐 我的心肝，人没有灰色的！

主角

……要是他与灰色的普通人
有一丁点儿不同
要是他是个食人魔
劳洛勃丽吉达[1]
宇航员

然而他只不过是个小公务员
在县政府里头埋头干活
像我一样
像你
像我们

这样的人离去匆匆。很快人们就忘记了他们。你们从这里离开，就再也不记得我。对不对？你们忘记了。

秘书小姐抓起苹果。

主角 当我还是个小男孩的时候，曾梦想着做个消防员。我想要戴上闪亮的头盔，系上皮带，拿上救生斧。我假装从着火的房子救出了一个认识的女孩，然后所有人都惊叹不已，感谢我，为我戴上勋章。我在院子里展开双肩奔跑（主角展开双肩，发出摩托车一样的呜呜声），然后装作我是飞机和飞行员。我也曾是一匹小马驹……当我开始上学，我改变了自己的梦想，我想要做一个旅行家，一个百万富翁，诗人或

---

① 吉娜·劳洛勃丽吉达：意大利女演员、摄影记者、雕塑家。她是1950年代及1960年代早期，欧洲最知名的女演员之一。她同时也是1950年代及1960年代相当具代表性的性感符号。

者圣人。

秘书小姐 那现在呢？

主角 现在我总算是我自己。我跋涉了那么久，直到最终抵达自己心底。

秘书小姐 抵达自己心底？那里什么样？那里有什么？

主角 一切外在的东西那里面都有，面孔，森林，云朵，亡灵……然而那里的一切都受我影响。视野锁在我心底。每当合上眼时，我就能更好地看见那一切。闭着眼睛，我能看见爱情、信仰和真实……

秘书小姐 真奇怪！

主角 是的，确实……

秘书小姐 （把苹果递给主角）吃吧……被诱惑吧……睡着了……男人们总是极度的孩子气。不停地追逐，可一旦到达了目的地，就陷入绝望中去。追着赶着，制造杀戮。他们身上的胚胎永远不能发育成熟。所以生命由我们来孕育和诞生，是很好的安排……他们是天才和抽象主义者。这其中包含有死亡。

秘书小姐坐到床上。微笑着，咬开了苹果。

老人合唱队 摇篮里的婴儿打败了海德拉

秘书小姐 嘘……安静……

老人合唱队 （打起节拍）

这个年轻人扼杀了半人马

牺牲者挤破地狱

折桂者将会升入天堂

秘书小姐 你们小点儿声！

老人合唱队把椅子堆到一起，放到屋子背面。秘书小姐照起了镜子。形形色色的人穿过房间。一些人步履匆匆；另一些则慢慢悠悠。热烈地交谈着，读着报纸，招呼小孩，互相鞠躬。年轻的男孩和女孩接吻，然后走开。一位记者走了进来，穿过房间，又返回来。四处打量，好像在寻找某个陌生人的住处。走到房间深处，停在床边，主角就睡在床上。秘书小姐没注意记者。

抓住某个偶然走进房间的过路人的手，离开了房间。

记者 （点烟。在房间里四处走动。摁灭香烟。抓住主角的肩膀）先生，先生！

主角发出含糊的声音。

记者 您醒醒吧，是我。

主角 （在床上坐起来）什么？！是谁？！

记者 是我，我必须要向您提出几个问题。

主角 您，问我？

记者 （从口袋里掏出笔记本）秘书小姐一定提起过……

主角 来自报社的先生？您看到这里有一个苹果了吗？

记者 没有。

主角 大约是被您吃掉了吧……好消息也是坏消息。

记者 （微笑着）不，我没有吃。

主角 （沉思着）你们还没胆子做这事……

记者 我想跟您严肃地聊一聊。借新年之际我们报社想要采访一些恶名人，也采访一些普通的……

主角 ……单纯的。

记者 ……也是，单纯的普通公民。

主角 所以？

记者 可以知道您的人生目标是什么吗？

主角 我已经达成了目标，所以现在很难讲。

记者 您是否对活着这件事感到满意？

主角 是……不是……是……算是吧。

记者 为什么？

主角 我怎么知道……

记者 您还想要做些什么？

主角 喏……我有各种计划，我当然想要……确实想……

记者 （做笔记。思忖着，突然抛出问题）您的政治立场是什么？

主角 谁会在早晨五点钟有什么政治立场！发疯了吧。想要我在凌晨有什么观点！就需要先洗漱，穿衣，解手，刷牙，换上衬衫，系上领带，套上裤子，在那之后才会有观点……

记者 我明白了……您相信救赎吗？

主角 信……不信……还是……一定程度上……可笑的问题。

记者 如果我没弄错的话，您是一个单纯的人？

主角 是的。

记者 您知道，您手里掌握着世界的命运？

主角 一定程度上吧。

记者 您希望做点什么来维护世界和平？

主角 我不知道。

记者 要是核战争使得人类灭绝，您有什么解决办法吗？

主角 （几乎是愉悦地）当然啦，当然啦。

记者 您会做点什么来阻止它爆发呢？

主角 （微笑）什么都不做。

记者 然而您是爱着人类的吧？

主角 当然。

记者 那为什么？

主角 我还不知道。这很难讲，现在是早上五点钟。您最好下午再来拜访，说不定那时候我就全都知道了。

记者 （把笔记本收进口袋）我没能了解到太多信息。

主角 您来得太迟了。

记者 再见。

主角沉默着。

替换文本[1]

第一幕 I

一个穿着侦查员制服的小伙子走进房间。留着长发。

声音时而粗犷，时而尖细。有时会破音。

童年好友 嘿，基戴克，还在睡？你忘了今天我们要去方济会修士那里做忏悔？

主角 我还没来得及清算我的良心。

童年好友 你能有什么罪孽？吃掉了圣周五的猪油渣？小屁孩。那奈克把嘉布遣会修士打到昏厥呢。喏，走吧，别发霉了。

主角 （没有起身）你听说了吗，我们的“婊子”在美国？

童年好友 级长不在我们学校上学啦？

主角 没有，战争一开始我们的好“婊子”就开溜了……

童年好友 关于战争我一无所知，1936 年我就死了。淹死的。

主角 所以你什么都不知道？又发生了第二次世界大战。

童年好友 （坐到椅子上）说说看，都发生了什么？

主角 你现在时间够吗？

童年好友 两三分钟还是有的。

主角 足够了。还记得那个印刷厂吗？ 1939 年 9 月 1 日早上，那里落下了第一颗炮弹。我坐在报纸后头。有个男孩在尖叫，说打仗了。另一个从后面踹了他一脚：“别放屁了，混蛋！”然而一个钟头之后，整座城市都被炮弹夷为平地，路上到处在燃烧。之后这一切又持续了十几年。我们被占领了。1945 年 5 月战争终于结束。大约 100 万人在战争中死去了。

童年好友 那你身上又发生了什么？

---

① 剧本为片段式结构，每场演出有可能会有所不同，因此有替换演出文本。

主角 就和其他人一样，没什么特别的。

童年好友 所以，你不去方济会修士那儿了吗？逃兵！

主角 我不知道。

童年好友 你明天过来吧，去做弥撒，去卡其克那儿。

主角 好的！再见！（童年好友下场）

房间里走进来一位非常丰腴的女人。有点年纪。

胖女人 您偷看过我。真不害臊。年纪轻轻，偷看女人……

主角 那天之后已经过去了二十三年，当时我看见您在水中，而现在，我看见您已经从水里出来了。

胖女人 （开始哭泣，抽噎着说）他骑上摩托车，穿上我结婚时候给他买的，价值三千兹罗提的见客的礼服，然后逃走了。

主角 谁逃走了？

胖女人 我的丈夫总是在哭泣，而我这一生都在别的男人面前保护他。他抓住了我，就像母亲生下我那样。我为此付出了一切。而他就像恶狗追着婊子一样飞去了扎克帕内。

主角 您打扰到我上课了。您看到了，我在读书，对吧？您看到了的。请您安静地坐好。（大声、口齿清楚地读书）

第二幕

第一场

同一个房间。同一位主角。脸上细密的一层胡渣显示时间已经过去很久了。主角坐在椅子上。手捂着脸。摇头晃脑地自言自语。只能听到几个不连贯的词语。

主角 ……神……神啊……用刀……鸟……不……不……不……恐怖……驴。

侍者走进房间，站在桌旁。像在餐厅中一样进行服务。

侍者 您来点什么？

主角　（抬起头。侍者转身背对着他）菜单！

侍者从肩膀上递过去菜单，把牙签别到耳后。

主角　（读出声）

Kawiar citrommal. Kawiar mit Zitrone.

Husleves tojassal. Fleischbruhe mit Eier.

Kacsapecsenye.

A salatan nincs olaj es ecet.

Pincet, fizetek.[①]

侍者　您的匈牙利语说得真好。

主角　会一点儿。

侍者　您喜欢我们那儿的什么？

主角　布达佩斯很漂亮。多瑙河畔，位置也好。

侍者　（始终背朝主角）您是去出差？您是工程师？

主角　不，我是有别的原因。

两个身着泳衣的年轻女孩从房间里穿过。一位穿黑，一位穿白。篮子里放着毛巾、肥皂和书。欢笑着。

侍者　我们那儿有许多美丽的女孩。

主角　她们去哪儿？

侍者　穿过餐厅可以去游泳池。很好的游泳池。您见过吗？

主角　身材真辣。

侍者　您还没告诉我您的职业。您，在我们那儿做什么？

主角　您看，我从事写作。

侍者　记者。

主角　何必取笑我。我是说，有时候会写作。一年一次吧……我是……我有

① 原文为匈牙利语。意为“柠檬鱼子酱。鱼子酱配柠檬。
鸡蛋肉汤。肉汤配鸡蛋。
鸭肉排。
沙拉不加油醋。
服务员，我要买单！”

时是……

侍者 嗬，真厉害！

主角 （声音中蕴含着绝望。喊叫）我是个诗人！诗人！（主角笑了起来）我是个诗人！我是个诗人！我是……

侍者 （转了过来。注视着主角。用手指指着他并尖锐地说）他是个诗人。一切都明了了。

穿泳衣的姑娘们再次走进房间。在地板上铺开颜色鲜艳的毯子。躺了上去，开始晒太阳。小腿晃来晃去，哼唧着，“傻乐”。

主角 （看着她们）您要是知道在我们这个时代，当个诗人有多么艰难，就好了。

侍者 服务员也是。

主角 窗户后头是什么地方，有些什么？

侍者 您也看到了。

主角 我看那是些绞架。

侍者 什么话。那明明是旋转飞椅。您没看到正转着吗？还有音乐伴奏呢。

主角 可人们被吊在那里！

侍者 当然了，人们舒舒服服地坐在椅子上，吊在半空中。

主角 确实是。

侍者 您真是彬彬有礼。

主角 我实在惶恐，也没能领会到这个笑话的好笑。

侍者 我必须得承认，我也……

主角 我知道。

侍者 我也写诗。

第二场

主角沉默着。

农民 陆军团的老爷不认识我吗？

主角 不认识。

农民 在游击队里你们管我叫乌鸦。

主角 老乡，别拿那些陈芝麻烂谷子的事情来烦我。

农民 您对着老乡发火？

主角 我不知道，我不想说话，可在这个破剧院里头我不得不停止说话。

农民 老爷已经把我忘了吗？

主角 把这些陈年旧事放一边吧。

农民 啊哈，那我这就走了，不过这里真的一点水都没有吗？

主角 柜子上头有酒瓶和杯子。

农民给自己倒了半杯伏特加，喝掉。从床上拿起红苹果。

主角 本来有点鲱鱼卷，父亲吃完了。

农民 是啊，有鱼吃，谁还要苹果。所以您有父亲？

主角 当然。

农民 那您现在在哪儿高就呢？一定是个很好的职位。

主角 我是国家轻歌剧院的副院长。

农民 老爷还记得我们当时是怎么唱歌的吧……（唱）“我们不我们不我们不我们不怕德国人……”

主角 你可饶了我吧，老乡，我没时间了。我得把这些都处理完，检查，总结，给出结果。没有时间用来回忆过去。

农民 老爷不记得当初是怎么把我整垮的啦？

主角 我没时间回忆过去，你们周三再来。（躺到秘书小姐旁边）最糟糕的是，我没有事情要处理的。没有重要的事情。我经常站在橱窗前面长长的队伍里头排着，然后在某个时刻离开队伍走掉。站在队头还是队尾，都没什么太大意义。所有事情都处理完了。确实，我可以去跑动一个更好的部门，或者换辆好车，再不成去巴黎旅游。我也没再对人们感到愤恨。

一位年轻可爱的姑娘走了进来。站到桌子旁，阅读报纸。点燃香烟。过了一会儿转向主角。

女孩 请给我半杯黑咖啡和一份奶油松饼。

主角 奶油松饼？您要一份奶油松饼。松饼！您知不知道什么叫作自力更生？

女孩 怎么，在这个国家里服务生也都是哲学家，哲学家也都是服务生？

主角 您多大了？

女孩 我度过了16个或者19个春天。（铃声响起）

主角 您没看到那有人，是不是？您没看到，这旁边就死了人。

女孩 先生？

主角 一定是，您没看到。

主角转身面对着墙。沉默半晌。

农民 （转向主角）老爷！

主角没有回头，沉默。

农民 游击队老爷！

主角沉默着。

农民 老爷被老乡惹毛了。

主角沉默着。

农民 老爷一定对全世界都生气了。

主角 （没有回头，仍对着墙）乌鸦！你怎么了。

农民 慢着点儿，老爷。我脱了鞋。该死的鞋。但希望当时农民们都有的穿。不需要跟人们开这样的玩笑。

主角没回头。可以直到这段故事结束一直保持面朝墙的姿势。

农民 我累了。（坐到椅子上，点燃香烟）

房间里走进来两位公务员。一个戴着鸭舌帽，一个戴着礼帽。两人都穿着长外套，肩膀处垫高，是时下流行的“乔丹”款。其中一人从口袋里掏出裁缝用的米尺。跪到墙边，把米尺放到地板上，用粉笔做标记，测量。第二个走到他身边，做着记录。

戴鸭舌帽的公务员 3米48。

戴礼帽的公务员用鼻子哼了一声，看记录。

戴鸭舌帽的公务员 （来回测量房间的长宽）6米零1毫米！

戴礼帽的公务员 （一边走一边扯着外套前襟）6米零1微米。

戴鸭舌帽的公务员 （从地板上爬起来）只剩下天花板了！

两人协商了一会。加减乘除计算一通。

农民 老爷，游击队的老爷，您当时怎么就擦起了您的“帕拉贝伦”[1]呢？您没发现枪管里头还有子弹吗？

主角 都是些老皇历了。你把这些翻出来是想要干吗，老鸟？

农民 那天我本该离开支队。甚至我都已经从厨师那领到了一公斤猪油和两角酒路上喝。可您一枪射中了我的肚子。

主角 我是在擦枪。

农民 您是个文化人，可您比我还蠢。尽管我只带过7支队伍。政治上您更蠢。开玩笑。

主角 命令就是命令。

农民 现在您还在重复当时的愚蠢。

主角 我要怎么向你们解释？都给我滚！

一位年轻优雅、一定是接受过良好教育的女孩走了上来。穿着运动装。梳着时髦的发式。从包里掏出笔记本和铅笔。农民点燃“手卷烟”，盯着女孩看。

女记者 感谢您能同意。

主角 （面朝墙壁没有回头）不客气。有问题就问吧。我说过了……

女记者 （坐到床边）您能不能说说看，一切的开端是什么样子的？您是怎样遇见缪斯女神的？

主角 很早了，因为在上学的时候我就决定了，我不适合做任何事。

女记者 您想要聊聊您的童年吗？

主角 要不您先说说自己的。

女记者 （微笑）我不知道。

主角 当您最初了解到人的诞生过程，是在什么样的场合？

女记者 最早我也曾相信白鹳送子的故事，直到解冻……

农民 （咯咯笑）这样的小姐一定以为，那就是在尿尿吧。

---

① 指德意志武器弹药制造公司（DWM, Deutsche Waffen-und-Munitionsfabrik）设计发展的枪支和弹药，其由来是因为该公司的电报地址是：柏林．帕拉贝伦。

女记者 （直到此时才注意到农民）不好意思，我没注意到您还有客人。

农民 游击队的老爷失手杀了我。在树林里。

主角 每一条裂缝中都走出来受害者，遇难人……可让我们回归现实好吗！小姐，您看吧，我什么都会告诉您的。我说的会比您这个采访需要的还要多。您把这些都印出来。所有的。我不会谈什么过去，什么未来的计划之类。那些都不存在。最重要的，是在此时此刻我身上发生的事情。这种情况下您最感兴趣的大概是我这个人本身，对吧？

女记者 当然了，您就是这个采访中最重要的人，毕竟这可是关于您的采访啊。

主角 喏，既然这真的是关于我的采访，那我就要说点真的。我要说，我是怎么认为的，是怎么思考的。我身上都发生了什么。我，如您所见，躺着。

农民扭头笑了起来。

女记者 洗耳恭听。

主角 您做好笔记。

房间里走进来一位年轻男子。四下打量，注意到面朝墙的主角。

年轻男子 嘿，伙计。我给你说个故事，能把你笑死。等等我读给你听。不管怎样。听着，我给你讲个爱情故事……

主角 说吧。

年轻男子 借我一百兹吧，我下周还你。

主角 （从墙边回头）你自己拿吧，钱包在桌子上。

年轻男子 （受惊地）不好意思。实在是不好意思。我弄错了。我以为我在理查德家呢。不好意思，先生。我弄错了门牌号。（笑了起来）您知道吗？先生，我现在太狼狈了。我岳母要去她二女儿那里，我答应要给她报销路费。可……实在对您不好意思。（从钱包里拿出100兹罗提，下场。转回来，又看了几眼女记者，自言自语着“这大腿，这胸脯”，下场）

主角 （对女记者）您看到了，我有点过于简单了。我与世界之间所有的不理解都源于此，那就是我太简单了，太想要认真对待生活了。过去我是这样，因为现在我不知道自己是个什么样了。大约跟大多数人没什么两样吧。最令人作呕的就是思考这些事情的人。要是人们和我一起被夸夸其谈的言辞困住，那可真是太糟糕了。要是这两个亿万富翁都能消停上一整天，一切都有了光彩。言语比我们所想要表达的糟糕一万倍。语言欺骗了思想，小姐。请允许我引用一位外国作家和哲学家的话。我们自己人在周刊上的发言太过深奥和智慧，也就是说又愚蠢又晦涩，没办法引用。注意！我要开始引用了："感受和表达之间隔着怎样的悬崖峭壁！这就是我们可笑的命运——拥有莎士比亚的多愁善感，说话的舌头却属于汽车推销员、少不更事的顽童或者初中教授"……引用结束！

年轻男子又一次走进房间。戴上了礼帽，坐到桌边。

年轻男子 我就坐一会儿。我太累了。（用手支着头）你们知道吗，我内心一片荒芜。我有点讨厌瓦采克了，因为他昨天告诉我，他继承了阿姨的一笔遗产。瓦采克，傻瓜，不知道我已经到了借钱买花环的地步了。什么破花环，纸糊的花罢了。这有什么好在办公室里讲的。阿姨给我留了一些米科瓦伊二世时期的卢布钞票。亏他瓦采克还是我最好的朋友。白痴。他是一点不关心我的家庭情况。毕竟我叔叔又不是沙皇卫兵队的上校，只是个收税的公务员。一开始就已经注定好了吧？我的痛苦简直数也数不清。看看我的双手！看看我的手指头吧！

主角 （呻吟）又要开始苦肉计了。

农民 您说什么？

主角 显摆痛苦和折磨。

农民 我都不知道这叫什么……什么……看肉鸡？

主角 苦肉计，痛苦……明白吗，水鸟？

农民 我的代号是乌鸦……

女记者 不好意思，我想……请您告诉我洗手间在哪儿好吗，厕所？

主角　我都是在夜壶里解决的。

女记者　（咯咯笑）什么嘛！您知道的先生。

主角　我是屎壳郎嘛。

农民　老爷，您还一点都没有变，总那么会说话。

女记者　不好意思，我得走了。还有个重要的会。

年轻男子　等一下。通常社交礼仪不都要求人们倾听别人讲述的痛苦嘛，哪怕不重要呢。

主角　真惹人厌。您没看到吗？这位小姐想要听点有趣的东西，可以用来装点我们多姿多彩的周刊的吸引读者的东西……创作者的神秘工作坊。这很复杂，很难下个定义。要我说的话，我工作的动力是对一个简单人的爱。提升他，分享、连结，用泪水和笑容使他高贵。战胜孤独。

农民　我以为，您是个比我还要恶臭的垃圾，您想要捧起一个简单的人。您天生就会说话，可就是压力太大。您别冲我发火，我认识比您还要坏的人。有一个成天在广播上说大话，不然就手底下不停地写。之前在自己的论文里援引那个日丹诺夫[1]，现在引用的是皮普钦斯卡小姐和雅奈克·基若。因为恐惧而浑身散发着恶臭，说打破了自己的意识和小资产阶级的癖好。请您，请游击队的老爷您别再说什么简单的人、什么广大读者了。我们这个国家里再没什么简单的人。

主角　感谢你们，乌鸦！可你们必须理解，从好多年起我就周旋在某一类人之间……

农民　这是代价，老爷，代价。

主角　过来，乌鸦，把手给我！（乌鸦从椅子上站起来，走到床边，主角亲吻了他的手）

年轻男子　所以根本就没人关心。他们让我把戴着手套的手放到支撑架上。然后把架子卷了起来……

农民　（挥手）您冷静点。所有人都在受苦。那些还没来得及受苦的人，也将

---

① 安德烈·亚历山德罗维奇·日丹诺夫：斯大林时期主管意识形态的苏联主要领导人之一。

会受苦。必须受苦。那些没有在我们这个时代受过苦的人，是全世界最疯狂的野兽。我看，管你是什么张三李四都得受苦……或者将要受苦。只有在很久以前，幸福者与不幸者生活在一起。在我们的时代所有人都要受苦。谁都一样。

女记者 这是个幸福的国家……

农民 请您不要谈论报纸上的任何事！

年轻男子下场。

主角 我胸中全是空洞，全是当今人类的恐惧。你们以为，普通人的脾胃能够装得下这些吗。不，那会消化不良的。在克尔凯郭尔[①]看来事情是孩子气的简单。他的父亲，老克尔凯郭尔，日德兰半岛的阴郁农民，始终用地狱来恐吓他的儿子。这个老白痴浪费了小伙子的青春。这也就不奇怪，克尔凯郭尔后来回忆起自己的青春时总是懊悔，因为那时从没好好活过。后来又有个雷吉娜·奥尔森吹响了我们思想家的号角。当有这么个好姑娘来到他身边时，一切都变了样。睡吧。随即我们的哲学家对那些个什么“笑话”或者“海盗”之流发出嘲笑。都荒废掉了——因为雷吉娜·奥尔森。

女记者 （脱衣服）我要上床了，我太累了。（脱掉衣服走上床，盖上被子。没一会儿就陷入沉睡）

主角 （站起来，在房间里走动）拜托你们了，乌鸦，让我给你们讲讲巴黎吧。你们知道吧，乌鸦，三言两语是很难讲清的。城市很大，很漂亮。黑人们穿着考究地走在街上，黑色的，但舌头是粉红色的，舌头和手。

农民 我要走了，老爷。我们那儿革命已经结束了是吗？

主角 是的，乌鸦，你们赢了。

农民 那么那位睡着的小姐，还有那位借了100兹的男人，他们都是新新人类？社会主义者？

---

① 索伦·奥贝·克尔凯郭尔（丹麦语：Søren Aabye Kierkegaard，又译齐克果、祈克果、克尔凯郭尔、吉尔凯高尔等；1813年5月5日—1855年11月11日）是丹麦神学家、哲学家及作家，一般被视为存在主义之创立者。

主角 这个问题比较复杂。

农民 您老是逃避问题。

主角 其实我也不知道，接下来要做什么。要想继续活着，就得继续玩下去。

一位老人走进房间，戴着顶旧礼帽，穿着老旧但整洁的衣裳。留长须。

主角 叔叔！！

叔叔 先前我去琴斯托霍瓦朝圣，中途我去拜访了你家。你怎么了？

主角 叔叔您快坐。您的腿一定在疼吧，毕竟有一百公里呢。叔叔您快坐下吧。您能来看我，这真是太好了。我这就去拿水给您烫脚！

主角 （从床底下拖出一只碗，倒入水。真实的水注入真实的碗里，从桌子上真实的壶里）来吧，叔叔，请……马上我就给您……

叔叔 谢谢你，孩子。（叔叔脱下皮靴和袜子，在碗里沾湿脚。整场对话始终把脚放在碗里沾水）

主角 叔叔您看，我曾给您写过信，但伊莎告诉我，说您病了，所以我以为您已经去世了。（把手放到老人肩上）能见到您我真是太高兴了。

叔叔 老树开花啊！你为什么高兴？

主角 叔叔是真实的。帽子是真的。（摘下叔叔的帽子放到桌上）胡子是真的，心也是真的，思想也是真的，完完全全的真的叔叔，甚至皮靴也是真的，说的话也是真的，袜子也是真的。（主角话中蕴含着越来越强的热情）

叔叔 那你呢，基德克？

主角 我？叔叔！您听我说，或许我可以给您解释点什么……

一位老山民走进房间。把一盏小灯放到桌上。

主角 （惊讶于老山民的到来，假装没看到他，转身只面向叔叔。词不达意地说了一大串）叔叔您坐！请，您大概想要喝点什么吧？我们来吃点东西。叔叔啊，我忘了！家里还有点酒呢！您先湿湿脚，水还有很多。您在这个碗里洗脚，就像在家里一样好了。我这儿什么都有。您不知道啊，叔叔，您什么都不知道，叔叔啊。

老山民 （朝叔叔）您别理会这个小丑。

叔叔 让他静静。小伙子自己知道怎么办。听着，基德克，你最好躺下来睡一会。一旦你睡够了，很多事情你就能理解了。躺下吧。

主角沉默着躺到床上。用西装外套遮住了头，也许睡着了。

叔叔 说吧，老人家。

老山民 我在底下见到了你们的外甥。那是1951年，或者1950年秋天。那个年轻人到了我们这，给我们描述了后来的各种焰火，那些画面，人造的火花，像喷泉一样的彩色火苗喷薄在整个城市头上，那一定都是真的。那样的焰火都出现过。但他也参观了我们的矿洞。跟职业工会的一位小姐一起下到了底下。我从老旧的过道里伸出了已经腐烂的支撑杆。必须四肢着地地挪动，拖动小车。他们过来问："你们怎么样了，'巴齐·雅诺什'？"而我一言不发，转身拿屁股对着他们，把手放到磨破的工装裤上。接着就又开始干活了。那个小妞开始向他解释些什么，说话说得飞快，一定是被吓着了。年轻人笑着说了句："上帝保佑！"就接着走远了。

叔叔 你是说，他大笑了一声？

老山民 是的。

叔叔 这点倒是不错。

老山民 （从口袋里掏出一支"冬日烟火"圣诞烟花，点燃。双手握住，"冬日烟火"燃到底部）他描述了烟花是如何燃烧、如何闪耀的，像个孩子，也像只喜鹊。（老山民转向叔叔，给他看自己破到臀部的裤子，上面摞着补丁）这个他倒是没有写到。

叔叔 别骗孩子了！你们知道到底是什么样的。你们就知道嘲笑别人。你们不记得，自己有多激动了吗？你们的手肿着？战栗着？

老山民 战栗着。害怕爆炸。

叔叔 （给老山民递烟）抽吗？

老山民沉默着深深吸了一口。

老山民 （挥手）睡吧……年轻人都是傻子。（下场）

房间空了下来。然后不同的人从房间里鱼贯穿过。像在大街上一样。从一扇门上，另一扇门下。有的走得快，有的走得慢。读着报纸，拿着公文包、篮子和手提包。笑着、沉默着，或是交谈着。他们当中可以出现（但不一定）在这出戏中出现过的角色。行人中的三个停留在房间里。中年女人、中年男人和健美的年轻小伙（大约 20 岁）。

女人 这人是有多狂妄！说三道四说个不停。必须解释来解释去，反击回去。可是谁有时间听他的，好像全世界就他一个人似的，他的事最重要！他说话最重要。对我来讲根本无关紧要。

小伙子 不知所云。

男人 要是每个人都想说说自己的人生故事就好了！毕竟那也只是有限数量的人生模板罢了。

一直酣睡到现在的女记者掀开被子，坐在床上。女人拥抱她。互相亲吻着。

女人 想象一下吧，亲爱的，格子花纹的羊毛和服裙子。抹胸前面有带子连到背上，剪裁成长长的翻领。微蓬的裙摆。胸口——长长的白色马甲缝上了小立领和蝴蝶结。裙子前面打了深深的褶子。整个背部都缝合起来。前襟上斜着缝上口袋和皮带。别上的袖口，覆盖着白色针织的领口。裙子上那么多褶痕。

女记者 （擦口红）亲爱的，那是 1954 年的时髦了！（掏出笔记）正如我们的桂冠诗人在巴黎所说："人类就是一群匍匐的野兽，嗫嚅不止。我爱上了汽车……"

每隔五分钟，无论剧情进行到哪一步，都有一位老奶奶上来用响亮的嗓门喊一句："瓦采克，你把手弄脏了。你的短裤都弄脏了。坐到太阳底下来。一双小脏手。"

探　戈

斯瓦沃米尔·姆罗热克
赵祯 译

出场人物

年轻人：亚瑟

埃莉诺：亚瑟的母亲

司铎米尔：亚瑟的父亲

暂时就叫奶奶的人：埃根尼娅

年长的伙伴：埃根纽什

留胡子的伙伴：艾德克

阿拉：亚瑟的表妹和未婚妻

第一幕

舞台展示的是一个天花板很高的房间的内部。人们看不见它右侧的墙壁（所有“右侧”“左侧”，后文也是，都是以面朝舞台，背朝观众席为标准）。右侧的空间被舞台的边框所截断，就好像在舞台之外还有房间的一部分未被展示。左侧的墙壁并没有延伸到舞台边缘，而是断在离边缘还有几步之遥的地方，刚到镜框舞台边缘，往左，拐了一个直角，然后接着往左，和舞台边平行。在这一空间，面向观众，在墙角和左边幕布之间，有一扇通往别的房间的门。它就好像是一个消失在左边幕布的走廊，而这走廊从后台一直通向主室。在面向观众的，中间的这道墙上，有两扇门，在左右两端。所有的门都一模一样，高大，暗沉，两扇门面，装饰繁复，老旧却坚固的房子特有。在两扇门之间，在正中央有个凹墙，被帘子遮住。房间里最显眼家具的依次为：带椅子的八人桌，沙发椅，左墙上的全身镜，沙发，小桌。家具摆放不协调，就好像要搬家，或者刚搬完。杂乱。除此之外整个舞台都被波纹纱幕所笼罩，这布半躺半卧，欲动不动，欲展不展，让卧室变得污浊，模糊，没有轮廓。在一个地方，在地板上形成了一个凸起，一个巢穴。早已过时的黑色婴儿车带着两个又大又薄的轮子，落满灰尘的婚纱裙，圆顶礼帽。丝绒的桌布一半被卷起，堆在桌子的中间，光秃的桌面旁坐着三个人。暂时就叫奶奶的人，老了，但仍旧红光满面充满活力，只是有时会受老年人血液循环不足的折磨。她一身长裙，裙摆扫地，上面绣着一大朵明亮的花。头戴马术帽，脚上穿着帆布鞋。近视。第二个人是位老先生，白发，家教良好，一副金泊镜框，但是穿得不修边幅，衣服上都是灰，还抠抠搜搜。一身燕尾服，高领但是很僵硬，白领但很脏，特别宽的宽领带，上面别了个珍珠领带针，但下半身却穿了长到膝盖的卡其色短裤。苏格兰长袜，开裂的尖头皮鞋，膝盖外露。第三个人糊涂可疑到不行。难看的格子衫，扣子在胸口开得很大，下摆搭在裤子外，袖子被卷了起来。亮灰色的裤子，又宽又脏还皱巴巴，明黄色的鞋，袜子五颜六色到夸张。无时无刻不在抓他那粗壮的大腿。头发又长又油，他还总喜欢用从屁股兜里抽出来的梳子梳头。留着正方形的小胡子。下巴上有胡渣。手上戴着“金”链手表。这三个人在忘我地打牌。在桌子被盖住的剩下那一部分上放着盘子，茶杯，玻璃饮料瓶，假花，剩菜剩饭，还有几个相互之间没有逻辑联系的物品，就比如那个又大又空没底的鸟笼，一只女鞋，一条马裤。这张桌子给人错乱，巧合，脏乱差的感觉比整间屋子更甚。每个盘子，每个摆件都属于不同的餐具套装，属于不同的时期，属于不同的风格。从右边走进来一个年轻人，最大不过二十五岁，发育良好，帅气，作息健康。穿着标准合身又帅气的深色西服，里面是白衬衫加领带。干净，熨烫得平整。他在腋下夹了几本书和讲座笔记，因为刚从大学听完讲座回来。他停了下来，仔细观察舞台。其他人并没有看见他，他们还在沉迷打牌。桌子应该说在左侧，所以离右边的入口比较远。暂时就叫奶奶的人背对着他坐着，侧对观众席，在她对面是老先生，第三个人坐在桌子的一端，背对观众席，侧对进来的人。

暂时就叫奶奶的人 （夸张地手一挥将牌打了出去）四个黑桃，一群强盗！

留胡子的伙伴 （出牌）"唰"的一下死翘翘！（他拿起椅子腿旁边放着的啤酒瓶，对瓶吹了一口）

年长的伙伴 （瑟缩地咳了一声，艰难地说） 好吧。我想说的是，干！（出牌）

暂时就叫奶奶的人 （不耐烦地听完发言之后）"干"什么？埃根纽什啊……

年长的伙伴，埃根纽什 （无助地呻吟） 干……干……

留胡子的伙伴 老先生又不在状态了。（吹了一口）

暂时就叫奶奶的人 埃根纽什啊，如果你坐下来跟我们打牌，那就应该清楚自己该怎么做。"干"什么？——我问。

埃根纽什 就……就是干。

暂时就叫奶奶的人 天哪，他又脸红了！

埃根纽什 可能是"干很多"？

暂时就叫奶奶的人 胡说。艾德克先生，您跟他说。

留胡子的伙伴，艾德克 可以。但是"干"很难押韵啊。我建议用："我敲他叮，他裂了乒。"

埃根纽什 完美！但是不好意思。这什么意思？谁裂了？

艾德克 就这样说的。

暂时就叫奶奶的人 别挑三拣四。艾德克先生知道自己在做什么。

埃根纽什 （又一次出了同样一张牌）"我敲他叮，他裂了乒！"

暂时就叫奶奶的人 呐，你瞧。只要你想你就做得到。

艾德克 老先生很尴尬啊。

暂时就叫奶奶的人 谢谢你，亲爱的艾德克先生。我不知道没了先生我们还能干什么？

艾德克 小意思。（看到了年轻人，立马就把酒瓶藏到了桌底）那我就先走了。

暂时就叫奶奶的人 什么？怎么会？您想干什么？现在，我们才派对到兴头上？

年轻人 你好。

暂时就叫奶奶的人（转身，不高兴地） 啊，是你啊。

年轻人 是我。这里发生了什么？

暂时就叫奶奶的人 什么发生了什么？我们自己在玩儿牌。

年轻人 我看见了。但是和谁？

暂时就叫奶奶的人 什么和谁？你埃根纽什舅爷不认得了？

年轻人 我问的不是埃根纽什舅爷。我待会儿再和舅爷算账。那个人是谁？（指向艾德克）

艾德克 （起身）呀，我该走了。亲吻高贵的女士您的手。

暂时就叫奶奶的人 艾德克，别走！

年轻人 滚蛋！

艾德克 （对奶奶指责道）我跟尊贵的女士您说过，今天就别打了。

埃根纽什 （指着奶奶）就是她，都是她要求的！我不想的！

年轻人 （向前走着）滚蛋，我说过了！

艾德克 天哪，马上走，马上。（往出口方向走，也就是向着年轻人走。走到一半停在他身边，从他腋下抽出一本书，翻开）

年轻人 （跑向桌子）我求过，求过那么多次，不要再让我看见你这样！（绕着桌子，追赶奶奶，而奶奶正躲着他）

暂时就叫奶奶的人 不， 不！

年轻人 不什么不？马上！

艾德克 （看书）有趣，有趣……

暂时就叫奶奶的人 你到底想要我干什么？！

年轻人 （追赶着）奶奶清楚着呢，我想的是什么！

埃根纽什 亚瑟啊，对自己的奶奶就稍微仁慈点儿吧。

年轻人 啊，舅爷也顶嘴了？

埃根纽什 我不是顶嘴，我只是说，哪怕埃根尼娅有点忘记了……

年轻人，亚瑟 那我就帮她记起来。我还要帮舅爷记起来！仁慈！谁说要仁慈？！难道你们对我就仁慈吗？难道她就不明白吗？但是，但是，顺便说一句，舅爷也有责任。为什么舅爷你不去工作？为什么舅爷你不写日志了？

埃根纽什 我今早写了点，然后他们就来找我了，到房间里来了……

暂时就叫奶奶的人，埃根尼娅 埃根纽什，你个叛徒！

埃根纽什 （歇斯底里）你们都给我消停一会儿吧！

亚瑟 但我还要惩罚一下舅爷。（他把没底的鸟笼套在了埃根纽什的头上）坐下，我不准就别动！

埃根尼娅 该。

亚瑟 奶奶你也逃不掉。（撩开遮挡凹墙的帘子，露出了放在凹墙里的灵柩台，上面放着发霉的黑色裙子和圣烛）上灵柩台！

艾德克（一页一页翻看书本，越来越觉得有趣） 不错。（在边上坐下）

埃根尼娅 又来？我不想这样！

亚瑟 少废话！

埃根尼娅佝偻着靠近灵柩台。埃根纽什恭敬地递上了她的手。

埃根尼娅 （冷冰冰地）谢谢你，犹大。

埃根纽什 不管怎样你都打不了牌。

埃根尼娅 弄臣。

亚瑟 那他就会让你戒掉这过分地鲁莽。（在口袋里掏来掏去）火柴，谁有火柴？

埃根尼娅 （在灵柩台上躺下）亚瑟啊，我求你，就别点蜡烛了。

亚瑟 安静，我在惩罚你。

艾德克，眼不离书，从口袋里拿出了火柴。

艾德克 我有。

（亚瑟从他那里拿走了火柴，将圣烛点燃。埃根纽什从桌子上拿来了假花，把它放在了埃根尼娅地旁边，往后退了几步，看一看效果，又调整了一下。）

艾德克 （悄声）最顶级的画。

埃根尼娅 （抬起头）他在看什么？

亚瑟 躺着！

埃根纽什 （走到艾德克跟前，越过肩膀偷看）细致解剖学教科书。高校出版。

埃根尼娅 就看这个。

艾德克 亚瑟先生是学医的？

埃根纽什 我修三个专业，包括哲学。

艾德克 哲学也有类似的东西？

埃根纽什 怎么可能。哲学没有插图。

艾德克 可惜。如果有，我可乐意看了。

埃根尼娅 （坐起来）给我看看！

亚瑟 躺着！

埃根尼娅 想想吧，你是我们几个之中最年轻的人。你为什么不去修道院？

亚瑟 奶奶，你为什么不想理解我？

埃根纽什 对，对，我也要问这个来着。你为什么不想理解他，埃根尼娅？

亚瑟 我不能在这样的世界里生活！

埃莉诺从面对观众的墙里左边的门中走了进来，这是一位中年鼎盛时期的女人，穿着所谓的连体上衣。

埃莉诺 在什么世界上？你们在这里干什么？

亚瑟 你好，妈妈。

埃莉诺 怎么回事，奶奶又在灵柩台上了？

埃根尼娅 还好你来了。你也看到了，他想搞什么鬼。

亚瑟 我搞鬼？我必须要惩罚奶奶。

埃根尼娅 他在教育我。

亚瑟 奶奶越界了。

埃莉诺 什么界?

亚瑟 她自己知道是什么。

埃莉诺 但为什么马上就要躺灵柩台?

亚瑟 让她至少能想想永恒。就让她躺着,好好记住。

埃莉诺(注意到艾德克) 啊,艾德克!

艾德克 好啊。

亚瑟 怎么回事,你们认识?

埃根纽什(自言自语) 好戏才开始。

埃莉诺 所有人都认识艾嘉[①]。有什么奇怪的吗?

亚瑟 我要疯了。我一回家,就碰见了这么几个可疑的人,无秩序,混乱,模棱两可的关系,还有,妈妈好像也……不,不,这都是怎么开始的,又会发展成什么样……

埃莉诺 你想吃点什么吗?

亚瑟 我不想吃东西,我想掌控这局面!

埃莉诺 我时不时会和艾德克上床。对不对啊,艾德克。

艾德克 (心不在焉)什么?啊,对,没错。(将图纸平铺)哦,这才对,所有都是彩色的。

亚瑟 什么?妈妈刚才说了什么?

埃莉诺 我这就把吃的给你拿过来。(从正对面,左边的门出去了。亚瑟大脑空白地坐了下来)

埃根纽什 (自言自语)她说得确实有些过分。(对亚瑟)我能把这个拿下来了吗?(停顿)亚瑟!(停顿)亚瑟,我问,我是不是可以把它从头上拿下来了?

亚瑟 舅爷想拿就拿吧。(自言自语)现在也无所谓了。

埃根纽什(将脑袋从笼子里放出来) 谢谢。(在亚瑟旁边坐下)是什么让你

---

① 艾德克小称。(译者注)

这样伤心，亚瑟？

埃根尼娅 这里太硬了。

埃根纽什 我明白，这段跟妈妈的插曲让你印象深刻。我明白，我的那一套早就过时了……艾德克不是那样坏的人。他心肠好，虽然外表看起来不那么有智慧。（小声）我就跟你说说，他就是个蠢货……（大声了点儿）那怎么办，我的侄子？生活是什么样，我们只能接受……（小声）不接受也行。（大声了点）好了，亚瑟，抬头。艾德克有自己的优点，总之，我的上帝啊……你妈妈已经跟以前完全不一样了。（小声）真应该看看她年轻的时候，当然还没生你的时候，司铎米尔还没出现的时候……（陷入沉思，然后拖着椅子挪向亚瑟，悄声说）你打算把艾德克怎么样？我就跟你直说吧：他很讨人嫌。他指甲还是脏的，很难沟通的一个人，是吧？我很确信，他打牌的时候出老千。他在吃饭的时候吧唧嘴，像在自己家里一样管着这里。如果不是根尼娅[①]，我才不会跟他共处。你知道他昨天干什么了吗？我去找了根尼娅，告诉她："听着，我的亲姐。我知道艾德克先生不刷牙，但如果他已经用了我的牙刷，那就用它来刷牙吧，别刷鞋。"他说什么，"我的牙很健康。我不管咬什么东西都能咬下来，但是鞋子上落灰了。"然后就把我扔出门外。听着，我不想暗示你什么东西，但我要是你，我就给他立立规矩。或者可以把他从楼梯上扔下去，怎样？

亚瑟 啊，重点不是这个。

埃根纽什 那至少可以给他一拳？

亚瑟 说服不是这样说服的。

埃根纽什 但是给他一拳又不损失什么。你要是想，我就告诉他，让他准备着。（与此同时埃根尼娅坐在了灵柩台上偷听。埃根纽什发现了以后，离亚瑟远了点，同时声音也大了）艾德克先生是个单纯而且

---

① 即埃根尼娅。（译者注）

十分正常的男人。我这辈子都没见过这样单纯的人。

埃根尼娅 他怎么了？

埃根纽什 我不知道，他没反应。

埃根尼娅 你在他耳边说什么悄悄话呢？

埃根纽什 没什么。我在跟他说蜜蜂的生活。

埃莉诺 （端着托盘进来。托盘上放着一个茶杯和几块饼干）早餐好了。

亚瑟 （从沉思中惊醒，机械地）谢谢妈妈。（移到餐桌旁坐下。埃莉诺把托盘放在他面前，又把其他胡乱摆放的东西归拢。亚瑟用茶勺在茶杯里搅拌，托盘放着不平，亚瑟从托盘下面抽出一只鞋，然后愤怒地把它扔进角落）

艾德克 您把这个借我，周二还。

亚瑟 不行，我周一考试。

艾德克 可惜了。有几个地方挺好看的。

埃莉诺 妈，你下来吧。你看起来就像爱伦·坡小说里的人[①]。

埃根尼娅 什么里的？

埃莉诺 就像在灵柩台上那样。完全像个老古董。

埃根尼娅 （指着亚瑟）他呢？

埃莉诺 他现在正在吃东西，顾不上。

埃根尼娅 亚瑟，我能吃点儿吗？

亚瑟 啊，无所谓。（喝）真苦！

埃莉诺 没有糖了，都被埃根纽什吃了。

埃根纽什 哦，不好意思，我只吃了果酱。艾德克吃了糖。（埃根尼娅从灵柩台上下来）

埃莉诺 妈，你把蜡烛灭了吧。得节省些。（看向被乱丢的牌）谁赢了？

埃根尼娅 艾德克。

埃根纽什 爱德华先生[②]有着难以置信的运气。

---

① 行将就木。（译者注）

② 即艾德克。（译者注）

埃莉诺 艾德克，你出老千了？

艾德克 我？怎么可能？

埃莉诺 那就奇怪了。你向我保证过今天你会输。我家里要用钱。

艾德克 （摊手）不走运啊。

司铎米尔上台，亚瑟的父亲，埃莉诺的丈夫，没睡醒，穿着睡衣，打着哈欠，挠着痒痒。壮，大块头，一大捧白发又蓬又炸，所谓的狮子头。

司铎米尔 我闻到了这里的咖啡味儿。（看到艾德克）早啊，艾德克。（亚瑟推开托盘，密切关注着舞台上的人）

埃莉诺 你今天本应该睡到中午的。下午床就是别人的了。

司铎米尔 我做不到，我今天有了新的想法。谁在这里喝咖啡？啊，你啊，亚瑟……（走向餐桌）

亚瑟 （反感地）父亲你至少把扣子扣上。

司铎米尔 为什么？

亚瑟 什么“为什么”，这个“为什么”有什么意义？

司铎米尔 就是啊，为什么？这样简单的问题，而你却不会回答。

亚瑟 因为……因为……不应该。

司铎米尔 （喝着亚瑟的咖啡）你看。你的回答没有任何意义，根本禁不住智力的分析。就只是典型的套路回答。

亚瑟 难道这不够吗？

司铎米尔 对我来说不够。我是一个思想比较深刻的人。如果我们要讨论，那我们必须要将话题延伸到无量之物。

亚瑟 看在上帝的分上，难道父亲就不能现在把扣子扣上，然后我们再谈吗？

司铎米尔 那就颠倒思考的顺序了。结果就会先于原因。人不能活着而不思考，只依靠本能的反应。

亚瑟 那父亲现在是不扣扣子了？

司铎米尔 不扣，况且扣了也白扣，我的儿子，没有扣子。（又喝了一口咖啡。把茶杯放回到桌子上。艾德克偷偷地站在了亚瑟背后）

亚瑟 好吧。我应该想到的。

司铎米尔 你认为物质源于精神，至少在这件事上你是这样想的。

艾德克暗搓搓地从忙着谈话的亚瑟的肩膀上方拿走了咖啡，喝了一口。

亚瑟 我要和父亲讨论的就是这个。

司铎米尔 一会儿的，一会儿的。（从刚才艾德克放下的茶杯里喝了一口。看向灵柩台）谁能把那个大方块给挪走？

埃莉诺 为什么？

司铎米尔 形式上对此我没有任何反对意见。甚至我能说，它丰富了现实，激发了人的想象。但是这个凹墙正好能给我做实验。

埃莉诺 其他地方多得是。

埃根尼娅 我倒是情愿让你们把这个东西拿走。亚瑟就再也不能虐待我了。

亚瑟 （握拳砸桌子）对啊！这个家里没有秩序，混乱，一直是无政府状态！祖父是什么时候去世的？十年前。从这时候开始就没人想到要把这个灵柩台挪走！不可想象！你们当初把祖父谋杀了，可真行啊！

埃根纽什 那时候祖父已经撑不了多久了。

亚瑟 重要的不是细节，是原则。

司铎米尔 （喝着咖啡，感到无聊）是吗？

亚瑟 （猛地站起来，在舞台上到处跑）在这里说祖父干什么。我二十五年前出生，到现在我的婴儿车还在这里！（踢了一脚婴儿车）为什么不放到阁楼去？还有这个，这又是什么？我姑姑的婚纱裙。（将落灰的头纱从一堆杂物中抽出来）为什么不放进柜子里？埃根纽什舅爷的马裤！为什么它会在这里，舅爷骑的最后一匹马不是在四十年前就已经在昏迷中死掉了吗？没有一点秩序，一点都不符合现在的时代。没有一点谦逊的态度，什么干劲也没有。在这里根本无法呼吸，行走和生活！

艾德克，趁着混乱，一大口喝完了咖啡。

埃莉诺 （在一旁对艾德克说）艾玖[①]，你喝咖啡的样子真好看！

---

① 艾德克的爱称。（译者注）

司铎米尔　亲爱的，我不关心传统，你的反抗很可笑。你自己也看到了，我们根本不注重那些什么过去的痕迹，也不注重我们那层层的家族文化，就像这样所有东西都堆在一起。我们活得自由自在。（看了看茶杯）我的咖啡哪儿去了？

亚瑟　啊，不，不，父亲根本没明白我什么意思。我说的不是这个，不是这个！

司铎米尔　那就解释清楚，亲爱的儿子。（对埃莉诺）咖啡没了？

埃莉诺　可能有，但得到后天。

司铎米尔　为什么要等到后天？

埃莉诺　我自己也不知道。

司铎米尔　行吧，就这样吧。

亚瑟　你们听着，我现在关心的不是这个传统。这里已经完全没有什么传统，也没有任何系统规范了，有的只是碎片，粉末！无秩序的东西。你们把一切都毁了，你们一直在破坏，直到你们自己都忘了是从什么时候开始的了。

埃莉诺　确实。司铎米尔，你还记得我们是怎样打破传统的吗？你在妈妈和爸爸的面前强迫我与你发生关系，在“唐怀瑟”首演的时候，在座椅第一排，就为了表示抗议。惊天的丑闻。那时这还能给人留下深刻印象，但这样的日子都去哪儿了。然后你就向我求婚了。

司铎米尔　我倒是记得那是在国家博物馆，在现代人展览首展的时候。我们留下了激情的评价。

埃莉诺　不，是在看歌剧的时候。展览那次要么你不是你，要么我不是我。你都弄错了。

司铎米尔　有可能。（点烟）反抗的时刻，跃入现代的时刻。从古老艺术和古老生活的纽带中解放！人触达自己，抛弃旧时的神，将自己摆上神坛。禁锢破碎，镣铐拆除。革命和扩张！——这是我们的口号。打碎旧形式，让它同常规一起滚蛋，鲜活动力永存！创造中的生活，永远打破界限，行动和追求，一直都超越形式，超越形式！

埃莉诺 司铎米尔，你刚才像极了年轻的时候，我都认不出来了。

司铎米尔 是啊，我们年轻过。

埃莉诺 司铎米尔，你在说什么！我们可一点都没有变老，我们从来都没有背叛那时的理想。现如今也是，一直再向前，向前！

司铎米尔（失去激情）是啊，没错。

埃莉诺 难道我们向偏见屈服了？向束缚人性的常规屈服了？难道我们没有一直在与旧时代做斗争吗？难道我们不是自由的吗？

司铎米尔 同什么旧时代？

埃莉诺 就，那个。你不记得了吗？你已经忘记我们刚才在说什么了吗？那所有的纽带，那宗教、道德、社会和艺术禁锢的镣铐？艺术首当其冲，司铎米尔，艺术！

司铎米尔 是的，是的，没错。那是什么时候？

埃莉诺 马上，马上，我数数，等一下……我们结婚在19……等会儿，别打岔……亚瑟在30年出生，不，等一下……在40年……

司铎米尔 啊，那时候……（走向镜子，伸出手摸脸）

埃莉诺 别打岔，我都弄乱了……（低声数数，完全沉浸其中）……1914……1980……1922……

司铎米尔 （在镜子前）我们还年轻，一直都很年轻……

亚瑟 父亲说得有道理。

司铎米尔 有什么道理？

亚瑟 那时的一切都已经没了。

埃莉诺在舞台上四处走动，还是不能从数数中脱身。一直在数。

司铎米尔 什么没了？

亚瑟 那些纽带，镣铐，禁锢等等。很可惜，没了。

司铎米尔 很可惜？你不知道自己在说什么！你要是生活在那个年代，你就会知道我们为你做了多少。对当时的生活你根本没有概念。你知道跳探戈需要多大的勇气吗？你知道当时只有一小部分女人行为不检点吗？你知道当时人们在追捧自然主义的画吗？你知道他们还追捧大众剧院吗？大众的剧院！真恶心！吃饭的时候手肘不能放在桌子上。我还记得年轻人的游行示威。直到一九几几年的时候几个比较大胆的人才开始不给老人让座。我们强硬地给自己争取到了这个权利，你今天想对奶奶做什么就做什么那也是多亏了我们。你根本不知道自己欠了我们多少。想想吧，我们做斗争为的就是给你创造你现在正在鄙视的自由自在的未来。

亚瑟 你们创造了什么？这个什么都不运作，因为什么都能做，一点都没有原则，任何行为都不算越轨的妓院？

司铎米尔 只有一个原则：别被束缚，想做什么就做什么。每个人都有幸福的权利。

埃莉诺 司铎米尔，得出来了，得出来了！我已经算好了。是在一九二八年！

司铎米尔 什么？

埃莉诺（震惊） 我忘了。

亚瑟 你们用你们的自由荼毒了在你们之前和之后的几代人。你们看看奶奶，她脑子里一片混乱。这难道对你们来说不算什么吗？

埃根尼娅 我感觉他又要拿我说事了。

司铎米尔 妈妈没有一点不正常。你想说什么？

亚瑟 对，肯定的。你们当然不受老年血液循环不足的折磨。但是她曾经也是端庄，受人尊敬的奶奶。现在呢？和艾德克打扑克！

艾德克 哦，不好意思。我们有时候也打桥牌。

亚瑟 我没和你说话，你这个贱民。

司铎米尔 每个人都有选择的权利，选择和谁，玩什么。老年人也一样。

亚瑟 这不是权利。这是道德地逼迫人不道德。

司铎米尔 我真的觉得你挺奇怪的，你脑袋里都是一些过时的观点。当我们还是你这个年纪的时候，任何从众行为都会被我们视为耻辱。反抗！对我们来说只有反抗有意义！

亚瑟 什么意义？

司铎米尔 动力，总是积极正面，即使有着消极的意义。你觉得我们仅仅只是盲目的无政府主义者吗？我们同时也在向未来齐头并进，那是历史的行动，历史的进程。反抗是潜伏阶段的进步。我们对历史并不是毫无贡献。反抗是精神支柱，在它进步的基础上反抗建立起了自己的教堂。反抗的范围越大，建筑的面积就越大。你可以认为我们建造了很大一块地方。

亚瑟 所以……为什么会有误解？如果父亲也支持建设？难道一起不好吗？

司铎米尔 不可能。我们最好现在就解释清楚。我只是客观地介绍了我们在历史上的角色，这无关于我们的志向。我们一直都只走自己的路。但我们是通过对过去的一切进行否定，从而修建未来的路。

亚瑟 什么样的未来？

司铎米尔 那就不归我管了。我的任务——跳出形式。

亚瑟 那么我们可就是敌人了。

司铎米尔 干吗一上来就这样悲壮？你只要别再操心原则问题就行了。

埃莉诺 我也纳闷，为什么是年纪最小的你非要要求什么原则。一直都是反过来的。

亚瑟 因为我要生活。那我应该过什么样的生活？我必须先把它创造出来，然后我才能过上这样生活吧。

司铎米尔 你不想成为现代人？你，你这个年纪？

亚瑟 就是啊，现代！就连奶奶都已经在这个脱离常规的世界衰老了。在你们这所谓的现代奶奶已经衰老了！你们所有人都会在现代衰老。

埃根纽什 但是，我斗胆插一句，那些个成就……就比如说穿短裤的权利……有风……

亚瑟 舅爷最好还是别说话了。难道舅爷看不见已经什么都不可能了，因为一切皆有可能吗？啊，舅爷能穿那种裤子就算打破常规了。但是不对，常规早已在舅爷之前就被打破了。舅爷总归是无辜的，舅爷有的都是现成的。一切都是虚无！

司铎米尔 你究竟想要什么？传统？

亚瑟　世界的秩序！

司铎米尔　只有这些？

亚瑟　……还有反抗的权利。

司铎米尔　你已经有了！我可是一直都在说服你：去反抗。

亚瑟　难道父亲不明白，你们已经夺走了我最后一丝希望吗？你们做了这么久的反从众者，一直到能被反抗的最后的规范沦陷的那一刻。对我来说你们什么都没有留下，什么都没有！没有规范成了你们的规范。而我只能反抗你们，反抗你们的散漫无纪律。

司铎米尔　但你大可去做，我拦着你了吗？

埃根纽什　继续，亚瑟，让他们瞧瞧！

埃莉诺　这样应该能让你安心了吧。你最近变得很焦虑……

埃根尼娅向艾德克打了个手势。两人走到亚瑟背后，开始洗牌。

亚瑟　（颓然放弃）不可能的。

埃莉诺　这又是为什么？

埃根纽什　我们所有人都在说服你。

亚瑟　反抗你们？你们是谁啊？不成形的软体，无规则的生物，支离破碎的世界，没有形式也没有结构的人群。你们的世界甚至已经没有打碎的必要。它自己就会坍塌。

司铎米尔　意思是我们已经什么都干不成了？

亚瑟　什么都干不成。

埃莉诺　但你可以试一试吧？

亚瑟　没什么可试的，没希望。你们宽容得可怕。

司铎米尔　唔，这确实挺遗憾的。但我不希望你觉得自己如此孤立无援。

埃莉诺　（站在他身后，手抚摸他的头）可怜的小亚瑟。别觉得母亲的心是石头做的。

埃根纽什　我们所有人都喜欢你，小亚瑟，我们也想为你做些什么。

埃根尼娅　（对艾德克）要不起！

亚瑟　什么都做不了。你们劝我相信反从众，而这反从众马上又会变成从众。

另一方面我毕竟不能一直都是从众者啊。我已经不小了。同学都在笑话我。

司铎米尔　那艺术呢，亚瑟？艺术呢？

埃莉诺　对啊！我也想说来着。

亚瑟　什么艺术？

司铎米尔　就是艺术。我的一生都奉献给了艺术。艺术是永恒的反抗。或者你可以试试？

艾德克　上啊，瓦伦丁！①

埃根尼娅　唔叶嘟——嘟叶嘟——叭！

亚瑟　父亲为什么要让我分心？我想成为医生。

埃莉诺　家庭的耻辱！我还以为他会成为一个艺术家。他还在我肚子里的时候，我光着身子满树林地跑，嘴里还唱着巴赫的曲子。都是无用功。

亚瑟　显然妈妈扭曲了事实。

司铎米尔　我劝你不要放弃希望。你不懂艺术也好。我正好有一个新实验的点子，你马上就能看到。

埃莉诺　（拍手）埃根尼娅，艾德克！司铎米尔想了一个新点子！

埃根尼娅　又来了！

司铎米尔　是的。我今天早上刚想到。完全自创的东西。

埃莉诺　司铎米尔马上就为我们揭秘，对不对，司铎米尔？

司铎米尔　我准备好了。

埃根纽什　哦，天哪！

埃莉诺　埃根纽什，把桌子挪到旁边，腾出空间。

埃根纽什准备搬桌子，兹啦兹啦，叮叮咣咣。埃根尼娅和艾德克收牌，一起挪到了一旁。在一堆摆放得像个凌乱地盖着床单的长沙发的东西里，有什么东西在动。表妹阿拉的头伸了出来。

阿拉　（窈窕的十八岁女孩，又长又直的头发，眨了眨眼睛，打了个哈欠）这

---

① 打牌时助兴的说法。（译者注）

是哪里？先是尖叫，现在又是搬东西……几点了？

亚瑟 阿拉！

埃莉诺 我忘记告诉你们了，阿拉早上六点的时候就在我们这里了。

司铎米尔 那正好。阿拉，我要请你去看演出。（对埃根纽什）行了，现在灵柩台。

亚瑟 为什么你们什么都没说？我要是知道了，肯定不会由着你们弄出这么多噪音！（看见艾德克一脸兴味地靠近阿拉）艾德克，去面壁！（艾德克听话地转身，面朝墙站着）你睡得好吗？

阿拉 一般般。

亚瑟 你要在我们这边久待吗？

阿拉 我不知道。我跟妈妈说了有可能我就不回去了。

亚瑟 那她怎么说的？

阿拉 什么都没说。那时候她不在家。

亚瑟 那你怎么告诉她的？

阿拉 那我可能就没告诉她。不记得了。

亚瑟 你忘记了？

阿拉 因为很久以前了。

亚瑟 想吃早餐吗？啊，对，咖啡已经没有了。允许我坐你旁边吗？

阿拉 当然。

亚瑟拉开椅子，坐在了床单旁边。

亚瑟 你真漂亮。（阿拉笑得特别大声）你在笑什么？

阿拉 （马上又不笑了，忧伤道）我？你的错觉。

亚瑟 可是你刚才笑了。

阿拉 别和我吵架！

亚瑟 我常常会想到你。

阿拉 （聒噪又粗鲁地）继续！

亚瑟 我经常想象自己遇见了你。

阿拉 继续！

亚瑟 ……我们并排坐着……

阿拉 继续!

亚瑟 ……聊着天……

阿拉 (像要打拳击比赛一样热身)继续!

亚瑟 ……什么都聊……

阿拉 继续!

亚瑟 (提高声音)……什么事都聊!

阿拉 继续,继续!

亚瑟将艾德克留下的书全力扔向她。阿拉躲过了攻击,躲进了被子里。

亚瑟 出来!

阿拉 (从被子里露出一个头)你想干什么?(亚瑟沉默)……那你为什么要扔?(亚瑟沉默)……你想要的是什么?

亚瑟 所有人都这么问我。

阿拉 好吧。我也不是一定要问!

司铎米尔 请坐到自己的位置,请坐到自己的位置。

舞台已经为司铎米尔的"实验"做好了准备。桌子被挪到一边。在舞台镜框边缘并排摆放着四把椅子,椅背对观众。从左到右依次坐着埃根尼娅,埃莉诺,埃根纽什。艾德克拿起没喝完的啤酒瓶,偷偷摸摸蹑手蹑脚地想躲闪到幕帘后面。埃根纽什发现了,示意埃莉诺看艾德克。

埃莉诺 艾德克,你要去哪儿?

艾德克 我就去一会儿……

埃莉诺 马上回来!(艾德克泄气,回来,坐在了最右边的椅子上,埃根纽什的旁边,趁机狠狠地踩了他一脚。司铎米尔离开舞台,从靠左边幕帘的走廊的门进了房间)亚瑟,阿拉,你们在那边干什么呢?快过来我们这边!

阿拉 这是要干什么?

亚瑟 戏剧实验。我父亲有瘾。(将手递给她。阿拉从睡觉的地方跳出来,穿着长到拖地,不透明的——容易联想的导演注意了——衬衫,上面都是褶和荷叶边，以至于它看起来就像一件外服，而不是睡衣。两人站在最右边的椅子旁。艾德克坐着伸出手，搂上阿拉的腰。亚瑟同她换位置）

司铎米尔　（这时候回来，拿着有点大的盒子，走到灵柩台后面，只露出了一颗头）请大家注意。这部剧的主角们出来了！（强调，就像要报下一号的马戏团团长）亚当和夏娃在伊甸园！（在被当作舞台的灵柩台上，出现了两个人——手偶，司铎米尔操纵着它们就像手套一样。亚当和夏娃，夏娃手里拿着苹果）

埃根纽什　这已经演过了！

司铎米尔　（震惊）什么时候？

埃根纽什　在世界之初。

司铎米尔　没关系。那是老版本了。我编了新的。

艾德克　那蛇呢？

埃莉诺　（耳语）安静……

司铎米尔　蛇需要我们自己想。我们都知道这个故事。注意，我要开始了！

（雄厚的声音）

我在伊甸园，我是亚当。
这样的身份给了我各种可能。
但故事已然开始：我的骨头变成夏娃。
那她又会变成什么？
哦，命运啊！你就是我问题的答案！（高声）
亚当是第一个，但却又完全不是第一个
直到我出现。现在他骄傲地走着。
难道他不明白，尽管这样理智人一个，
只是不能尽善尽美？
不明白当阳光普照的时候，就会有阴影？
哦，命运啊……（“哐”的一声响起，同时灯也灭了）

埃莉诺的声音　司铎米尔，司铎米尔，发生了什么，你还活着吗？！

埃根纽什的声音 援救，援救！

亚瑟点燃的火柴的光亮。然后他用火柴点燃了圣烛。司铎米尔现身，手里拿着大弹巢的转轮枪。

司铎米尔 哈，怎样？成功了吗？

埃莉诺 司铎米尔，你吓死我们了！

埃根纽什 如果你说的是这个，那你确实成功了。我的心脏怦怦跳。

埃莉诺 你怎么做到的，司铎米尔？

司铎米尔 我上了膛，用转轮枪打了一枪。

埃莉诺 优秀！

埃根纽什 有什么优秀的？

司铎米尔 你不明白吗？

埃根纽什 一点都不明白。

埃莉诺 别管他，司铎米尔。埃根纽什总是那么笨。

司铎米尔 那你呢，埃根尼娅？

埃根尼娅 哈？

司铎米尔 （更大声）我问，妈妈明不明白这个实验！

埃根尼娅 （浑身都在使劲）什么？

埃莉诺 妈妈被这个实验震聋了。

埃根纽什 我一点都不奇怪。

司铎米尔 我解释给你听，通过这一举动我们直接实现了行动和接收时间的统一。清楚了吗？

埃根纽什 那又怎样？

司铎米尔 什么怎样？

埃根纽什 这与亚当和夏娃又有什么关系？

埃莉诺 埃根纽什，专心点！

司铎米尔 我说的是剧场现象，观感事实的相互作用。你对此没感觉吗？

埃根纽什 说实话，没什么感觉。

司铎米尔 （把转轮枪扔在了灵柩台上）不，我已经没有力气了！

埃莉诺 别泄气，司铎米尔。如果你不实验，谁还会实验？

所有人起身，挪开椅子。

埃根纽什 办不下去了，大家！

艾德克 我更愿意去影院。

埃莉诺 现在该怎么办？

亚瑟 出去！所有人都去门外面！

司铎米尔 又怎么了？

亚瑟 滚！别让我在这里再看见你们！

司铎米尔 你就是这样对待自己父亲的？

亚瑟 父亲已经是过去式，已经没有父亲了！我现在要创造父亲！

司铎米尔 你？创造我？

亚瑟 创造你和你们所有人。我要创造全新的你们。现在滚，快走，所有人！

司铎米尔 他太过放纵自己。

埃莉诺 别担心孩子，司铎米尔。他至少通知了我们。

司铎米尔 要我出去吗？

埃莉诺 我们走吧。除了实验别的也不关你的事啊？

司铎米尔 对，艺术！现代艺术。你们快把上帝给我，我好用他来做实验！

埃莉诺 你看……（两人从正对面墙上左边的门走了出去）

艾德克 （对埃根尼娅）奶奶，我们走吗？

埃根尼娅 把牌带上。（艾德克带上牌。两人一起往外走）

艾德克 （回身）亚瑟先生，您要是需要什么……

亚瑟 （跺脚）滚蛋！

艾德克 行，行……（同埃根尼娅一起从左边的幕布下台）

埃根纽什 （确认那些人是否都已经离开了）你说得有道理，亚瑟。偷偷跟你说，他们就是群乌合之众。

亚瑟 舅爷你也出去。

埃根纽什 那当然，亲爱的甥外孙，就走，就走。就跟你说一句话：你可以指望我。

亚瑟　舅爷想什么呢？

埃根纽什　想不想的，你都已经做了，你知道的。但是记住，我能帮上忙。我还没有像他们那样傻掉。（压低声音）我不是当今之人。

亚瑟　行吧。那现在舅爷就出去吧，留我们单独在这里。

埃根纽什从左边出去到走廊。出去之前他转身，又强调了一次。

埃根纽什　不是当今之人。（离场）

阿拉　现在该干什么？

亚瑟　现在我都向你解释清楚。

第二幕

与第一幕一样的舞台。夜晚。一个不大的立式台灯。亚瑟坐在沙发上。有人进来。

亚瑟　谁在那里？

某人　是我。

亚瑟　是谁？

某人　你舅爷，埃根纽什。

亚瑟　暗号？

埃根纽什　重建。回复？

亚瑟　复兴。（停顿）一切正常。舅爷现在进来吧。

埃根纽什走进灯光。在亚瑟对面坐下。

埃根纽什　呼，累死我了。

亚瑟　都准备好了吗？

埃根纽什　我把阁楼上能搬下来的东西都搬下来了。都是蠹虫。你觉得怎样？能成功吗？

亚瑟　必须成功。

埃根纽什　我害怕，我害怕。他们如此道德沦丧……想想吧，一辈子都待在这窑子里……不好意思，我想说的是：在这腐物之中。你看，就连我都已经习惯了。对不起哈。

亚瑟　没关系。父亲现在在干什么？

埃根纽什　在他自己的房间里。写新的改编剧本。亚瑟，你有些时候会可怜他吗？不管怎样他还是相信自己那艺术。

亚瑟　那为什么舅爷你自己不给他满足感？

埃根纽什　为了抬杠，我就喜欢让他不爽。更何况我实话实说。这些实验真的无法打动我。你相信那些实验吗？

亚瑟　我想的是另一回事。母亲呢？

埃根纽什起身，走到正对面墙上左边的门边，从钥匙孔往里面偷看。

埃根纽什　什么都看不见。要么她把灯关了，要么就是她把门遮上了。黑黝黝的。（走回到原来的位置）

亚瑟　那奶奶埃根尼娅呢？

埃根纽什　肯定在镜子前化妆。

亚瑟　正常。舅爷可以走了。等一会儿在这里我有一场重要的会面。

埃根纽什　（起身）有什么新的指令吗？

亚瑟　去感受，勿多言，盯紧所有人和事，时刻准备着。

埃根纽什　是。（准备离场）愿上帝保佑你，亚瑟。还是有可能重拾那些好时光的。（果断从右边，从进来的方向走了出去。阿拉穿着那件睡衣从左边的幕帘，经过走廊入场。）

阿拉　（打着哈欠）你想要什么来着？

亚瑟　安静——

阿拉　为什么？

亚瑟　我想同你单独聊聊。

阿拉　哦呀，你觉得他们会在意我们？哪怕我们做了不知道什么，他们都不在意。（坐下，疼得脸皱成一团）

亚瑟　你怎么了？

阿拉　今天司铎米尔掐了我两次。

亚瑟 混蛋。

阿拉 那是你的父亲!

亚瑟 (绅士地亲吻了她的手背)我很高兴你注意到了我。

阿拉 啊,因为你说你父亲的时候有点像古代人。现在已经没有人这样说自己的父亲了。

亚瑟 怎样?

阿拉 他们一点都不关注自己的父亲。

亚瑟 啊,那我是错了。

阿拉 既然你们是至亲,那就是你们自己的事了。司铎米尔人挺好的。

亚瑟 (轻蔑地)艺术家。

阿拉 有什么不好的吗?

亚瑟 那些艺术家就是传染病。他们带头毁了一个时代。

阿拉 (感到无聊)哦呀!那又怎样?(打哈欠)你想要的到底是什么?我冷。我没穿几件衣裳。你注意到了吗?

亚瑟 你考虑了我今天早上同你说的话吗?你同意了吗?

阿拉 要我嫁给你?我已经说过了,我认为没有这个必要。

亚瑟 那你就是不同意了?

阿拉 我真的不明白,这么大动静是为了什么。拜托,如果你觉得这很重要,那我们大可明天就结婚。但即使是这样我们也还是表兄妹。

亚瑟 但我根本就不希望你觉得嫁不嫁给我都无所谓。我想让你明白,这件事是多么重要。

阿拉 为什么又这样严肃?对我来说有或没有都一样。如果我要生孩子,那我也是和你生,也不会和神父生。所以你到底要表达什么?

亚瑟 行吧。如果这件事本身不重要,那我们可以让它变得重要。

阿拉 图什么?

亚瑟 没有什么事情本身是重要的,一件也没有。一切都很无趣。如果我们自己不赋予事物某样特征,那我们就会被这样的无趣所包围。我们必须要创造某些价值,如果自然中没有这些价值。

阿拉　但为什么，为了什么？

亚瑟　如果你真的想知道……嗯，就假设说，为了我们自己的愉悦和好处。

阿拉　什么样的愉悦？

亚瑟　我们从好处中获得愉悦，我们也因为得到相比其他而显得更有价值的东西，也就是更难获得、更特别、更珍贵的东西而获得好处。所以我们必须建立价值系统。

阿拉　哲学真无聊。我可能更想和司铎米尔待着。（从衬衫下伸出了一条腿，动作挺大）

亚瑟　这也只是你以为而已。拜托你把腿收回去吧。

阿拉　你不喜欢？

亚瑟　这构不成一个问题。

阿拉　（固执地）你不喜欢？

亚瑟　（艰难地将目光从腿上移开）总之，随你，想怎么伸腿就怎么伸，随你便。你自己在这个时候也用腿赞同我说的话了。

阿拉　用我的腿？（兴味盎然地看着自己的腿）

亚瑟　是的。你自己的腿。你把腿伸出来，是因为我不像我的艺术家父亲以及其他人那样扑向你。这样你很不安。今天早晨我们单独待在一起的时候，你就有点惊讶。你觉得自己知道我想从你那里得到什么。

阿拉　说得不对。

亚瑟　啊哈，不对。当你以为我马上要把你拉到床上时，我却向你求婚，你觉得我没有注意到你当时的不自在。

阿拉　那是因为我当时头疼。

亚瑟　头疼，头疼，只是你自己在找借口不去想。所以你想当然地认为自己本可以作用于我，却并没有。这让你不安。你对自己的魅力感到不安。如果我现在的举动和我父亲一样，你才会开心。你立马就会安心，当然，为了惩罚我你也会马上逃跑。

阿拉　（端庄地起身）我这就逃走。

亚瑟　（抓住她的手，重新又拉回沙发上）别走！我还没说完。你只想着自己的吸引力。真是个野蛮人啊！你什么有意义的事情都做不来。而你自己却一无所知。

阿拉 你觉得我是弱智吗？（又一次打算起身）

亚瑟 （不让她起身）别走！你认同我的说法。我的行为举止并不寻常，而这也引起了你的注意。不同寻常已经是某种价值。你看见了吗？是我赋予了我们这场没有意义的见面意义。是我！

阿拉 那你就自己去弄吧，如果你是那么的与众不同，那么的睿智，就比我好那么多！你自己，不用我！

亚瑟 你别生气啊！

阿拉 那就看看，你自己能不能成功。或者和舅爷埃根纽什一起能不能成功。（果断拽了拽长衣下摆，将扣子系到脖子。还额外披上了羊毛毯，在头上别了一定圆顶礼帽，帽檐向下一直到眼睛）

亚瑟 （小心翼翼地） 别生气。

阿拉 为什么？（停顿）

亚瑟 你不热吗？……披着这个羊毛毯……

阿拉 不。（停顿）

亚瑟 那是舅爷埃根纽什的圆顶礼帽。跟你的脸根本就不搭配。

阿拉 就这样吧。

亚瑟 随你喜欢。我们聊到哪里了？啊哈，价值观……（拖着凳子挪向阿拉）……所以总体来看价值观的形成对于个体以及社会的基本功能来说不可或缺……（执手）没有合理的规范我们永远也无法创造和谐的一体，也无法在通常被描述为好与坏的元素之间建立应有的平衡，当然从广义来说，并不只关于道德。因此……第一，应该重新赋予这些概念实际的意义；第二，建立行为规章制度，这些……（扑向阿拉，拼命想亲她。但是阿拉用尽全力挣脱，紧接着就是混乱的挣扎。艾德克进来，脖子上挂着手巾，头上戴着网兜）

艾德克 （装腔作势，看起来智商不高）啊呀，对不起！

亚瑟 （放开阿拉，假装什么都没有发生。阿拉整理圆顶礼帽，夸张地擦着肩膀）艾德克在这里干什么？

艾德克 我正要去厨房喝点水。对不起，我没看见你们正在这里聊天。

亚瑟 水？什么水？为什么要水？

艾德克 （庄严地）先生，我口渴。

亚瑟 现在？大半夜的？

艾德克 （受伤）若是不合您意，我可以不喝。

亚瑟 （发怒）喝吧，然后出去！

艾德克 就照您说的办。（肃穆庄严地走向正对面墙上的左边的门）

亚瑟 等等！

艾德克 好的先生？

亚瑟 厨房在右边。

艾德克 不可能！

亚瑟 我应该知道我自己家里的厨房在哪里吧！

艾德克 现如今什么都已不再为人所熟知。（转换方向，从正对面墙上右边的门出去）

亚瑟 智障。我应该了结他才是。

阿拉 （冷冰冰地）我的事你了结了吗？

亚瑟 都是因为他。

阿拉 那你也是因为他才把我反手擒住是吗？

亚瑟 你很痛吗？

阿拉 这又关你什么事？（发出了僵硬的痛叫。亚瑟不安，想要检查她的手臂）

亚瑟 哪里？哪个地方？（碰她的手臂，已经没了之前的想法）

阿拉 （露出手臂）这里……

亚瑟 我很抱歉。

阿拉 （扯开后背的领子）……还有这里……

亚瑟 （真的担心）真的，我没想……

阿拉 （抬腿）……还有这里……

亚瑟 我不知道该怎样向你道歉。

阿拉 （食指指向某根肋骨）……还有这里……

亚瑟 原谅我，我没想……

阿拉 你暴露了真面目：普通的粗鲁的人。先是演讲，然后不知道又会是什么。（悲壮地倒在沙发上）啊，我们女人……我们到底做了什么孽才有了这样的身体？如果能把身体放在某个地方，就像寄存一样。那我们是不是就能不受什么表哥的侵犯。我承认我没有料到你会这样。你，和你的思想……

亚瑟 （完全混乱了）我真的什么时候……

阿拉 别逃避！你难道觉得我感觉不到讨论严肃话题的必要吗？但是没关系，别害怕会有什么哲学家来扰我清静。这个话题不多说了。所以我们都聊了些什么？你在最有趣的地方打断了我。（在艾德克消失的门后面，能听到从拧开的水龙头流出的哗哗的水声和咕噜咕噜的声音）

亚瑟 你在说什么？你以为我真的要强暴你吗？

阿拉 （不安）怎么，不对吗？

亚瑟 根本不是。那只是在上课。

阿拉 谢谢，我已经学会了。

亚瑟 你又无所谓了。说，你为什么要自卫？

阿拉 你真是恬不知耻！

亚瑟 科学不知羞耻。为什么？

阿拉 那你为什么要扑向我？

亚瑟 我全身心投入了。

阿拉 什么跟什么？

亚瑟 是的，我全身心投入了。我想以这种方式向你展示某些事情。这是一种性别的语用学的实践练习。

阿拉 人渣。还是研究型人渣。语用学？我从来没听说过。这是什么新的情趣法吗？

亚瑟 没什么新东西。我敢肯定我们会成为好朋友。女人都跟在我身后。

阿拉 什么女人?

亚瑟 所有的女人。全世界的女人都会成为我的盟友。首先要拉拢女人，当她们明白以后，那男人们就没有选择的余地了。

阿拉 什么女人?我认识吗?总之你就跟她们一起做吧，想做什么做什么。我根本不关心。

亚瑟 听着，世界历史就是一部男人残忍压迫女人、孩子和艺术家的历史。

阿拉 但你也不喜欢艺术家啊。

亚瑟 这一点也不重要。男人不喜欢艺术家，因为艺术家不是男人。艺术使他们更贴近女性，很可惜。基本上所有男人们想出来的东西，比如荣誉、逻辑和进步的概念对于他们来说都很陌生。直到很久以后男性群众才艰难地意识到，还有多义现象、相对性和遗忘的存在。世界朦胧的特性，正与男人起初用自己运动员一般的坚硬脑壳想出来的，与他写在自己军旗上的，与他几百年来一直强加于女性、孩童和艺术家身上的东西相反。他想象的世界基于图像和他自己的相似之处。在洞穴中，在畜栏里，在企业中他找到了逻辑。但自认为是顶梁柱的同时，由于自己的骄傲他甚至不愿想象自己的世界观可能不再掌控全局。在放任自己攻击的天性时，他将自己的想法作为统一的、普遍的和必须的想法广而告之，同时作为最强大的存在，他总是会去强迫弱小。当事实证明女人所想跟他不一样时，他就会愤怒，就会称她们为愚蠢的或者无逻辑的生物，而在男人的词典中这两个形容词意思差不多。

阿拉 那你呢?你难道不是男人吗?

亚瑟 我超脱了自我。我是客观的。如果不这样我无法完成我的计划。

阿拉 我能相信你吗?

亚瑟 ……为了将自己想象力的缺失用一些意识形态来填补，男人们想出了“荣誉”的概念。他们还想出了负面的概念——“娘娘腔”。这两个概念确保了他们在面对临阵脱逃时男人之间的合作，确保他们服从男人的团结一致，以羞辱每个脑子里有任何疑问的男人为威胁。因此不难理解，在反对的立场上结成了女人、孩童和艺术家的联盟。总之男人不会养孩子，最好不过每个月给固定数额的抚养费。所以后来大屠杀对他们来说就不仅仅是一件值得称赞\令人愉悦的事，还是一件有益的事。不好意思。（一直能听见厨房里咕噜咕噜的水声，亚瑟中断演讲，靠近厨房的门）他在里面这么久都在干什么呢？

阿拉 可能在洗漱。

亚瑟 他？不可能。（回来）我们回归正题。

阿拉 我不相信你。我清楚得很，你想说什么。你骗不了我。

亚瑟 我的意思只是让你明白作为女人你存在的意义是什么。我想让你睁开双眼。

阿拉 啊哈，这意思肯定是让我马上脱光了。

亚瑟 别这么无趣。当你明白我们的利益是一致的时候，你就会成为我的盟友。男人都会梦想什么？梦想在色情的事情上没有常规。这样就不必再奔波于寻求企图与到手之间折中的路。所有在中间的东西，他们都烦。

阿拉 这是实话。他们马上就像动物一样扑上来。就在刚才我还有最好的证据。

亚瑟 我不反对，作为一个个体，我会被原始的冲动支配。但我有更高的目标。我说个大概。趁着常规的整体危机，男人们在性爱领域把所有的事都做了，就为了废除最后的规矩。但我并不相信女人会毫无保留意见地接受。这就是我的计划。

阿拉 我就接受啊。

亚瑟 你撒谎。这不可能。

阿拉 但就是这样。我喜欢这样。我能做我想做的事，什么都行。哦，就比如我要脱衣服，你能对我干什么？（脱掉羊毛毯和圆顶礼帽）

亚瑟 别这么做，我们严肃地聊聊！

阿拉 （解开长衫上的丝带）为什么？谁不允许？是你吗？还是我妈妈？还是上帝？是谁，快说？（将长衫拉低至肩膀）

亚瑟 马上穿好衣服，把长衫穿上！（绝望地移开目光）

阿拉 不可能。这是我的长衫。（从厨房门口探出了艾德克的头，被提高的声音所吸引）啊，艾德克先生！您进来吧。

亚瑟 （把艾德克推回去）滚蛋，否则我杀了你！在这么一个……这么一个混球面前脱衣服！你不知羞耻！

阿拉 他可能没有读过书，但他有一双漂亮的眼睛。

亚瑟 那双邪恶的、猪一样的眼睛？

阿拉 我喜欢。

亚瑟 我要杀了他！

阿拉 （甜甜地）你嫉妒了吗？

亚瑟 我根本就没嫉妒！

阿拉 先是粗鲁的人，然后又是嫉妒的人。挺好，挺好。

亚瑟 （在阿拉面前变得十分邪恶）那又怎么样？你为什么不脱衣服了？我不会拦着你了。

阿拉 因为我不想了。

亚瑟 别啊，不要拘束。

阿拉 （后退）我改主意了。

亚瑟 （跟着她）你不想了？那你说，你为什么不想了？说，你之前为什么不想了？

阿拉 天哪，真是个疯子！

亚瑟 （抓住她的手）为什么？

阿拉 我不知道。

亚瑟 说啊！

阿拉 我能说什么？我不知道，没了！放开我！

亚瑟 （放开她）你清楚得很。你只是装作喜欢这道德败坏，这无规无纪，这无法无天！

阿拉 我假装？

亚瑟 当然。你不喜欢，因为你不擅长。如今风格的缺失让你没有选择，限制了你的可能性。你只能脱衣服和穿衣服，除此以外什么都不剩。

阿拉 不对!

亚瑟 所以这反抗从何而来?

停顿。

阿拉 你说得很有逻辑，但你自己也说过，逻辑就是胡扯。啊哈?

亚瑟 我这么说过?

阿拉 你肯定说过，就在刚才。我听得清楚。

亚瑟 (不高兴地)你肯定听错了。

阿拉 不可能。我听得很清楚。

亚瑟 不说这个了。反正我也不相信你。重要的是你根本就不喜欢这没有规矩的规矩。这不是你的选择。

阿拉 那是谁的?

亚瑟 我们。你只是在伪装。你什么都不剩了。没有人想承认自己会依赖某人。

阿拉 那为什么我要表示赞同，如果我不喜欢的话?

亚瑟 因为害怕别人将来会讨厌你。时尚也是这样。最好还是承认吧。

阿拉 不。

亚瑟 不?所以你已经承认你得承认某些东西了。听着，为什么要说这些谎言?我求你，这里要说的是更重要的事。我可不相信你想和全世界的男人都睡一个遍。当然，你可能会选择其中最优秀的一百个，两百个，一万个，一百万个，但是和所有人——肯定不可能。让所有人都喜欢，对，肯定又是另一个问题，但都是为了有选择的可能性。如果没有规矩，那女人又能有什么其他方式提前筛选?对吧，能有什么?

阿拉 我是独立的女性。我知道自己想要什么。

亚瑟 但是天性柔弱。如果你现在自己一个人站在比你强壮的不认识的男人面前，而且没有任何规矩能保护你，你又能有什么机会选择?你也可以用我不知道的方式拒绝我，但如果刚才艾德克没有碰巧走进来，那就什么都帮不了你。我更强壮。

阿拉 我可以学柔道。

亚瑟 我只是打个比方！难道女人真的都不明白什么叫一概而论吗？

阿拉 现在有很多女人都去学柔道了。啊，我倒是希望你会求我仁慈一些！

亚瑟 很好。慢慢来，你会承认所有事的。只是为什么要掺进柔道？好好思考和制定规矩就够了。我就会在这个地板上，跪在你面前，手里拿着一束花，我还会请求你的仁慈，给我哪怕一丁点儿的希望。而你，不费吹灰之力，连发型都不会乱，不像争执那样，你就会在规矩的城墙里随意使用自己的力量。这难道不比柔道要好？

阿拉 真的吗？你会跪下？

亚瑟 毫不犹豫。

阿拉 那就跪下吧。

亚瑟 怎么能这样？

阿拉 跪下！

亚瑟 不可能。

阿拉 （失望地）为什么？

亚瑟 因为我说过的那些规矩还没有。现在你知道你自己的处境了吧。

阿拉 就没有办法了吗？

亚瑟 有。

阿拉 什么办法？

亚瑟 建立新的规矩或者重建旧的规矩。如果你帮我，我就这么做。所有的东西都准备好了，就差你的帮助了。

阿拉 太棒了！那你会跪下吗？

亚瑟 我会。

阿拉 我应该做什么？

亚瑟 同意结婚。我们从这开始。没有任何不合法的关系，没有任何走捷径的生活。我需要婚礼。而且这不是什么随随便便在民政局里用从早饭到午饭的时间领个证的婚礼，而是真正的婚礼，有一套完整的流程，有管风琴和伴郎伴娘等等。我会特别注意随行队伍的人，因为计划本就是要让他们吓一跳。我的意思是，让他们来不及冷静思考，组织反抗，也不能搞破坏地涌进来。我们直击他们的要害。当我们这样突然袭击他们的时候，他们一旦被框进了形式之内，那之后要是再想出去就不可能了。我把他们拉到婚礼，而婚礼将会让他们别无选择，只有接受我的条件然后参加。我把他们变成伴郎伴娘，那我的父亲最后就必须得扣扣子了。你觉得怎么样？

阿拉 我会穿白裙子吗？

亚瑟 白得像雪一样。所有都按传统的来。只是要想着，你用这种方式帮助了世界上所有的女人。重建的常规将把自由重新还给我们。如今他们无法选择。不用说一句话，哪怕是囫囵地说点什么，男人就能将女人拖到床上去。而每次见面的首要条件是什么？是惯例。这样的话那位先生就不能用含糊不清的声音蒙混过关，他必须说话。当他说话的时候，你就乖乖地沉默，然后就能了解你的对手。你让他说得越久，他就会暴露得越多。你平静地听他说话，然后制订行动计划。你认识了他的系统，选择了适合的游戏规则。你有评价局势的能力，也可以演练。在做什么决定之前，你可以考虑，你有时间。你可以拖时间，想多久就多久，不用害怕他打你，尽管他会咬紧牙关，在心底里咒骂你。你可以尽情地营造对自己有利的不确定、神秘、犹豫遮遮掩掩的氛围，或者选择那个人最喜欢的衣服，然后用它将他套牢，又或者全身而退，什么险也不冒，留下他独自伤心和震惊。到最后一刻胜利的、安全的、自由的你慢慢走开。毕竟就连订婚都并不意味着必须，尽管订婚保证了你一切。就不说什么规矩了！如今男人连向你自我介绍都不用。但你至少应该知道他是谁，是做什么的。

艾德克小心翼翼地顺着墙壁从正对面墙上左边的门偷偷溜进厨房。在最后一刻，当艾德克消失在门里的时候，亚瑟看到了他，跟了上去。

阿拉 谁进来了？

亚瑟 （回来）没人。

阿拉 我觉得有人。

亚瑟 我们结束这段对话吧。你同意吗？

阿拉 我还不知道……

亚瑟 怎么会，难道我没有说服你吗？

阿拉 不。

亚瑟 不？意思是你同意了？

阿拉 不……

亚瑟 到底同不同意？

阿拉 我必须再想想。

亚瑟 你还有什么可想的！事情已经再清楚不过了。我必须重建世界，而重建世界需要婚礼。这难道不简单吗？你还有什么不明白的？

阿拉 很可惜我都不明白。

亚瑟 所以？

阿拉 等等……

亚瑟 听着，我现在不能再等了。这只会浪费时间。你自己去想，然后你回来，告诉我答案。我很确定你会同意。毕竟我已经把一切都告诉你了。

阿拉 那你什么都不会再告诉我了？

亚瑟 走吧。我们一会儿再见。

阿拉 你要把我扔出去？

亚瑟 不，只是我有一些事需要在这里单独解决。

阿拉 那我不能待在旁边吗？

亚瑟 不。这是我们自家的事。

阿拉 随你。但我也会有我自己的秘密，等着瞧吧。

亚瑟 （不耐烦地）行，行，走吧。记着，我们在这里见面。

阿拉从右边退场。亚瑟马上去正对面墙上左边的门旁边偷听，然后又去了走廊上的门旁边，小心地敲了敲。

司铎米尔的声音 谁在敲门？

亚瑟 （有点儿大声）我，亚瑟。

司铎米尔 想干什么？

亚瑟 我想和父亲聊一聊。

司铎米尔 现在？几点了？我现在正忙着。明天再来吧。

亚瑟 要紧的事。

停顿。

司铎米尔 我已经说过了，我没有时间。我们明天再聊。（亚瑟扳了一下门把手，感觉到门被锁上了以后，用肩膀撞门，司铎米尔开门，他一直都穿着自己那件睡衣）你疯了吗？这是什么意思？

亚瑟 （郑重地悄声说）父亲别这样吼……

司铎米尔 （不情愿地降低了声音）你为什么不睡觉？

亚瑟 我睡不着。是时候该行动了。

司铎米尔 那就晚安。（试着回房间去。亚瑟不让）

亚瑟 我想问……父亲不觉得遗憾吗？

司铎米尔 因为什么？

亚瑟 因为那个艾德克。

司铎米尔 艾德克？对，是有这么个人。

亚瑟 父亲觉得他怎么样？

司铎米尔 好玩的人。

亚瑟 好玩？令人恶心的存在。

司铎米尔 夸张了，夸张了。他是个很有趣的人物。某种意义上特别现代的人。这正是因为他真实。

亚瑟 这就没了？

司铎米尔 我们都还在受超意识的威胁。亘古不变的文化的该死的遗产。我们确实已经做了很多就为了摆脱它，但我们离纯自然还远着呢。艾德克是个幸运儿。他生下来就是我们应该成为的样子。他身上与生俱来的东西，我们就需要用劳动付出来获得，通过艺术。所以我将他看作艺术家而对他感兴趣。我看重他，就好像景物画家珍视壮丽的风景画一样。

亚瑟 壮丽的风景画是个例。

司铎米尔 美学和道德已经经历了自己的革命。你总是逼我回想起那些理所当然的事。即使有时艾德克会使我们感到厌烦，那也是因为我们已经从内部腐烂。有时我觉得自己欠他。但我在内心已经说服自己。我们应该摆脱负担。

亚瑟 没别的了？

司铎米尔 我说的都是真的。

亚瑟 那我就先问一句。父亲你为什么会容忍他待在家里？

司铎米尔 这又有什么关系？他丰富了我们的社交圈，带来了新的色彩。是真实吹来的健康的风。他甚至还帮助我想象。你也知道，我们艺术家需要一点异域风情。

亚瑟 那父亲是什么也不知道了？

司铎米尔 不知道。我什么都不知道。

亚瑟 说谎，父亲知道得清楚。

司铎米尔 我再说一遍，我什么都不知道，也没有兴趣知道。

亚瑟 他和妈妈在同居。（司铎米尔走到一边，又回来）父亲你怎么想？

司铎米尔 我亲爱的儿子。就算你说的是真的。性爱自由也是人自由的首要条件。你觉得呢？

亚瑟 但我说的是真的！她真的和他在同居！

司铎米尔 我再说一遍，假设是这样。我们假设一会儿。结果就会表明，即使这样的假设成立，也得不出任何东西。

亚瑟 所以父亲坚持这只是抽象的假设，文字游戏，理智想象的产物对吗？

司铎米尔 为什么不是？我又不是什么残废的老古董，在智力领域我们能够接受每个，甚至包括最令人恼怒的前提假设。否则人类思维是不可能进步的。所以我拜托你，你不用在我面前拧巴。我们可以不用那么大惊小怪地谈一谈。所以你对这件事的看法是什么？

亚瑟 我的看法？我没有任何看法，而且我一点也不想谈。这根本就不是什么理智的假设，这是事实。父亲明白吗？这是生活！父亲的角都已经要支到天花板了[1]。而且父亲现在也无法从这个牛角尖里钻出来。

司铎米尔 角，角，这比喻真糟糕，而且还不是理智分析的坚实工具。（闹心）我们不要自降水平！

亚瑟 父亲是只公鹿！

司铎米尔 安静！你不允许你这么说！

亚瑟 那我就要说。公鹿！

司铎米尔 我不相信。

亚瑟 我就等着这句话呢。要证明给父亲看吗？很乐意。只要打开门就行。（指着正对面墙上左边的门）

司铎米尔 不！

亚瑟 父亲怕了吗？肯定的，做理论上的实验要更加舒服。在实验里父亲是巨人，但在生活中爸爸就是胆小的老头。

司铎米尔 我是老头？我？

亚瑟 老妻管严，秀珍的阿伽门农！

司铎米尔 行啊，那我就让你瞧瞧。他们在哪儿？

亚瑟 父亲自己看。

司铎米尔 我要让他们瞧瞧。我也要让你看看。我要让你们所有人都瞧瞧！（跑到门边，站住）……要么？我明天再解决。（回来）

亚瑟 （挡住了他的去路）不，父亲，现在就进去吧。

司铎米尔 明天，或者改天再约。你觉得呢？

亚瑟 虚假的无名小卒！

司铎米尔 你说什么？（亚瑟两根手指放在前额，一边模仿鹿角，一边滑稽的取笑他）……我这就去。

亚瑟 （拦住他）等一会儿……

司铎米尔 （气势汹汹）放开我，我要去找他们！

亚瑟 父亲把这个带着。（从灵柩台上将司铎米尔在人偶剧第一幕时扔在那里

---

[1] 这里亚瑟将父亲比作公鹿，波兰语中公鹿也有被戴绿帽的意思。（译者注）

的转轮枪拿了过来，交给了司铎米尔）

司铎米尔 这是什么？

亚瑟 毕竟父亲也不可能赤手空拳就过去……

停顿。

司铎米尔 （平静地）我看透你了。

亚瑟 （将他往门的方向推）快点，父亲，快去，没时间了！

司铎米尔 （挣脱开来）我看透你了，儿子。你想要悲剧的发生。

亚瑟 （后退）又是什么悲剧？……父亲想……

司铎米尔 可怜的赌徒，疯狂想法的稚嫩产物。

亚瑟 父亲说什么……

司铎米尔 （将转轮枪扔在桌子上）我要一枪毙了他吗？或者在一枪毙了埃莉诺和我自己，对吗？

亚瑟 这又是从何说起，我只是开个玩笑。这只是为了防着，万一艾德克……他可是什么都干得出来……

司铎米尔 那就正合你意了！受到背叛的丈夫血洗耻辱。你这是从哪里看来的，什么老套的爱情故事？回答我！

亚瑟 父亲针对我的指控毫无根据！

司铎米尔 我知道年轻的时候理想要高于生活，但我不知道我的亲儿子为了这些理想要牺牲自己的父亲。坐下。（亚瑟听话地坐了下来）现在我们聊聊。你想让世界恢复秩序。为什么？哦，我不问了。这是你的事。我已经听够了你说这些。你要是不过界，我就不会插手。但是现在够了！啊，你想得倒是精明。悲剧——你要的是这个！悲剧——几个世纪以来铁面无私的概念构成的世界最完整的表达。你需要的是它，你想逼我走向悲剧。不用烦琐无趣的重建工程，你立马就能站在中心位置。你已经不再关心有人会因此而丧命，或者你自己的父亲进监狱，这个就不细说了，只要你的目标达成就行。悲剧会对你有利，对吗？你知道我要对你说什么吗？你是野蛮的，肮脏的形式主义者。你根本就不在乎我，也不在乎你的母亲。就让所有人都去死吧，形式保留下来就够了。最糟糕的是，你也不在乎你自己。极端分子！

亚瑟　父亲是怎么知道的？也可能我不只是为了形式啊？

司铎米尔　你不喜欢艾德克？

亚瑟　我恨他。

司铎米尔　为什么？艾德克就是必要的存在。是我们在别处找了如此之久的诚实的真相，因为它在我们的想象中是另一个样子。没办法，艾德克就是事实。不能恨那些必须存在的东西。要去喜欢。

亚瑟　怎么喜欢？我要亲吻他吗？创造必须存在的东西的人是我！

司铎米尔　啊呀，啊呀，啊呀，你这话说得还像个固执的小孩。不喜欢就不喜欢。如果是这样……那就只有一种解释。对啊！听着你有俄狄浦斯情结吗？

亚瑟　什么俄狄浦斯？

司铎米尔　恋母情结。你明白吗？你去看过心理医生吗？

亚瑟　不，妈妈当然就是妈妈，但这里说的不是这个。

司铎米尔　真可惜。至少我们还能知道重点是什么。什么东西都好过你那疯狂。而且你只是个形式主义者。

亚瑟　我不是形式主义者。

司铎米尔　你是，即悲伤又危险的形式主义者。

亚瑟　不，可能我看起来是这样，但我一刻也忍不了了。我不能像你们这样活着。

司铎米尔　假设就是这样。那就更好了。那么我们就能认为你是自我主义者。

亚瑟　父亲想怎么叫就怎么叫，但我必须这么做。

司铎米尔　假如你把我牺牲了，你又能从中得到什么？

亚瑟　就能完成某件事。悲剧地。父亲说的有道理。我非常抱歉，父亲。悲剧是巨大的形式，而且强有力。现实已经无法从中脱身。

司铎米尔　可怜人！你是这么想的？你难道就不知道，如今悲剧已经是不可能的事了吗？现实吞噬了每一个形式，就连这样的也已经被吞噬了。你知道，即便我射死了他，又会发生什么？

亚瑟　无法挽回的事，有点像以前大师……

司铎米尔　一点也不像！闹剧，仅此而已。如今只有闹剧是可能的。在这里尸体什么忙也帮不上。你为什么就是不愿意同意？闹剧也可能是美丽的艺术。

亚瑟　对我而言不是。

司铎米尔　真是固执！

亚瑟　我什么办法也没有。我必须找到出路。

司铎米尔　哪怕不现实？

亚瑟　无论任何代价。

司铎米尔　难办。我想帮你，但我真不知道该怎么帮你。

亚瑟　或者我们不顾一切试一试？

司铎米尔　试什么？

亚瑟　（指着正对面墙上左边的门）就是，和他们……

司铎米尔　你还妄想呢？

亚瑟　就算这是真的，这闹剧……（重新变得具有攻击性）就是因为你们这样胆小！所有人都在闹剧的枷锁下呻吟，因为没有人敢反抗。你们有病吗？你们为什么不用力去解放自己？父亲将一切都铺开在我面前，既有条例又有逻辑，还抽象，我都不知该如何形容，然后就解决了！可以分道扬镳了，一切恢复原样。父亲走了很长一段路，但怎么走的？坐在沙发上，跟别人聊天。这里需要的是行动！没有悲剧，因为你们已经不相信它了。这一切都拜你们该死的妥协所赐。

司铎米尔　那我就想问一下，我们为什么要相信？靠过来点儿，我跟你说点儿东西。所以埃莉诺和艾德克给我戴了绿帽子？但为什么埃莉诺和艾德克背叛我就是坏事呢？

亚瑟　爸爸不知道？

司铎米尔　我可以说只要我往深了想，我就不明白了。你能给我解释一下吗？

亚瑟　……我，我从来也没有过这样的处境……

司铎米尔 试试。

亚瑟 怎么可能，毕竟……马上，父亲，容许我想想……

司铎米尔 你想想吧，想想。我甚至都希望你能说服我。

亚瑟 父亲希望这样？

司铎米尔 ……因为，说实话，我也不喜欢。我都讨厌死了。只不过理智上，我不知道为什么。

亚瑟 ……所以如果我说服了父亲……

司铎米尔 我就会非常感谢。

亚瑟 ……那父亲就会……

司铎米尔 我就会过去，给他们制造点麻烦，让他们这辈子都会记住我。只不过我还需要一个合理的动机。

亚瑟 父亲就会过去？所以父亲是自己也想……

司铎米尔 我会很愉悦地过去。我已经看这个无赖不顺眼很久了。你都不相信我是多么想要了结他，就这么亲手了结。只不过理智地说，我不知道为什么要这么做。

亚瑟 让我拥抱一下父亲！（拥抱）该死的理智！

司铎米尔 它不放过我的话，该怎么办。这样也不行，那样也不行。你说过妥协对吧？那就是因为理智在作祟。

亚瑟 父亲知道吗？可能我们得试一试了。没有任何风险。最多父亲把他射死就完了。

司铎米尔 你是这么想的？我可不相信。

亚瑟 信任之后就有。最重要的是做决定。

司铎米尔 谁知道，或许你说得有道理……

亚瑟 肯定的！父亲就相信吧。悲剧将会上演！

司铎米尔 你让我重新拥有了力量。但青年人的狂热并不是时代的怀疑主义。哎呀，青春，青春……

亚瑟 我们走吗？

司铎米尔 我们走。我有你在身旁会更安心。（起身）

亚瑟 还有一件事……父亲，就不要再做那些实验了，我求您。那只是在加深瓦解罢了。

司铎米尔 该做什么……当悲剧已经变得不可能，而闹剧又变得无趣的时候，就只有实验了。

亚瑟 但这只会使情况变得更糟糕。父亲会停止吗?

司铎米尔 我不知道，我不知道……

亚瑟 父亲，给个准话。

司铎米尔 等一会儿，等一会儿，现在我们快走。（亚瑟又一次把转轮枪交给了司铎米尔）

亚瑟 我就站在这旁边等着。如果父亲需要什么帮助，叫一声就行。

司铎米尔 哦不对，这样的话他才会叫喊，而不是我。

亚瑟 我一直都很相信父亲。

司铎米尔 这就对了。我当初在团里是最棒的枪手。走了。（走向正对面墙上右边的门）

亚瑟 不是那里，那里是厨房!

司铎米尔（不坚定地） 我想喝点东西……

亚瑟 等这一切都完事了。现在没时间了。

司铎米尔 就这样吧。我干着嗓子射死他。（走到左边的门边，把手放在门把手上）啊！混球，现在是你为一切付出代价的时候了。

他小心翼翼地走进房间，悄悄地关上了身后的门。亚瑟焦急地等待着。鸦雀无声。亚瑟神经质地踱步。等待的场景被延长了，亚瑟看向钟表，走得越来越快。最后他下定了决心，飞快地将两扇门都大大敞开，将整个房间都暴露在观众面前。房间里出现了这样的画面：低低垂挂的灯将圆桌照得通亮，灯下面坐着：埃莉诺、艾德克、埃根尼娅和司铎米尔，他们在打牌。司铎米尔正要出牌。

亚瑟 艾德克在做什么？为什么艾德克不……

司铎米尔 嘘！闭嘴，小子。

埃莉诺 是你吗，亚瑟？你还没睡啊?

埃根尼娅 我难道没说过，他不管怎样都会找到我们吗？在他面前你无处可藏。

亚瑟 父亲……和他们一起？！

司铎米尔 事情就变成了这样……不是我的错……

埃莉诺 司铎米尔来得正是时候。我们正好三缺一。

亚瑟 父亲你怎么能这样！

司铎米尔 我都说过了，会变成闹剧的。

艾德克 司铎米尔先生，到您了。您快出牌。

司铎米尔 出了！（对亚瑟说）娱乐是无辜的。你自己也看到了，这是什么情况。什么也做不了。

亚瑟 但是父亲承诺过！

司铎米尔 我什么都没有承诺……得等等。

埃莉诺 司铎米尔，专心点儿，别在一旁聊天。

亚瑟 羞耻！

埃根尼娅 （扔牌）不行，这样我根本打不了！有谁能把这个狗崽子给我撵出去。

艾德克 别担心，奶奶。

埃莉诺 你会不好意思的，亚瑟，你这样会吓到你的奶奶。

埃根尼娅 我说过要把门锁上的。他就这样进来，到处找，就好像要找我似的。他肯定又想让我去灵柩台！

埃莉诺 不可能，我们不会放奶奶走的，得等我们打完牌。

亚瑟 （一拳砸在桌子上）够了！

埃莉诺 但我们才刚开始打牌！

艾德克 亚瑟先生最好听妈妈的话。她说得对，分都还没算呢。

亚瑟 （将他们的牌扔掉）你们现在都给我听着，我有话要说。立刻，马上！

司铎米尔 但是，亚瑟，这是我们俩之间的事，为什么要马上告诉大家？

亚瑟 你们不希望被恐吓，那我就非要逼你们！别玩儿了！

埃莉诺 怎么能这样？

艾德克 欸，这样好吗？我要是您的父亲，我要就揍您了。

亚瑟 什么？你还敢说话？（平静地，坚决地）父亲把枪给我！

艾德克 还不能开玩笑了？

埃莉诺 枪？圣母啊，司铎米尔，别给他任何枪！跟他说，命令他，你可是他的父亲！

司铎米尔 （努力用严肃的口吻）给我听着，亚瑟，你已经不是孩子了。用这种语气对你说话，说实话我也不想，但是再看你妈妈……

亚瑟从他睡衣的口袋里掏出了转轮枪。所有人都从椅子上弹了起来。

埃根尼娅 他就是个暴怒狂！司铎米尔，你为什么要生他？真是个草率的决定！

司铎米尔 妈妈就不知道吗？

艾德克 亚瑟先生，您想干……

亚瑟 安静！所有人都去大厅！（聚在一起的人陆续都到舞台中央。亚瑟让他们挨个儿走过自己身边。当父亲走到他旁边的时候，对父亲说）我们一会儿再聊。

司铎米尔 你到底想要什么？能做的我都做了。

亚瑟 现在我知道，父亲能做的有多少了。

埃根尼娅在长沙发上坐下，埃莉诺在单人沙发上坐下，艾德克站在墙角，从屁股兜里掏出木梳，紧张地梳着头发。

司铎米尔 （在埃莉诺跟前站定，摊手）我是想让他镇定下来。但你也听到了……

埃莉诺 废物。做父亲的就这样。哈，我要是男人就好了！

司铎米尔 你说这个也行。你也知道这不可能。

埃根纽什跑进来。

埃根纽什 （对亚瑟）什么？已经开始了？

亚瑟 还没。我还在等一个回复。

埃根纽什 我还以为已经开始了。我一听到了尖叫声，就马不停蹄地赶了过来。

亚瑟 没关系，舅爷来了就行。舅爷就待在这里吧，稍微看着他们。我马上就回来。（把手枪给他）

埃根纽什 明白。

埃莉诺 我在做梦吗?

亚瑟 (对埃根纽什)……不要让任何人离开自己的位置!

埃根纽什 明白。

埃莉诺 你们两个都疯了吗?

亚瑟 有什么情况一枪崩了脑袋。明白了吗?

埃根纽什 明白。

埃莉诺 他就是间谍!妈妈,你的兄弟就是土匪!

埃根尼娅 根奈克[1],把那玩意儿马上扔了!有谁见过像你这个年纪还不务正业的!(试着起身)

埃根纽什 嘿,别动!

埃根尼娅 (震惊)根奈克,是我啊,你的姐姐埃根尼娅!

埃根纽什 我在执行任务的时候可没有姐姐。

埃根尼娅 执行什么任务,清醒点!

埃根纽什 我正在为我的理想服务。

亚瑟 非常好。看来我能依靠舅爷了。你们在这里自己待一会儿。

司铎米尔 亚瑟啊,你什么都不和我说吗?我们可是好朋友啊。

亚瑟 你们会在适当的时机知道这一切的。

退场,埃根纽什坐在舞台中央,靠墙,手里拿着枪,一个接着一个指着众人,不怎么准,但是很具有威胁。

埃莉诺 (在停顿以后)所以你就……你就背叛了我们,埃根纽什。

埃根纽什 安静!(过了一会儿辩解道)你说谎,我谁都没有背叛!

亚瑟 (在幕后喊道)阿拉,阿拉!

埃莉诺 你背叛了你自己同辈的人。

埃根纽什 你们才是背叛者。你们背叛了我们美好的旧时代。只有我还忠于它。

---

① 埃根纽什小称。(译者注)

亚瑟 （在幕后）阿拉，阿拉！

埃莉诺 你变成了被门徒的疯狂所控制的年轻人的狗腿子。你觉得你这样做值吗？他们会利用你，会把你当作狗一样一脚踢开。

埃根纽什 谁为谁服务还不知道呢。亚瑟就像从天而降的救星。

埃莉诺 我现在才看清你的真面目，你这个伪君子。你在我们面前藏得真好啊。

埃根纽什 是啊，我藏得好。我忍了这么多年，就因为你们的堕落，因为你们的道德败坏而恨你们，我一直在沉默。你们之前比我要强大。现在终于轮到我面对面跟你们说话的时候了。这太让人愉悦了！

埃莉诺 你想对我们做什么？

埃根纽什 我们会让你们重新拥有尊严，你们，堕落的社会。我们会将你们重新变成有原则的人。

埃莉诺 用武力？

埃根纽什 如果别的办法不行的话，哪怕用武力也行。

司铎米尔 这是反革命。

埃根纽什 这是救赎。

司铎米尔 救赎？从什么里被救赎？

埃根纽什 从你们该死的自由里。

亚瑟 （进来）埃根纽什舅爷！

埃根纽什 先生，我在这里！

亚瑟 哪里都找不见她。

埃根纽什 我们一起找，肯定在某个地方。

亚瑟 我也是这么想的。我还在等她的回复。

埃根纽什 怎么会？她还没同意？

亚瑟 她必须同意。她不可能在关键时刻抛下我。一切都准备好了。

埃根纽什 我不想这么说，但是亚瑟，你不觉得这个决定有些草率吗？首先应当考虑有几分把握，然后再去执行。（将枪筒指向聚在这里的人）

亚瑟　当时时机刚刚好。我也不能再拖了。

埃根纽什　篡位的时候也总是这样。计划赶不上变化。现在我们没有回头路了。

亚瑟　谁能料到？我敢肯定我当时说服了她。（喊道）阿拉，阿拉！（愤怒道）就因为一个愚蠢的表妹……不可能！（喊道）阿拉，阿拉！

埃根纽什　红颜一直都是帝国的祸水。

阿拉　（走进来）天哪，还没人睡觉吗？

亚瑟　（指责道）你可算来了啊。我找你找遍了整个家！

阿拉　怎么回事，舅爷拿着枪？真枪？是舅爷本人吗？

亚瑟　这不关你的事。你刚才去哪儿了？

阿拉　我去散步了。不行吗？

埃根纽什　不行吗？这是件很神圣的事！

亚瑟　舅爷，镇定。入队！（对阿拉说）怎么样？

阿拉　没什么。夜晚很漂亮。

亚瑟　没问你天气。你同不同意？

阿拉　我还得再想想。

亚瑟　立刻回答我。已经给了你足够的时间。

停顿。

阿拉　同意。

埃根纽什　太好了！

亚瑟　感谢上帝。那么我们就开始行动吧！（拉起阿拉的手，带她去埃根尼娅坐着的长沙发旁）奶奶，请您祝福！

埃根尼娅　（吓呆了，指着长沙发）你们让我一个人静静，我不打搅你们！

亚瑟　奶奶，一切都变了！我要和阿拉举行婚礼，奶奶就为我们今后的人生之路献上祝福吧。

埃根纽什　（对剩下的人说）起来，起来，没看见这一时刻多隆重吗？

埃莉诺　万能的上帝啊！亚瑟要结婚了？

司铎米尔　为什么要这些繁文缛节？

埃根尼娅 你们快把他从我身边带走，他又开始烦我了！

亚瑟 （威胁道）请您祝福，奶奶！

司铎米尔 这好像是什么冷笑话啊，算了吧。

埃根纽什 （胜利的姿态）玩笑已经结束了，你们已经开了五十年的玩笑。司铎米尔，马上扣好你的扣子！现在是你儿子的订婚礼，扣子不好好扣的时代已经结束了。埃根尼娅，给他们祝福。

埃根尼娅 埃莉诺，我应该做什么？

埃莉诺 他们求你的时候就祝福他们吧。

埃根尼娅 他们没有祝福就不能结婚了吗？我觉得自己有点老了……

埃根纽什 就像美好的旧时代里的订婚礼。要么你祝福他们，要么我就开枪。我数三个数。一……

司铎米尔 没听说过！一个人连在家里喜欢怎么穿都不允许了……（费劲地整理着睡衣）

埃根纽什 二……

埃根尼娅 （把手放在阿拉和亚瑟地头上）我祝福你们，我的孩子……全都下地狱吧！

埃根纽什 （感动）跟以前一样，跟以前一样……

亚瑟 （起身，亲吻埃根尼娅的手）谢谢奶奶。

埃根纽什 司铎米尔扣上扣子了！新的生活在等着我们！

司铎米尔 埃莉诺，你在哭吗？

埃莉诺 （感动地哽咽）对不起……但是……不管怎样……亚瑟的订婚礼……不管怎样他都是我们的儿子……我知道我不是现代的人，但这太让人感动了，原谅我。

司铎米尔 想干什么干什么吧！（跑回自己的房间，气急败坏）

艾德克 如果大家允许，我想借此幸福时刻献上我诚挚的祝福，完全……（向亚瑟伸出手）

亚瑟 （没有伸手）去厨房！等着，我叫你你再进来。

埃根纽什 （模仿亚瑟）去厨房！（浮夸地指向厨房的门，艾德克异常缓慢地

进了厨房）

埃莉诺 （泪眼蒙眬）婚礼是什么时候？

亚瑟 明天。

埃根纽什 呼啦！我们赢了！

第二幕

日光照耀。还是这个房子，但没有任何之前垃圾堆的痕迹。我们眼前是一个五十年前经典的城镇起居室，却早已不是当初污浊，没有轮廓，模糊的样子。之前半躺半卧，为舞台增添了随性的波纹，整个就像被搅乱的床单一样的纱幕还在原处，变成了普通正常的纱幕。灵柩台摆放得可以说和之前一样（凹墙被遮挡），但上面盖着餐巾，还堆满了小物件，就像普通的餐具柜。舞台上一群人：埃莉诺、埃根尼娅、司铎米尔、埃根纽什。埃根尼娅坐在被挪到舞台中央的长沙发上。穿着深灰色或者是砖红色的长裙，扣子高高地扣到脖子，带着蕾丝袖和蕾丝前襟，戴着帽子。拿着她经常用的长柄眼镜。在她右手边坐着埃莉诺，头发盘了起来，戴着耳坠，穿着剪裁合身的长裙，裙子上是百合白和蓝色相间的条纹，或者紫色深红色相间，或者别的其他样式。两个人僵硬地，一动不动地坐着，腰背挺直，手放在膝盖上。她们旁边站着司铎米尔，头发梳得顺滑，在脑门中间分开，打了发蜡，头僵硬地抬高，眼睛看着前方不知何处。毕竟脑袋也不可能摆成别的姿势，因为“父亲杀手”[1]领子把他的下巴抬得高高的，非常高。司铎米尔穿着沙色或者是棕绿色的西服，明显很紧，脚上穿着登山靴……一只手撑在放着插满花的花瓶的圆桌上，另一只手扦着腰。一条腿伸直，另一条腿膝盖弯曲，优雅地脚尖点地。在他们前面，在镜面舞台处，有一个像盒子一样的照相机摆放在三脚架上，上面盖着一块黑色的丝绒。相机旁边站着埃根纽什，像以前一样穿着黑色的燕尾服，已经不穿卡其色的短裤了，而是穿着条纹裤子。胸前别了

---

① 原文为：“Vatermörder”。

红色的石竹花。地上躺着他的魔术帽，白手套和带着银球手柄的拐杖。埃根纽什在照相机旁边忙活，剩下的人专心摆造型。过了一会儿响起了埃根尼娅“啊——，啊——”的声音，越来越响亮，然后传来一声响亮的喷嚏。

埃根纽什 别动！

埃根尼娅 我也没办法啊。那是杀虫剂。

埃根纽什 注意！（司铎米尔把拤腰的手拿开，挠了挠上半身）司铎米尔，手！

司铎米尔 痒死我了。

埃莉诺 是什么让你这么痒？

司铎米尔 蠹虫。

埃莉诺 蠹虫！（弹起来，在舞台上来回跑，拍手驱赶着看不见的蠹虫）

埃根纽什 这样下去我们是永远也不可能合照的。埃莉诺，坐下！

埃莉诺 （指责）都是因为妈妈才有这些蠹虫。

埃根纽什 不是我身上的，是这些破衣服里的。

埃根纽什 别吵了。蠹虫因恐惧而生。

艾德克 （作为佣人进来。穿着深红色的马甲系着腰带，黑裤子）夫人您叫我吗？

埃莉诺 （不再拍手）什么？没有……算是有吧。爱德华，你把盐给我拿来。

艾德克 什么盐，夫人？

埃莉诺 就是盐……爱德华，你知道……

艾德克 好的，夫人……（离开）

司铎米尔 （看着他离开）看这个人待在适合他的位置上也真是舒服。

埃根纽什 是吧？等等，还有别的呢。一切都安排得井井有条。你不会后悔的。

司铎米尔 （试着松开领口）只要领口别这么紧就行。

埃根纽什 但这换来的是艾德克在桌旁服侍你的待遇。没有免费的午餐。

司铎米尔 那我的那些实验该怎么办？……

埃根纽什 不知道。亚瑟还没有下达指令。

司铎米尔 那他允许吗？他什么也没提？

埃根纽什 当时没时间说这个。他一大早就出去了。

司铎米尔 请舅舅站在我这一边。

埃根纽什 （高高在上）我会和他聊聊的。

司铎米尔 至少一星期一次吧。这么多年了，我很难一下子适应。你们得理解。

埃根纽什 这取决于你做得怎样。

司铎米尔 我可是支持你们的。你们还想让我干什么？我甚至都戴了这个领子。（又在试着松领口）

埃根纽什 我什么都不会承诺的。

艾德克进来，拖着托盘，上面放着一瓶谁看都知道的伏特加。

埃根纽什 这是什么？

艾德克 先生，盐给夫人。

埃根纽什 （威胁）埃莉诺，这是什么意思？

埃莉诺 我不知道！（对艾德克说）我让你拿的是盐。

艾德克 夫人不喝酒了吗？

埃莉诺 马上拿出去！

埃根尼娅 为什么？既然他已经拿过来了……我已经有点不舒服了。

艾德克 好的，夫人请。（离开。走的时候没有被任何人发现，除了埃根尼娅，她用缠绵的眼神送艾德克离开，喝了一口伏特加）

埃根纽什 我最后再警告一次！

埃根尼娅 耶稣玛丽亚啊，太无聊了。

埃根纽什 回原位！

埃莉诺，司铎米尔，埃根尼娅直起身子，变得像舞台刚开始一样僵硬。埃根纽什钻到了黑布下面，然后响起了自动定时器嘶嘶的声音。埃根纽什匆匆拿起拐杖，魔术帽和手套，坐在了长沙发上，埃根尼娅旁边，像他们一样摆造型。自动定时器嘶嘶的响声停了下来。所有人都松了一口气，动了起来。

司铎米尔 我现在可以解开了吗？就一会儿也行。

埃根纽什 不行。婚礼十二点钟才举行。

司铎米尔 我是不是胖了。我最后一次穿这个还是在四十年前。

埃根纽什 你胖是因为你那些实验。实验艺术如今的回报很多。

司铎米尔 这就不是我的错了。

埃莉诺 照片什么时候能好？我觉得我闭眼了。肯定照得不好。

埃根纽什 别担心。这个照相机坏了。他早就老化得不能用了。

埃莉诺 怎么会这样？那我们为什么要照相？

埃根纽什 为了原则。传统这样要求。

司铎米尔 你们对我无辜的实验有敌意，但你们那古老的，坏了的相机又能好到哪里去？这就是你们反革命的失败。你们想毁了我的成果，却没能成功。

埃根纽什 说话小心点。

司铎米尔 我不会停止重复这句话的，即使我屈从于你们的暴行。

埃莉诺 你们觉得呢？

埃根尼娅 我们看起来很好看。这才刚开始。

埃根纽什 没办法，我们必须注重形式，内容随后就来。

司铎米尔 我觉得吧，埃根纽什，你们在做疯狂的行为。形式主义不能将我们从混乱中拯救，最好还是向时代灵魂妥协。

埃根纽什 给我闭嘴！我们将不会容忍失败主义！

司铎米尔 行，行。难道我这就在抗议吗？我就不能有我自己的想法？

埃根纽什 当然可以，只要你同意我们的观点，为什么不行呢？

埃莉诺 你们听见了？（远处传来了钟声）

司铎米尔 钟……

埃根纽什 礼堂的钟声……（阿拉穿着婚纱，戴着头纱进来。司铎米尔绅士地亲吻她的手背）

司铎米尔 啊——我们的小姑娘。

埃莉诺 这身衣服配你真好看……

埃根尼娅 欢迎，我的孩子。

阿拉 亚瑟还没回来？

埃根纽什 我们在等他，他一会儿就回来。他去解决最后的手续问题了。

阿拉 没完没了了。

埃根纽什 生活的天才总不能裸奔。得给他穿衣服，精心照看他的外表。亚瑟没跟你提过吗？他没跟你讨论这个话题吗？

阿拉 说个没完。

埃根纽什 他说的有道理。你有一天要是明白了，就会感谢他的。

阿拉 舅也不要再说这些蠢话了。

埃莉诺 这话太尖锐了，阿鲁尼亚①。今天是你的婚礼，我们不应该挑起家庭的战争。之后我们有的是时间。

埃根纽什 没关系，没关系，我不生气。我很宽容。

阿拉 这么老，还这么笨。亚瑟可以不觉得那么奇怪。但是舅爷呢？

埃莉诺 阿拉！

司铎米尔 小舅子被骂了！

埃莉诺 请原谅她，埃根纽什，她神经有点紧张，她都不知道自己在说什么。不管怎么说，这对她来讲都是艰难的经历。我记得，我当时自己要嫁给司铎米尔的时候……

埃根纽什 我觉得我最好还是从这里出去吧。你们别自欺欺人了。我知道什么能让你们高兴。幼稚的骂人话并不能改变任何事情。司铎米尔你跟我走吗？我有话要对你说。我想跟你推荐一个东西。

司铎米尔 行，只要不墨守成规就行。我强调，我是有发言权的。（离开）

埃莉诺 妈妈也可以去走走。

埃根尼娅 你们想怎么样都行，我无所谓。我都快无聊死了。（离开）

埃莉诺 现在我们来谈谈。告诉我，发生了什么？

阿拉 没什么。

埃莉诺 可我看到了，有什么事让你烦心。

---

① 阿拉小称。（译者注）

阿拉 我没什么烦心事。这个头纱我不喜欢。我想整一整。妈妈能帮我吗?

埃莉诺 当然,只不过你不用这样和我说话。对他们——那是另一回事。他们很愚蠢。

阿拉 (坐在镜子前。钟声一直在响)你们为什么都在互相鄙视?

埃莉诺 我自己也不知道。可能因为我们没有什么可以尊敬的东西。

阿拉 自己还是别人?

埃莉诺 可能都一样。给你理一下头发吗?

阿拉 需要重新梳一下。(取下头纱。埃莉诺给阿拉梳头)妈妈幸福吗?

埃莉诺 问这个干吗?

阿拉 我问妈妈你幸不幸福。这有什么奇怪的吗?

埃莉诺 这个问题太涉及隐私了。

阿拉 为什么?感觉到幸福难道很羞耻吗?

埃莉诺 不,应该不是……

阿拉 那,这意思就是,妈妈不幸福了。因为妈妈感到羞耻。每个人都因为不幸福而感到羞耻。这就像没有补交作业或者长了红疙瘩一样。所有不幸的人都觉得自己像犯罪分子一样有罪。

埃莉诺 感到幸福是我们新时代被解放的人的权利和义务。司铎米尔就是这样教我的。

阿拉 啊哈,肯定是因为这个,现在所有人才都感到羞耻。妈妈觉得呢?

埃莉诺 能做的我都做了。

阿拉 为他?

埃莉诺 为了自己。他命令我这样。

阿拉 意味着就好像为了他一样。

埃莉诺 肯定为了他。你要是在他年轻的时候认识他……

阿拉 妈妈梳一下这里,旁边这里。那他知道吗?

埃莉诺 知道什么?

阿拉 妈妈就别装了。我也是成年人。艾德克。

埃莉诺 他肯定知道。

阿拉 那他说什么了吗?

埃莉诺 很可惜什么都没有。他装没看见。

阿拉 太糟糕了。(艾德克拿着白色的桌布进来)

艾德克 现在能铺桌布了吗?

埃莉诺 想铺就铺吧,艾玖。(改口)爱德华铺桌布。

艾德克 是的,夫人。(将桌布铺在桌子上然后离开,并将相机带走)

阿拉 妈妈看上他什么了?

埃莉诺 哦,艾德克如此单纯……就像生活本身一样。野蛮,但这也是他的魅力所在。他没有情结。他会给人带来清凉。他会真的去想,想得美好。他坐下来的时候,就像坐下这个动作本身一样,平常但却又深刻。他吃东西喝东西的时候,他的胃就变成了自然的交响乐。我喜欢看他消化食物的样子,简单又真诚。我能感受到与自然元素接触的真正的乐趣。你有没有注意他提裤子的样子有多迷人?举手投足都是皇室范。司铎米尔也注重真实性。

阿拉 没错。但我却没觉得这有那么吸引人。

埃莉诺 因为你太年轻了,你还没有发现真正的质朴的宝藏。学着点,这是经验之谈。

阿拉 我努力。妈妈觉得我嫁给亚瑟这一步做得对吗?

埃莉诺 哦,亚瑟是另一码事。他有原则。

阿拉 司铎米尔也曾有过原则。妈妈,你自己也说过。那个幸福的义务和权利。

埃莉诺 不,那只是观点。司铎米尔是在跟原则作对。但是亚瑟却有着铁一般的原则。

阿拉 也只有这个了。

埃莉诺 你说什么呢,阿拉!他是这十五年来,第一个有原则的人。你难道不喜欢吗?他因此而变得如此原汁原味!他配这个再合适不过了。

阿拉 妈妈觉得我有原则就应该满足了是吗?

埃莉诺 这些原则有些古老,这是实话,但是它们在今天又是这样与众不同……

阿拉 妈妈，如果没别的办法，我哪怕要有原则的亚瑟也行。但我不想要没有亚瑟的原则。

埃莉诺 他没有向你求婚吗？不是他要同你结婚的吗？

阿拉 那不是他。

埃莉诺 那我能问问是谁吗？

阿拉 他铁一般的原则。

埃莉诺 那你为什么还要答应？

阿拉 因为我还在希望。

埃莉诺 太糟糕了。（艾德克进来，拿着一叠盘子）

艾德克 我能接着收拾了吗？

阿拉 就丢在那儿吧，艾玖。（改口）爱德华就放在那里吧。应该是，爱德华继续吧。

埃莉诺 艾玖，你累不累？这样的变化让你累了吗？别生气，这都是那些疯子想出来的主意。

艾德克 呃，有什么可累着的。

埃莉诺 我说没说过？他在所有的事情上都这样随性，如此天然，就像一只蝴蝶！艾玖，你摆盘子的样子真好看。

艾德克 我就瞎搞搞。

阿拉 艾德克，过来。

艾德克 是的，小姐。（靠近。钟声渐渐消失）

阿拉 告诉我，你有原则吗？

艾德克 当然，我可以有。

阿拉 什么样的原则？

艾德克 最首要的。

阿拉 你能说说哪怕其中的一个吗？

艾德克 我说了的话能得到什么？

阿拉 你能说，还是不能说？

艾德克 得不到就得不到吧。稍等一下。（把一叠盘子放在地上，从口袋里抽出小小的记事本）我已经记下来了。（翻页）有了！（读）“我在爱你，而你却在睡觉。”

阿拉 还有什么？

艾德克 “这取决于你怎么躺着。”①

阿拉 别绕圈子，读就行了。

艾德克 可我已经读了。这就是原则。

阿拉 继续，继续！（艾德克窃笑）你在笑什么？

艾德克 因为这有一句……

阿拉 读！

艾德克 ……可我不能在女士面前读。这太好笑了。

阿拉 这些是你的原则？

艾德克 不，女士，我是从一个在电影院工作的朋友那里抄的。

阿拉 没有一条是你自己想的？

艾德克 （骄傲地）没有。

阿拉 为什么？

艾德克 因为我就是知道我自己的原则。

埃莉诺 对，对，艾玖，你知道自己的原则！

司铎米尔进来，身后是埃根纽什，拿着绑带的束腹。艾德克又重新铺起了桌布。

司铎米尔 不，不行！这已经过分了！

埃根纽什 但我跟你打保票，你会高兴的！

埃莉诺 你们又在搞什么？

司铎米尔（闪身躲过埃根纽什） 他想让我穿这个！

埃莉诺 这是什么？

埃根纽什 曾祖母的束腹，非常重要的东西，束住女人的细腰，保证在任何场合下都能有完美的形体。

---

① 类似于视情况而定。（译者注）

司铎米尔 根本不可能！我已经穿了登山靴和这该死的领子！你们想杀了我吗？

埃根纽什 说了“A”以后，就应该再说“B”。

司铎米尔 我什么都不想说！我想活命！

埃根纽什 旧习惯。那走吧，司铎米尔，把戏耍够了。你自己也承认你最近胖了。

司铎米尔 我想变胖！符合大自然的生活！

埃根纽什 走捷径的生活。最好还是自愿接受。什么都帮不了你。

司铎米尔 诺拉[①]，保护我！

埃莉诺 或者说你确实可以有更好的体型？

司铎米尔 为什么？我是自由的，肥胖的艺术家！（逃回自己的房间，埃根纽什跟着他。门在他们身后关上）

埃莉诺 总要惹事……所以你还抱有希望？

阿拉 是的。

埃莉诺 如果你这是在自欺欺人呢？

阿拉 那又怎样？

埃莉诺 （想要抱住她）我可怜的阿拉……

阿拉 （挣开）妈妈不用可怜我。我自己能行。

埃莉诺 如果你失望了，那会怎样？

阿拉 我不说。

埃莉诺 连我也不告诉？

阿拉 这是惊喜。

司铎米尔的声音 救命！

埃莉诺 是司铎米尔的声音。

阿拉 埃根纽什舅爷变得越来越严厉。妈妈觉得他对亚瑟会有影响吗？

司铎米尔的声音 放开我！

---

① 即埃莉诺。（译者注）

埃莉诺 我不这么认为。正相反。

阿拉 真可惜。我以为可以通过他改变一切。

司铎米尔的声音 滚开!

埃莉诺 我去看看他们在做什么。我觉得有点不安。我有不好的预感。

阿拉 我也去。

司铎米尔的声音 放开我,你这个施虐狂!

埃莉诺 上帝啊,等到这一切都结束的时候……

司铎米尔的声音 不,不,我要裂了!救命!

埃莉诺 确实,埃根纽什过分了。你小心着点,阿拉。

阿拉 因为什么?

埃莉诺 因为你也可能这样绑紧带子,就像舅爷埃根纽什一样。(进了司铎米尔的房间)

阿拉 艾德克,头纱!

艾德克把头纱给她,并站在了她身后。从司铎米尔的房间传出不成调的叫喊和挣扎的声音。亚瑟进来,没有被阿拉和艾德克注意到,因为镜子摆放的位置让人看不见从右边走出来的人。亚瑟身上的大衣敞开着,脸色有点苍白。动作轻柔,不自然地缓慢,感觉他花了很大力气控制自己完成这些动作。他费劲地脱下大衣,然后随便一扔。坐在了单人沙发上,伸腿。

司铎米尔的声音 我诅咒你们!

亚瑟 (索然无味的低语)那边发生了什么?

阿拉转身。艾德克恭顺地拾起亚瑟的外套然后消失。

阿拉 (用肯定的语气)你来迟了。

亚瑟起身,打开了司铎米尔房间的门。

亚瑟 放开他。

司铎米尔,埃根纽什出来,埃莉诺跟在后面。

埃根纽什 为什么?最后一下了。

亚瑟 放开,我说过了。

司铎米尔 谢谢你,亚瑟,你心里还有人类的感情。

埃根纽什　我反对！

亚瑟抓住他的领带，拉到自己跟前。

埃莉诺　亚瑟，你怎么了？脸色这么白！

亚瑟　你，惨白的尸体……

埃根纽什　亚瑟，是我，我，埃根纽什舅舅！你不认识我了吗？我们一起为新生活努力，找回原来的世界，你和我，一起，记得吗？别掐，是我啊，我们一起，别掐……

亚瑟　（走一步推他一下）你这个什么也不是的标本，你这个人造生命体，你这个腐烂的填充物……

埃莉诺　你们做点什么啊，他要把他掐死了！

亚瑟　你这个骗子……

突然响起了响亮的、喜庆的、完整的、交响乐团演奏的门德尔松的《婚礼进行曲》。亚瑟放开埃根纽什，拿起了桌子上的细颈酒瓶，扔向幕帘后面，酒瓶在那里嘭地一声摔得粉碎。进行曲戛然而止。亚瑟精疲力竭地倒在沙发上。

艾德克　（进来）我要换碟吗？

埃莉诺　谁让你放的？

艾德克　埃根纽什先生。我要在亚瑟先生来的时候放。

埃根纽什　（调整呼吸）是真的……我让他这么做的……

埃莉诺　现在别放音乐。

艾德克　好的，夫人。（离开）

亚瑟　谎言，都是谎言……（深陷自我世界）

司铎米尔　（朝他俯身）他喝得烂醉。

埃根纽什　这是污蔑，是无厘头的诽谤！那个年轻人知道分寸和义务的啊！

埃莉诺　我也不相信。亚瑟从来没喝过酒。

司铎米尔　可能我比较了解。

埃莉诺　非得是今天。

司铎米尔　单身之夜。

阿拉往玻璃杯里倒水，喂给亚瑟。

埃根纽什 这中间有什么误会，不需要过早下定论。一切都会水落石出。

司铎米尔 是的。只需要等待，亚瑟会将一切都解释给你听。他甚至都已经开始了。

埃莉诺 安静，他要醒了！

亚瑟 （抬头，指着司铎米尔）这是什么？

埃莉诺 连自己的父亲都不认得了，真不幸啊！（哭泣）

亚瑟 安静点，女人！我没问自己从哪里来。这化装舞会是什么？

司铎米尔 （看着自己的腿）这个？这是登山靴……

亚瑟 啊哈，有道理……登山靴……（陷入沉思）

埃根纽什 亚瑟有点累了，但是一切都会恢复正常。归位，注意！计划没有任何改变！（对亚瑟，和蔼地）呵呵，亚瑟啊，这只是在开玩笑对吗？你想考验考验我们，对不对？啊，你这个捣蛋鬼！但是你要知道，我们所有人都很坚定。所有人都按要求系上了扣子，所有扣子都系上了，从上到下，一劳永逸！司铎米尔甚至想穿束腹。抬起头来，亚瑟，好好休息一下，然后去结婚！

司铎米尔 他还是我行我素。你没看见他睡得像头猪吗，你这过去不散的阴魂？这是我的种，是我的种！

埃根纽什 不对，你闭嘴！起来行动，亚瑟，行动！一切都准备好了。就剩这最后一步了……

亚瑟 （在司铎米尔面前跪倒）父亲，原谅我！

司铎米尔 这又在干什么，新的艺术形式吗？

亚瑟 （跪着跟在他后面）我疯了！没有回头路了，没有现在，没有未来了。我什么都没了！

司铎米尔 （躲开）虚无主义者吗？还是什么？

阿拉 （撤下头纱）那我呢？连我也没有了吗？

亚瑟 （转变方向朝阿拉跪着走去）你也要原谅我！

阿拉 小屁孩，胆小鬼！阳痿！

亚瑟 不，不，不必这样说，不必……我不害怕，只是我不能相信，我不信这一切，我不信自己的生活，但我已经没有回头路了，没有了。这旧的形式不能为我们创造现实，我错了！

阿拉 你在说什么？

亚瑟 说创造世界的事！

阿拉 那我呢？谁来说关于我的事？

埃根纽什 背叛！

亚瑟 （又一次改变方向，跪着往埃根纽什的方向走去）……舅爷也原谅我吧！我让舅爷失望了。但舅爷就信我一次，这不可能……

埃根纽什 我不想知道任何事！镇定！站起来，结婚！组建家庭，刷牙，用刀叉吃饭！让世界再一次挺直腰板坐着，不再弓腰。你看着，我们会成功的。你难道要浪费这最后的机会吗？

亚瑟 这不是机会。我们都错了，这是无望的……

埃根纽什 司铎米尔说的有道理。你喝醉了，你不知道自己在说什么！

亚瑟 是的，我喝醉了，因为我清醒地错了。我喝醉，就为了同我的错误断开。舅爷也喝点吧。

埃根纽什 我？不可能！……最多一杯……（给自己倒了一杯伏特加，一口干了）

亚瑟 我因为清醒而醉。我醉得睿智。

司铎米尔 别在这里跟我们编什么故事。你因为绝望而喝醉。

亚瑟 是的。也因为绝望。因为形式不能拯救世界的绝望。

埃根纽什 怎么？

亚瑟 （站了起来，隆重地）理想！

埃根纽什 什么理想？

亚瑟 难道我就知道吗？但是规矩总是产生于理想。父亲说的有道理，我只是悲伤的形式主义者。

司铎米尔 别担心，儿子。你知道我一直都很宽容。实话说，我被你的那些想法所折磨。所幸一切都过去了。（脱下燕尾服）我的睡衣在哪里？

亚瑟 （扑向他，不让他脱燕尾服）站住！你也不能穿回睡衣！

司铎米尔 怎么就不能了？你还想拯救我们？我以为你已经不再这么想了。

亚瑟 （带有攻击性，像酒鬼一样轻易进入对战状态。胜利姿态）怎么？父亲以为我这么轻易就投降了？

司铎米尔 你几秒钟以前还是个人。而现在你又想变成一个使徒了，你这恶魔？

亚瑟 （放开司铎米尔，夸张地）我为你们戴上了代表着过时的荣誉的假肩章，我这就给你们摘下来！还是这只手！如果你们要求我赔罪，刚才你们已经看到我下跪了！理智就是我的过错，而它堕落的女儿——理论也是我的过错。现在我用半昏迷的状态使我的理智认为，我不是普通地喝醉，而是清醒理智地喝醉，尽管我希望醉得有神秘感。激情醉酒洗涤了我。所以你们必须原谅我，因为站在你们面前的是纯洁的我。我为你们披上了长袍，而我又将它从你们身上脱下，因为那都是裹尸布。但我不会在历史的风中丢下你们，尽管你们会诅咒我一直诅咒到我的内里。艾德克！（艾德克进来）把所有的门都关上。

埃莉诺 关上，艾玖，有风。

亚瑟 看好，别让任何人出去！

艾德克 已关好，亚瑟先生。

司铎米尔 这是在践踏公民人身自由！

亚瑟 你们想要自由？生活没有自由，生活就是结合。如果不是我，你们有可能就会一直思来想去想到死！但万幸还有我在。

埃根纽什 亚瑟，你知道我不支持司铎米尔，但你不觉得你做得太过了吗？我觉得我有责任提醒你。我不管怎样，都是支持个人自由的。

亚瑟 现在我们几个来找找理想。

司铎米尔 （与埃根纽什和埃莉诺同时开口）你怎么和你父亲说话呢？

埃根纽什 我去洗手。

埃莉诺 亚瑟，去睡觉，我给你做解酒贴！

亚瑟 没找到理想之前，谁也别想出去。艾德克，别放任何人出去。

艾德克　是的。

停顿。

埃莉诺　你们随便找点什么东西，然后就消停吧。我必须出去，因为我烤的饼干要糊了。

埃根纽什　可能最好还是不要顶撞他……他们有两个人。

亚瑟　舅爷有什么好建议？

埃根纽什　我怎么知道……或者上帝？

亚瑟　没新意。已经有了。

埃根纽什　有道理。在我那个年代就已经不管用了。我自己在启蒙运动和科学时期接受的教育。我仅仅只是为了形式而提议上帝的。

亚瑟　我们需要的已经不是形式，而是鲜活的理想。

埃根纽什　要么就是体育？我以前还骑过马……

亚瑟　所有人都练习骑马，但这根本没有成果。

埃根纽什　我什么都想不出来了。或者让司铎米尔来说说。

司铎米尔　我一直都在说，实验。

亚瑟　我们严肃地说。

司铎米尔　我怎么严肃地说。意思是要开辟道路。人得到越来越新的战利品，而战利品是从经验中得来的。丢弃旧的和经历新的。总是要接触新的生活。

亚瑟　新生活！我尚且不知道该对旧生活怎么办，父亲还在这里跟我说什么新生活。扯太远了。

司铎米尔　你爱怎么想怎么想，但是到目前为止一切都只是在实验阶段。

埃根纽什　埃莉诺，或者你知道些什么？

亚瑟　跟女人没什么好问的。

埃莉诺　我知道的，但我忘了。我脑子里都有。你们问问艾德克。他有着正常的理智。他要是说什么，都可以相信。

司铎米尔　是的，艾德克就是群众的智慧。

亚瑟　你呢，艾德克？

艾德克 进步，先生。

亚瑟 怎么去理解？

艾德克 就是，进步……

亚瑟 什么样的进步？

艾德克 进步着的。向前的。

亚瑟 意思是……向前？

艾德克 是的。面朝前向前进。

亚瑟 那背后呢？

艾德克 背后也向前。

亚瑟 那这样就正面朝后了？

艾德克 这取决于怎么看。从后往前看时，正面就会朝前，虽然在后面。

亚瑟 这很是含糊。

艾德克 但是是进步的，先生。

埃根尼娅进来，拄着拐杖。

埃根尼娅 （小心翼翼地）我想告诉你们一件事……

埃莉诺 妈妈别打岔。妈妈没看见那些男人在聊政治吗？

埃根尼娅 我就说一个词……

亚瑟 不，我不喜欢。我必须要有什么能给我形式的理想。这样的进步只会分崩离析，是不成形。

埃根尼娅 亲爱的大家，让我说句话，不会占用你们太多时间的。

司铎米尔 说什么？

埃莉诺 不知道，妈妈遇到了什么事。

司铎米尔 等会儿吧。现在我们很忙。（对亚瑟）而我则会说：最好还是回归实验。理想自己就会来。

埃根尼娅将灵柩台上的小物件和餐巾都拿了下来。

埃莉诺 妈妈在干什么？

埃根尼娅 （冷静地）我要死了。

埃莉诺 妈妈在开玩笑吗？（埃根尼娅没有回答，接着清理灵柩台，用袖子擦着上面的灰，等等）你们听着，妈妈说她要死了！

埃根纽什 怎么就死了？我们正讨论要紧的事呢！

埃莉诺 妈妈你听见了吗？

埃根尼娅 帮帮我。（埃莉诺机械地把手递给她。埃根尼娅进灵柩台）

埃莉诺 妈妈别再做奇怪的事了，今天可是大喜的日子。妈妈想用什么死亡来破坏这一切吗？

司铎米尔 什么死亡，这是什么死亡？！我从来没注意过……

亚瑟 （自言自语）死亡？好主意……

埃根纽什 这是疯子的想法，埃根尼娅，理智点，谁会像你这样死去？！

阿拉 奶奶，这不道德！

埃根尼娅 我不理解你们。你们都是聪明人，但当一个人只想做一件如同死亡一样平凡的事情，所有人却都会惊讶。人啊！（平躺下来，手在胸前交叉）

埃莉诺 你们看见了？做些什么……可能她真的……

埃根纽什 根卡，别在哗众取宠了！这算什么死亡！我们家族从来没发生过这样的事！

司铎米尔 哦，不，这已经是谎言之巅了。

亚瑟 死亡……绝佳的形式。

埃根尼娅 我房间的钥匙我放在桌子上了。我已经不需要了。牌在抽屉里。都做了标记。

亚瑟 死亡……绝佳的形式。

司铎米尔 只不过有点不日常。

亚瑟 为什么？如果别人的……（拍了一下额头，灵感乍现）奶奶真是天才！

埃莉诺 你会感到羞耻的！你们所有人都会！

埃根纽什 根卡，至少躺得直一点，别蜷缩着，手肘放身体两侧！或者你最好现在就给我起来！别人在场的时候没人会这样做。死亡不是科学的。这是那些现代人说的谎言！

司铎米尔 哦，不好意思，别幻想了。我根本就不在乎礼仪，但是从实验的角度来说死亡作为最后的举动并不被列入考虑范围之内。实验要求重复性。可能妈妈只是在尝试演练，那就是另外一回事了。但我们也不会支持的。

阿拉 你们别说了，快看发生了什么。

埃根尼娅 你们靠近些，我的孩子。（所有人除了艾德克都靠近）艾德克也来。（艾德克上前）你们都是谁？

埃根纽什 我们就是我们。（埃根尼娅窃笑，起初不出声，然后笑得越来越大声）她在羞辱我们！难道我说了什么可笑的东西吗？

司铎米尔 不管怎样我都感觉有点不舒服。我觉得我头疼。（退到一旁，量自己的血压，从口袋里拿出镜子，检查自己的舌头）

亚瑟 谢谢奶奶，我会利用这一想法的。

司铎米尔 （收起镜子）哦，荒唐。最重要的是别穿束手束脚的衣服。

埃根尼娅死了。

埃莉诺 妈妈，再来一次！

亚瑟 她死了！但这太奇怪了。她是那么无足轻重……

阿拉 我不想！

埃根纽什 我不明白。

司铎米尔 这一点都不关我的事。

埃莉诺 我不知道……司铎米尔你为什么也不提醒我一下？

司铎米尔 当然了，所有又都赖我。总之我没看见任何变化。哦，对了，这领子之后还会勒着我。

亚瑟 （拉上帘子遮住灵柩台）艾德克，到我这儿来！（艾德克走到他身边，警惕地站着。亚瑟观察着他的肱二头肌）你一拳打得重吗？

艾德克 还行，先生。

亚瑟 万一有什么事，你能……（用手指划了一下喉咙）

艾德克 （慢吞吞地，停顿过后）先生在问什么，亚瑟先生？我没听见……（停顿。亚瑟不确定地笑着，就好像在尝试——又在期待。艾德克用两声“呵”回答，亚瑟接着“呵”了两声，更加确定，更加大声，

而艾德克也用渐强的两声“呵”来回应。亚瑟拍了拍他的肩）

亚瑟　艾德克，我喜欢你。我一直都是喜欢你的。

艾德克　我也是这么觉得的，我同先生合得来。

亚瑟　你能理解我吗？

艾德克　艾玖理解生活。

司铎米尔　我走了。最近这几次遭遇让我身心俱疲。我必须要去休息了。

亚瑟　不，父亲留在这里。

司铎米尔　别再对我指手画脚，你这个小屁孩！我累了！（朝自己房间走去）

亚瑟　艾德克！（艾德克挡住了司铎米尔的路）

司铎米尔　这什么意思？（带着愤怒，转向埃莉诺，指着艾德克）你和这个佣人偷情了吗？

埃莉诺　啊，上帝啊，不是现在！别在妈妈旁边！（艾德克把司铎米尔推倒在单人沙发上）

亚瑟　耐心点。现在一切都将明了。我会将你们带往幸福的未来。

埃根纽什　（放弃地颓坐）我什么都不想干了……我可能已经到岁数了。司铎米尔，可能我们都已经不那么年轻了，对吗？你觉得呢？

司铎米尔　舅舅说说你自己就行了。埃根尼娅几乎就是你那个岁数的人，你这个老奸巨猾的人。我感觉自己状态好极了！哪儿哪儿都好……（呼唤）埃莉诺，你在哪里？

埃莉诺　我在这里，司铎米尔，这里，你旁边。

司铎米尔　来我身边。

埃莉诺　（把手放在他额头）你感觉怎样？

司铎米尔　有点虚弱……

亚瑟　一切不确定都结束了。在我们面前是清晰而明亮的路。一条是法律；一条是羊圈。

司铎米尔　他又在胡说些什么？……我头疼……

埃根纽什　他把法典和畜牧养殖搞混了。

亚瑟　你们明白最终结果是什么了吗？啊，你们不明白，你们，肉体凡胎，忙着研究自己的腺体，过度操心着自己的长生不老。但我明白，我！我是你们的救世主，你们，没有脑子的家畜。我已经脱离了世俗，我掌控着你们所有人，因为我有从内里解放出来的脑袋。我！

埃根纽什 解释清楚点，我亲爱的外甥，而不是羞辱我们。

亚瑟 你们难道还不理解吗，丑陋的默默无闻之辈？你们就像那没睁开眼睛的狗崽子，如果没有你们主人的引导，永远都还在转圈爬呢！没有形式，没有理念，你们会在混乱中被困死，而空虚则会将你们吞噬，如果不是我来救你们的话。知道我会对你们做什么吗？我创造了系统，在这一系统中反抗同秩序相结合，虚无同存在相结合。我超脱于对立之外！

埃根纽什 你要是能离开这个房间那才是最好的。我对你失望了。我们之间都结束了。（自言自语）或许我可以重新写我那些日记。

亚瑟 我问你们：如果什么也没有，甚至连反抗都不可以，那从虚无中可以创造什么能够存在的东西？

埃根纽什（拿出带着链条的怀表） 已经很晚了，可以吃点东西了。

亚瑟 没人回答吗？

司铎米尔 埃莉诺，今天中午吃什么？我想吃点清淡的。我的胃也不是普通的胃。是时候该考虑一些东西了。

埃莉诺 我们会考虑的，司铎米尔，我们会考虑。你说得有道理，应该规划自己的人生了。从此以后我们就会关心你的器官。下午——小憩，散步。早晨——实验。

司铎米尔 只不过要用黄油煎或者水煮①，行吗？

埃莉诺 当然。不打扰你做梦。

亚瑟 怎么？你们沉默吗？那我就告诉你们。（把椅子放在桌子上，摇摇晃晃地上桌，坐在椅子上）

埃莉诺 亚瑟，小心别打碎了盘子！

---

① 最普通、最基础的食物。（译者注）

亚瑟 只有政权才有可能!

埃根纽什 什么政权，这是什么政权……我们这可是在家里!

司铎米尔 胡说八道。你们别管他。

亚瑟 只有政权才能从虚无中创造。只有政权存在，尽管什么都没有。我就在这顶端，在你们之上。我看你们在下面，在下面!

埃根纽什 这是他的凭空想象!

埃莉诺 亚瑟，马上给我下来，你会弄脏桌布的!

亚瑟 你们向前冲，栽倒成粉末和尘土!

埃根纽什 难道我们还要忍受他这样对待我们吗?

司铎米尔 现在就让他说个尽兴吧。我们吃过午饭以后再来对付他。虽然我真的不知道他是从谁那里学来这样的倾向的。这教养像话吗!

亚瑟 只有变得强大，变得坚定才行。我是强大的。你们看看我，我就是你们的梦想之巅!舅爷，秩序会有的!父亲，你一直都在反抗，但你的反抗只会带来混乱，最终自己把自己吞噬。你看看我!难道政权就不是反抗了吗?就不是秩序形式下的反抗，就不是上对下的反抗，不是高处对低处的反抗吗?山峰需要低谷，低谷也需要山峰，为了不迷失自我。与此同理，在政权中，对立面的冲突便消失了。我不是整合，也不是分析，我是行动，我是意愿，我是能量!我是力量!我在一切之上，之内，也与一切并存。你们要感谢我，我保住了你们的青春。这都是为了你们!而我也有东西赏赐给我自己:形式，只是我希望的那种，不是一种，而是成千上万种可能的，我能创造也能毁掉，只要我想。融入，新生，分离。所有都在我之内，在这里!（捶胸。聚集起来的人惊恐地看着他）

埃根纽什 所以已经到这个地步了?

司铎米尔 唉，不需要担心。这只是小屁孩在玩游戏。文字，文字，文字。他对我们能有什么权力?

埃根纽什 的确。那他的一席话又有什么依据?将我们联系起来的只有血缘的纽带，而不是什么抽象的东西。没有什么东西能奈何得了我们。

亚瑟 什么权力？很简单。我能杀了你们。

司铎米尔 （从沙发上站了起来，又跌了回去）我不允许你……一切都有自己的度！

亚瑟 界限可以超。难道你们没教过我这个吗？凌驾于生命和死亡之上的权力，除此之外还有什么能给我更大的统治权？简单又天才的发现。

埃根纽什 胡说。我能活多久，是随我自己的意愿。不对，应该是随……谁的意愿？司铎米尔，你知道是谁吗？

司铎米尔 可以说……自然的意愿。

埃根纽什 哦，对啊。自然或者宿命。

亚瑟 是我！

埃根纽什 （腾地站起来）开玩笑！

亚瑟 那如果我就是舅爷的宿命呢？

埃根纽什 埃莉诺，司铎米尔，这是什么意思？我生气了，这可是你们的儿子！

埃莉诺 你看见了吗，亚瑟？你吓到你舅爷了，他整个人都白了。躺下来，司铎米尔，别起来，我给你拿枕头。

亚瑟 你们有没有想过我会不找任何借口，直接就行动？死亡在你们身上，就好像夜莺在笼子里，放不放出来，只取决于我。怎么样，你们还觉得我是理想主义者，话痨，梦想家吗？

埃根纽什 呵呵，亚瑟，必须得承认你有脑子，瞧他多精明地编出来这一切！真棒啊，你们在学校那边练得多了吧。这种话你不会多说。但我们在这里讲闲话的时候，时间在流逝。当然了，我甚至喜欢这样哲学地，科学地，尤其是和年轻人一起聊聊天。然而我们已经聊过了，想法已经热身，是时候该做点具体的事了。理论已经够了，我们最好还是去吃点东西。是不是，埃莉诺？

埃莉诺 我老早就想说了，但是你们不给我说话的机会。亚瑟，够了，从桌子上下来，要么就把鞋子脱了！

亚瑟 说得对，我的舅爷，说得对，该做什么具体的事了。艾德克，我神圣抽象的狡诈天使，你准备好了吗？

艾德克　准备好了，老板。

亚瑟　那就拿下他！

埃根纽什　（向出口退去）你想干什么？

亚瑟　先拿舅爷开刀。

埃莉诺　“开刀”……恶，这是什么粗鄙之语！

司铎米尔　就是现在这个时候我的血压才不正常……

埃根纽什　（躲闪着走向出口）为什么是我？！（艾德克堵住他的去路）

亚瑟　理论！艾德克，让他看看他自己是不是错了。你们当我是谁，你们这些低等的野蛮人？

艾德克把埃根纽什的路堵住。

埃根纽什　这根本就不是什么系统，这是野蛮粗鲁！

亚瑟　艾德克，干你自己的。

埃根纽什　（艾德克用如猫一般稳健的步伐追捕着埃根纽什，后者在艾德克身前躲闪）这个下人到底想从我这里得到什么？滚开，手拿回去！

亚瑟　这不是下人，只是我灵魂的左膀右臂。我是话语的肉身。

司铎米尔　（扯领口）埃莉诺，我要晕了，埃莉诺！

埃莉诺　你父亲晕倒了！

埃根纽什　（躲开）疯子，罪犯！

亚瑟　（从椅子上站起来，抬起手）不！我只是人，一个不会在任何机会面前退缩的人。我和自然一样纯洁。我是自由人！自由的！

阿拉　亚瑟……

亚瑟　等等。先拯救世界。

阿拉　我和艾德克背叛了你。

追赶着埃根纽什的艾德克停了下来，二人都停了下来看向亚瑟和阿拉。埃莉诺忙着拍司铎米尔的脸想唤醒他。

亚瑟　（慢慢垂下手臂，过了一会儿）你说什么？

阿拉　我以为你会觉得这无关紧要。毕竟你和我结婚为的只是原则。

亚瑟 （大脑一片空白地坐在椅子上）什么时候？

阿拉 今天早上。

亚瑟 （自言自语）对啊，对啊……

阿拉 我觉得这不应该影响你。我只不过……快看，我已经准备好要结婚了。（戴上头纱）你觉得我怎么样？

亚瑟 （晃晃悠悠地从桌子上下来，撑着桌子，如同行尸走肉）等等，等等，怎么会……你背叛我？你——我？

阿拉 （带着刻意的随意）我忘了和你说，你那么忙……我们可以走了。你想让我戴手套吗？手套有点紧。我头梳得好吗？

亚瑟 （嘶吼）背叛我？！

阿拉 （装作震惊）啊，你还在说这个？我不知道你居然对这个这么感兴趣。我们最好说点别的。

亚瑟 （又一次陷入自我世界，如无头苍蝇一样围着桌子转圈，就好像他的思想中央政权同他的身体失去了联系，身体机械化地动作，一点也不协调。重复着，呻吟着，责备着）你怎么能……你怎么能……

阿拉 你跟我说过你需要我做盟友。记得吗？我理解的对吗？我们聊了不同的话题，你是那样睿智，你启发了我。艾德克做不到这样。

亚瑟 （嘶吼）艾德克！

阿拉 艾德克是另外一回事。

亚瑟 （带着哭腔） 你为什么这样对我？……

阿拉 你怎么了，亲爱的？我已经说过了我认为你不会在乎这个。真的，你让我震惊了。这些事都是小事。我甚至后悔告诉你了。

亚瑟 但是为什么……

阿拉 真是死心眼！好吧……我有我自己的原因。

亚瑟 （嘶吼）什么原因？！

阿拉 ……但我们最好还是不要说这个了，会累着你的。

亚瑟 说！

阿拉 那时我就只有一点点……

亚瑟　接着说！什么原因？

阿拉　（被吓坏了）就是，这么一小点，这么一小小点……

亚瑟　接着说！

阿拉　我不告诉你。你马上就会生气的。

亚瑟　哦，上帝啊！

阿拉　你要是想，我们可以不聊。这是我的错吗？

亚瑟　（朝司铎米尔和埃莉诺走去）你们所有人为什么要这样折磨我？我对你们做什么了吗？妈妈，你听见了吗？

埃莉诺　阿拉，你警告过你。

亚瑟　（抓住埃莉诺）妈妈，告诉她，这样不行。做些什么，帮帮我，我不能这样啊，告诉她……她凭什么这样对我，凭什么……（哭泣）

埃莉诺　（挣脱开来）离我远点，你这个蠢货。

亚瑟　（被推开，踉踉跄跄地走向舞台中央，边哭边说）我想拯救你们，我就快要……你们毁了一切，世界是邪恶的，邪恶的，邪恶的！

阿拉　来我这里，亚瑟。（靠近他）我的可怜人，我这样替你难过……

亚瑟　（推开她）替我？难过？你还敢替我难过？我不需要任何人的怜悯！你们还不了解我，我让你们所有人都看看！行啊，你们不想要我的理念，还践踏了我！（对阿拉）你用泥巴玷污了有史以来最高尚的想法，你这个臭女人！哦，瞎子！你不知道你失去的是谁。和谁偷奸？和那个猪头，和我们这个时代解体的恶心症状偷奸！我会走的，但我不会让你们留存在世上。即使你们留下来了，也不知道该怎样去生活。你那可爱的奸夫去哪儿了？那腐烂的肚子哪儿去了？乖乖让我把内脏掏出来吧，你那受伤的小鸟。（绝望地在房间里四处转，盲目地在桌子上，凳子上，甚至在单人沙发上寻找）转轮枪！我的转轮枪在哪儿？！就因为那该死的秩序我什么也找不到了。妈妈没在哪里看见转轮枪吗？

艾德克蹑手蹑脚来到亚瑟身后，从前胸的口袋里掏出枪，大手一挥用枪柄砸向亚瑟的脖颈。亚瑟一下就跪在了地上。艾德克把枪扔了，熟练地将他的脑袋推向前，而当亚瑟的脑袋毫无防备地就快要碰到地面的时候，艾德克，双手合十，高高举起直到脚尖点地，然后从上而下，像镰刀一样又一次砍在裸露的脖颈上，他也因为挥动幅度大而蹲了下来。亚瑟倒下，跪趴在地，脑门抵着地板。注意！这一幕必须要有很强的现实主义色彩。两次重击，必须要让舞台效果不明显。转轮枪用橡胶或者用羽毛做成的都行，或者亚瑟在领子里放什么隔层，只要不显得“戏剧化”，怎样都行。

阿拉 （在亚瑟旁边跪下）亚瑟！

埃莉诺 （在另一旁跪下）亚瑟，我的儿子啊！

艾德克 （走到一旁，翻看自己的手，惊讶地说）真硬啊。

亚瑟 （缓慢地，低声说，好像很纳闷）奇怪……一切都消失了……

阿拉 我不想这样的……这不是真的！

艾德克 喂！

亚瑟 （还是额头抵着地板，低声说）我爱过你，阿拉……

阿拉 你为什么不早点告诉我？

艾德克 我爱着你，而你却在沉睡。

埃莉诺 （跑到司铎米尔跟前，摇晃他）醒醒，你的儿子要死了！

司铎米尔 （睁开眼）还有这一出？你们什么也没放过？（艰难地站了起来，在埃莉诺的搀扶下靠近亚瑟。亚瑟在舞台中央，一直都是一个姿势。埃莉诺，司铎米尔和埃根纽什围在他身边俯身看，阿拉跪着。艾德克，在一旁，在单人沙发上舒服地坐着）

亚瑟 （瘫倒在地上，突然回光返照）我想的！我想的！（停顿）

阿拉 （从跪着的姿势站起来，不带感情地说）他死了。

埃根纽什 这对他来说或许更好一些。至少他没变成弑舅者。

司铎米尔 你们原谅他吧，因为他并不幸福。

埃根纽什 （宽宏大量地）我不会掩饰对他的厌恶。但即使这样他也再不能拿我怎样。

司铎米尔 他想战胜玩世不恭和满不在乎。他活得理智，但过于感情用事。于是最后杀死他的是被抽象背叛的感情。

艾德克 他想得不错，只不过人太神经质。这样的人留不到最后。

剩下的人转身面向他。

司铎米尔　闭嘴，杂碎，滚出这个家！我们没找你算账你就偷着乐吧。

艾德克　我为什么要现在走？我再重复一遍：他想得不错。我就待在这里了。

司铎米尔　凭什么？

艾德克　现在轮到我了。你们都得听我的。

司铎米尔　我们？听你的？

艾德克　为什么不？你们也看见了，我这一拳有多重。但你们别怕，只管安静地坐着就行，别跳来跳去，注意听我说的话，你们就会与我相处得很好，你们就看着吧。我是自己的人。我能开玩笑，我也喜欢玩闹。只不过必须要听话。

埃根纽什　瞧我们遇上的这些好事。

艾德克　根奈克先生，这是什么不敬的话？您最好帮我把鞋脱下来……

埃根纽什　我向暴力屈服，但心里将会唾弃他。

艾德克　您自己随意唾弃，把鞋脱了就行。快，动起来，一二！（埃根纽什单膝跪地，脱掉了艾德克的鞋子）

司铎米尔　我刚才还以为，是人与人之间的东西在统治着我们，而人性的东西要杀了我们复仇。但是现在我觉得就只是艾德克罢了。

埃莉诺　可能不会那么糟糕，司铎米尔。毕竟他同意你节食。

埃根纽什　（手里拿着鞋子）要刷吗？

艾德克　拿去刷吧。反正我也要换衣服。（起身，扒下亚瑟的西装马甲，自己穿上，站在镜子前端详自己）有点紧，但能穿。

司铎米尔　我们走，埃莉诺。我们已经变成了苍老又可怜的父母。

艾德克　只不过别给我走太远，等我召唤。

埃莉诺　你跟我们一起走吗，阿拉？

阿拉　走。他爱过我，谁也不能将他从我这里夺走。

司铎米尔　（自言自语）这可以说是爱情了。

阿拉　父亲说什么了吗？

司铎米尔　没，什么都没说。